会津春秋

清水義範

目次

会津春秋

第一話　青春の二人

1

青年の一時期というのは、自分が何をなすべき人間なのかが見えておらず、ただ何かをしなければという焦燥感だけが強くて、目隠しをして闇雲《やみくも》に走っているようなところがある。ふと我にかえって、自分は今なぜここにいて、こんなことをしているのだろうと考えると、それがわからないことが珍しくない。

ただなんとなく流されてそこに来ただけなのだが、その割に、ここで何かを見事にやってのけてやるという情熱だけは体中にみなぎっている。さわると火傷《やけど》をしそうなぐらいである。なのに、何をしたらいいのかはよくわかっていないのだから、あたかも熱にうかされているかのようである。青年とはそういうおかしなものなのだ。

嘉永《かえい》四年（一八五一）の十一月の某日、上総国《かずさのくに》姉ケ崎で大砲の試射というデモンストレーションに参加していた秋月新之助《あきづきしんのすけ》が、まさにそういう、なぜそこにいるのかわからない人物だった。

秋月新之助は会津藩士で、この時まだ十七歳だった。その歳《とし》で既に家督を継いでいたが、重臣というわけではない。ごくごく微禄の下級武士である。

ただし、新之助は会津藩の世嗣《せいし》である松平容保《かたもり》の近習《きんじゅう》だった。

容保は十二歳の時に、美濃国《みののくに》高須藩三万石の松平家から会津藩に養子に入った人である。会津では、容保の前の八代藩主容敬《かたたか》も同じ高須藩から養子に入った人で、二代続けて同じ藩から殿様をもらっているのだ。

養子の容保は主に江戸の藩邸に生活した。そこで、まだ幼いお世継ぎのために、勉学仲間や遊び仲間として歳の近い子供が近習としてつけられたのだが、そのうちの一人が秋月新之助だった。どちらかと言うと、勉学仲間ではなく、武芸を習う時の仲間であり、相撲をとる時の相手でもあった。容保は新之助のことを少し不器用な幼馴染みのように思っているのである。

その容保は新之助と同い年でもう十七歳になっていたから、おのずと存在感も大きくなり、聡明なる跡継ぎ様と周囲も期待するようになっていた。容保は細面の美男子だったが、英明の人材を登用し、その献策をよく理解する俊才でもあり、また、人柄が誠実であることは他に類を見ないほどだった。

会津藩は幕府に対して強い忠誠心を持った藩である。藩祖保科正之《ほしなまさゆき》が二代将軍秀忠の子であり、徳川家康の孫だからである。ただし、秀忠の正室お江与《えよ》の方《かた》の産んだ子ではなく、浮気相手に生ませた子だ。恐妻家だった秀忠は妻になじられて、生まれた子を他家に養子に出した。いわば会津は日陰の子の藩なのである。しかし、だからこそ会津は、徳川幕府あっての我が藩という意識を持っていて、将軍家に対する絶対忠節を誓っていたのだ。そういう少し珍しい藩に、容保というこれ以上はないほど誠実な藩主が登場したことが、この藩を幕末の悲劇の藩にしていくのである。

しかし、話を先走らせるのはよそう。ここではまだ、容保は世嗣様であって藩主ではないのだ。

そういう若き容保が、西洋砲術に興味を持ったのだ。まだ藩主ではないといっても、世の中の動きには関心があり、外国がこの日本へ押し寄せてきそうだ、ということぐらいは認識していた。そういう外国と、もし戦争になった場合のことを考えると、こっちも西洋に負けない軍備を持たなければならない、という道理はよく理解できる。そこで、西洋風の砲術を習ってみたいと考えたのだ。

だが、大藩の世嗣という立場で、自由に勉学ができるものではない。そこで、近習の中から秋月新之助を選んで、余《よ》の代りにその塾へ入門しろ、と命じたのだ。お前がそこで学んだことを、余に教えるのだ、という方式である。

そういうわけで新之助は、木挽町《こびきちょう》にある佐久間象山《さくましょうざん》の砲術塾に入門したのである。

この時象山は四十一歳。海外事情によく通じた西洋兵学者として世に広く名を知られていた。この象山塾には、様々な藩から弟子が入門していて、百名を超す門弟がいた。

新之助がそこに入門して、まだひと月あまりである。そしてそのひと月で、新之助は自分の役目がとんでもない難事であることを、いやというほど知らされた。

佐久間象山先生が語ってくれた日本を取り巻く世界情勢の話はよくわかり、とても刺激的だった。今から十年ばかり前、イギリスは中国とアヘン戦争をしてそれに勝ち、香港を割譲させ、五港を開港させるなど、国を乗っ取らんばかりのことを思いのままにやってのけた。次はこの日本に、イギリスやフランスの毒牙がのびるかもしれない、ということを当然ながら覚悟しなければならない。はたして、それらの国の侵略の手がのびてきた時に、日本はそれをはね返せるか。

象山は、今のままでは日本は欧米の餌食になるであろう、と言った。なぜなら、島国である日本が、洋風の軍艦を持っていないからである。蒸気機関で動くヨーロッパ列強の軍艦が日本に攻めかかり、洋式の大砲をぶっぱなせば日本は必ず負ける。そうならないように願うならば、日本は大急ぎで海防に着手しなければならない。洋式軍艦を持ち、そこに大砲を装備して国の守りにあたるのだ。国難を救うにはそれしか道はない。

象山は確信に満ちた口調でそう言った。やや落ちくぼんだ目がギラギラ輝いていた。

象山は玉子のむき身のようなツルリとした顔で、目鼻立ちは整っており、知恵が固まってできている人のように見えた。体格がよく、身の動きもキビキビしている。肌の色が白くて、髪は総髪にしており、鬚《ひげ》を生やしていた。

顔の中で彫りの深い目が印象的だったが、もうひとつ、正面から見て耳が見えないのも特徴だった。大きな耳なのに、後方へのびていて前からは見えないのだ。

そういう象山の講話に新之助は大いに感銘を受け、ひとつももらさず容保に伝えた。容保もまた、感じることが多いという様子だった。

そこまではよかったのである。ところが、砲術の実際を学ぶ段になり、何人もの塾頭の授業を受けてみて、新之助は頭を抱え込みたいような気分になってしまった。砲術の実際とは、どれだけの火薬を使って撃ち出された砲弾はどのように飛ぶか、を計算できることである。それを知るために詳証術《しようしようじゆつ》を極めろ、というのが象山の塾の方針だったのだ。詳証術とは数学のことである。

その数学が、新之助の頭にはまったく入ってこないのだった。教えられるままに数式を書き写してはみるのだが、書いていることの意味は何ひとつ理解できなかった。頭がそれを受けつけようとしないのだ。

当然のことながら、いくら学んでも容保に教えることができなかった。これには新之助も困り抜いてしまい、とうとう自分からこういうことを申し出た。

「砲術の修業には、私ではなくほかの者を任じて下さい。少しは詳証術のわかる者でなくては、お役に立つことができません」

しかし、容保は困惑した顔でこう言った。

「砲術や、西洋軍学の中には詳証術がわからずとも理解できる部分があるであろう。そういうところだけを余に教えてくれればいいのだ。正直なところ、余も詳証術を念入りに教えられてももてあますのみであろう」

容保も数学はあまり得意ではなく、それにのめり込む気はなかったのである。

そういうわけで、数学がわからないままに新之助は象山塾に通い続けていた。それは時として苦痛なことだったが、一から十まで何もわからないわけではなかった。時々は象山が日本の進むべき方向についての講話をしてくれることもあり、その話は知的刺激に満ちており、新之助も理解することができた。

それから、門下生たちが全国の各藩から集まってきている秀才たちで、そういう者といくらかつきあうことが自然に新知識の吸収になった。イギリス、フランスのほかに、ロシアやアメリカも日本に手を出そうとしている、なんてことを学友の口から教えられるのも、大いに得るところが大きかったのである。

そのように新之助は、なんとか象山塾の門下生であり続けていた。

そして、つい先日、象山の口から思いがけないことをきかされたのである。

「松前藩《まつまえはん》からの依頼で鋳造した大砲の、完成試射の催しを十一月に上総国姉ヶ崎で行う。これには、松前藩からも多数の者が見届け役で参加し、一般の見物人も多く集まることになるだろう。塾生のきみたちも、都合のつく限り参加して、手伝いの仕事をしてもらいたい」

新之助は、面白そうだ、と思った。実際に大砲を撃ってみるというのは、数学がわからなくても手伝えることであり、砲術の根本のところが見るだけで理解できるであろう。それに、見物人が出るくらいの派手な催しで、それを見逃すのはあまりに惜しい。ぜひとも見たい。

つまり、好奇心だけで、新之助はそのデモンストレーションを見物することにしたのである。まだ、自分が何をすべき人間なのかもわかっていないからこその、おっちょこちょいな人生の一幕であった。

2

その日、普段は人気《ひとけ》のない海岸にすぎない姉ヶ崎には、時ならぬ群衆が押し寄せていた。西洋式の大砲の試し撃ちが行われるそうだ、というのは物見高い大衆の好奇心を大いに刺激して、百人を超す見物人が集まったのだ。

それは実は象山があちこちで吹聴して、宣伝に努めたからでもある。この時代、学問で身を立てるためには世間に広く名を知られることが肝要だったのである。

大砲を注文した松前藩からも、見届け役として五十人あまりが顔を出していた。莫大な金をつぎこんだのであり、我が藩の底力を見よ、と誇示したいところだったのだ。

そして、象山塾の門下生が三十人あまりで試射の作業に当たった。その中に秋月新之助も混じっていたのである。

ただし、新之助にできることは少なかった。重い大砲を大八車にのせて所定の位置に運び、砂浜に設置するところまでは肉体労働だから新之助にも手伝える。だが、設置した大砲から砲弾を撃つ段取りは、塾頭や師範代がやることで、新之助のような入門して間もない門下生にはただ見ていることしかできないのだ。

新之助は好奇心いっぱいで試射を見物した。

象山先生が自信たっぷりの顔でふんぞり返っていて、高弟たちに、やれ、と号令をかける。すると大砲に砲弾がつめられ、やがて、ものすごい轟音と共に弾丸が発射される。その音のあまりの大きさに、見物人たちがどよめくほどだった。重量十六貫目の巨弾がはるかかなたの砂浜にまで飛ぶのだから、ただもう感嘆の声をあげるばかりだったのである。

試し撃ちは何度も行われた。一発撃つたびに、次の準備に少し時間がかかる。発射がうまくいくたびに、新之助は喜んで拍手をした。しかし、それ以外にやることがない。

大砲に砲弾をつめる作業をしている時に、新之助の近くににじり寄ってくる門下生がいた。新之助の顔を見て、愛嬌《あいきょう》のある笑顔を作った。

この男なら見知っているぞ、と新之助は思った。確かこいつも、入門して間もない新参者だったはずだ。

その男のことが記憶に残っていたのは、新之助とほとんど変らぬ歳の若さに親近感を抱いていたからだ。

まだ十代の、子供の面影を残しているような武士だった。中肉中背で、身のこなしが敏捷《びんしょう》である。ほお骨が少し張ったいかつい顔をしているが、目が丸くてそこに愛嬌がある。米粒のようにつるりとした顔の新之助とはタイプが違うが、顔の印象が明るい男で親しみやすく思えた。

こいつは確か薩摩《さつま》藩士だったな、と思っていると、むこうから声をかけてきた。

「薩摩の橋口八郎太《はしぐちはちろうた》です」

カラリと乾いた声だった。

「会津藩士、秋月新之助」

そう名のった時、新之助には何のこだわりもなかった。薩摩藩だときいて、西国の雄藩だな、と思うだけで、好悪の感情はない。薩摩はあまりに遠く、田舎だろうな、という気がしたが、会津だってどちらかと言えば田舎であり、似たりよったりに思えた。

薩摩の橋口八郎太は、ひょいと首をすくめるような動作をして言った。

「やることがありませんね」

言葉にあまり訛《なま》りがないな、と新之助は思った。薩摩の人には強い訛りがあって、話しかけられても何を言っているのかまるでわからない、という話をきいたことがあるのだが、橋口の言葉はわかった。

「お互い新参者ですから」

と新之助は答えた。

「そう。もっともらしい顔をして並んではいるものの、砲術のことはまだよくわかっていないわけです」

新之助はその男に対する親近感を強めた。

「実は、私も同じです」

自然に、二人の顔に笑いが浮かんだ。

橋口はあたりをきょろきょろ見まわしてこう言った。

「だから、どこにいればいいのかもわからんわけです。どうにも手持ちぶさたで」

そこでふと、新之助にいたずらな心がわきおこった。

「誰が大砲のことをわかっていて、誰がわかってないのか区別がつきませんよ。だから、全部わかっているような顔をして堂々と真ん中にいたらどうです」

「そいつは面白い」

橋口八郎太は丸い目をクルクル動かしてそう言った。

「どうせなら、なるべく大砲の近くで見たほうが勉強にもなるというものだ」

橋口はニカッと笑うと、さりげなく大砲の近くへ歩み寄っていった。さも、自分には役目がある、というような顔をしているので誰も咎《とが》めだてをしなかった。

次の一発が撃たれた時、橋口は試し撃ちをした塾頭のすぐ脇に立っていた。よーし、うまくいった、という態度で、ゆったりと拍手などをしているので、誰も怪しまない。

そうしておいて、橋口は新之助に、お前もここへ来いと手招きをした。図々しくて、面白い男である。新之助は、おれはやめておく、ということを手を横に振る動作で伝えた。

「次が最後の一発である」

と、象山先生が松前藩の見届け役の者たちに言った。ここまでのところ試し撃ちは文句のつけようがないほどにうまくいっていた。象山は自分に絶対の自信を持っている人で、得意満面の顔をしていた。

最後の一発の弾丸がこめられる。見ている新之助が、あんなことをして大丈夫なのか、と思ったのは、橋口が大砲の向きを調節する作業を当然のような顔で手伝っている時だった。だが、あんまり平然とそこにいるので、誰もおかしいとは思わないらしかった。

「最後の一発は火薬の量二百匁《もんめ》。これまでで最も遠くまで飛ぶであろう」

象山がそう言い、砲手たちは所定の位置についた。なんと、橋口八郎太は大砲の横わずか一間《いっけん》ばかりのところに、自分の仕事はここにある、というような顔をして立っている。

塾頭が発射の操作をした。

次の瞬間、轟音と共に大砲そのものが爆発した。砲身が大破して四方へ飛び散り、白煙で何も見えない。

わっ、と群衆が悲鳴をあげた。

新之助は腰を抜かしそうになったが、気力をふりしぼって立ちつくし、煙が流れ去るのを待って大砲のところを見た。橋口のことが心配でたまらなかった。

おれがそそのかしたので、あいつは大砲のすぐ近くに行ったのだ。そして大砲は爆発した。

そう思うと、いても立ってもいられない気分だった。

白煙が、ゆっくりと薄まっていく。そのあたりには、五、六人の男が倒れていた。みんな、かなりの怪我をしているらしい。

倒れている男の中に、橋口八郎太がいるのを新之助は見つけた。橋口が頭から血を流しているのが見えた。

叫び声をあげようとして、口から声が出てこない新之助だった。

3

薩摩藩上屋敷は三田《みた》にあった。秋月新之助が、その上屋敷の長屋に橋口八郎太を見舞ったのは、大砲の爆発事故から半月がたった頃だった。あの時、大怪我をした象山塾の門弟たちはひとまず姉ヶ崎の庄屋の家に運び込まれて医者の治療を受けたのだが、回復した者からそれぞれの住まいへと帰ったのだ。重傷の者もいたが、死者の出なかったことが幸いだった。

橋口八郎太はまだ足に包帯を巻いていたが顔色はよかった。あの時の頭の怪我は大したことなく、すぐに治ったのだが、右足のふくらはぎの傷がまだ癒えていなかった。

「鉄の大砲が砕け散ったんだからものすごいことだよ。その破片のひとつが、おれの足に突き刺さったというわけさ」

八郎太は思いの外、明るい声でそう言った。

「それで、治るのか」

「刺さった破片は医者が取り出してくれたので、もう心配はないんだ。少し右足を引きずるようになるが、歩くことには問題ないだろうと言われている」

「足を引きずるようになってしまうのか」

新之助は悲痛な声を出し、正座したままペコリと頭を下げた。

「お主《ぬし》が怪我をしたのはおれのせいだ。すまん」

「別に、お主のせいではない」

「しかし、おれが堂々と真ん中にいてはどうだと言ったから、お主はあそこにいて大怪我をしたのだ」

「それは、自分で面白いと思ってしたことだ。そして、大砲が爆発したことは事故で、それに巻き込まれたのは運だ。誰が悪いという話ではないんだ」

「だが、おれがそそのかしたから……」

「お主が面白いことを言って、おれがおっちょこちょいにその話にのったということだよ。そんなことで責任を感じることはないんだ。それに、おれの怪我は大したことなくて、もうじき完治するんだから」

「しかし、足を引きずるようになるんだろう」

「そうだが、医者にきいてみたんだよ。剣のほうはこれまで通りに使えるのかと。そうしたら、もともと剣の達人だったのなら、少し訓練すればこれまで通りの腕前に戻るだろうと言われた。だからそう深刻に考えることはないのだ」

新之助はつい、八郎太の顔を見直してしまう。

「お主は剣の達人なのか」

「達人というのは法螺《ほら》がすぎるとしても、そこそこは使える」

そう言ってから、八郎太はこういうことをきいた。

「ところで、象山先生はあれからどうされておるのだ。大砲の失敗で意気消沈しておられるのか」

「いや、まったくそういうことはなく、相変らず自信たっぷりでいらっしゃる。あの事故について、松前藩から、大金を払ったのにこれはなんとしたことか、と苦情が出たのだそうだが、先生は『何でも初めのうちは失敗するもので、失敗を重ねるうちに名人となるものです。日本国のために、何度も失敗しながらやがて名人になってまいりましょう』と答えたそうだ。これにはむこうも返す言葉がなかったという」

「うん。どうもあの先生は、ただ学問の人というのではなくて、天下の豪傑だな。それでいて、おれたち怪我人には見舞い金を下さるという気配りもある。おれは、詳証術は苦手なのだが、あの先生の英知には憧れてしまうよ」

「お主も詳証術は苦手か」

「うん。さっぱりわからん」

新之助は嬉しくなった。

「おれもそうなのだ」

急に親しみがわいてくる。きけば、八郎太も数学の講義がひとつもわからないのだぞうである。

話しているうちに、二人とも今度の正月が来れば十八歳になる同い年だということがわかった。そうとわかれば遠慮の気持ちも必要なくなる。

「おれたちは気が合うかもしれんな」

「計算がまるでできんのに、国の未来を憂いて西洋兵学を学んでおるというとんちんかんなところが共通しているからなあ」

そこで二人は顔を見合わせて、カラカラと笑った。共に、相手を面白いと認めあったのだ。だんだん、見舞いに来たのか遊びに来たのかわからなくなってきた。

そのうち、橋口八郎太がなぜ薩摩訛りなしでしゃべるのかの理由がわかってきた。

「おれの父親は、大坂にある薩摩藩の蔵屋敷に勤めていた武士なんだ。だからおれは大坂で生まれ育っていて、これまでに薩摩へ行ったことは一度しかない」

「そういう薩摩藩士もいるわけか」

「いるのさ。もちろん父親は薩摩言葉でしゃべるし、参勤交代の薩摩の武士としゃべったこともあって、おれもそれらしくしゃべることはできる。大砲が破裂すっとはよしごわはんな、などとな。だが、十四歳まで大坂で育って、それ以後江戸に出てきているんだから、お国訛りなしにもしゃべれるのさ」

「江戸へ出てきたのはどうしてだ」

「これでも一応武士の子なんで、剣術を修行したわけさ。大坂に道場を開いて示現流《じげんりゅう》を教えている人がいたのでな。そうしたら、なかなか筋がいいと人に認められて、江戸へ出てもっと修行を重ねろ、ということになったのだ。そいで、その当時お世継ぎであらせられた斉彬《なりあきら》様の配下ということになった」

「なるほど。江戸詰めの藩士ということだな」

「そうじゃ。斉彬様はずっと江戸住まいで、藩主になるまで薩摩に帰ったことは数回しかない、というお方だからのう」

「おれとお主は不思議に境遇が似ているのだな」

新之助はそう言った。

「どう似ておる」

「おれは下級藩士の子として十二歳まで会津で育った。だからもちろん、会津訛りでしゃべることはできる」

「どんなふうなんだ。ちょっとやってみてくれ」

「何を言おうかな。行ぐときは行ぐげんじょも、それだけではどうにもならねべし、なんてふうだ」

「強烈な訛りだ」

「薩摩者に言われたくはないわ。とにかく、そんなふうに会津弁でもしゃべれるが、十二歳の時にお世継ぎの容保様の近習に取り立てられ、それ以来江戸で暮らしている。だから訛りを隠してもしゃべれるのよ」

「なるほど。そういうところが、藩内でも変り種で、似ているかもしれんな。そいで、そっちはまだお世継ぎ様の家来か。おれのほうは、今年斉彬様がめでたく藩主となられて、少し境遇が変ったのだが」

「斉彬公とはどのようなお方であろうか」

と新之助はきいた。下級武士だから、他藩の殿様の噂《うわさ》などきいたこともないのである。実際には、薩摩の島津斉彬といえば、類まれなる英明の名君として、幕府の要人に知れ渡っていたのだが、そういうのは世間一般の情報ではなかった。

「我が殿は今年、四十三歳でようやく藩主の座におつきになった」

「ああ、そんな壮年でいらっしゃるのか。私が仕える容保様が私と同じ十七歳であるのとは大違いだ」

「斉彬公は蘭学《らんがく》に造詣が深く、西洋の新技術を学び、大いに取り入れていくべし、とお考えの開明家として名高く、老中の阿部正弘様や、水戸の徳川斉昭《なりあき》様にも大いに信頼されている。とにかく、こんなにも世界のことが見えている名君はほかにはいない、というほどの賢公なのだ」

「それほどのお方なのか」

「まさしく。ところがそれほどのお方が、藩内のゴタゴタのせいで長らく藩主になれず、ようやく今年その座におつきになられて、国中が喜んでいるのだよ。藩士として、藩内のあれこれを風評するのは控えるべきであり、詳しいことは言えんのだが」

橋口八郎太がここで薩摩藩のお家騒動について語らなかったのは賢明なことであった。そういう、自藩の恥となることを、武士がペラペラと他藩の者にしゃべることなどあってはならないからである。

しかし、八郎太に代ってここで簡単に説明しておくならば、薩摩藩には「お由羅《ゆら》騒動」というお家騒動があったのだ。

斉彬は前藩主、島津斉興《なりおき》が正室に生ませた第一子であり、普通に考えれば正統の世継ぎである。ところが、斉興はお由羅という側室を寵愛《ちょうあい》し、そのお由羅は自分が産んだ忠教《ただゆき》（のちの久光《ひさみつ》）を次の藩主にと望んだのだ。お由羅に弱い斉興もそっちへ傾きかける。一方、薩摩の改革派の人々は、学問に優れ幕府の重役陣にも高く買われている斉彬公を立てずしてなんとする、とばかりに斉彬をかつごうとする。

これに対して、国元の保守派は、西洋かぶれの斉彬より、今の殿もお望みの久光公を立てねば、と考える。その二派が対立して、互いに相手方を呪詛《じゅそ》しようとした、などという噂も飛び交い、この一、二年、藩内が乱れに乱れていたのだ。これを、お由羅騒動と言う。

今年に入って、老中阿部正弘が見過ごしてはおけぬと内々に干渉し、斉興を隠居させ、ようやくのことで斉彬を藩主としたのだ。

だから、八郎太のような江戸詰めで、長く斉彬に仕えてきた藩士にとっては、ようやく頭上の雲が晴れ、我が藩の前途に光がさしたというところだったのである。英明なる殿に従っていけば、我が藩の未来は栄光に包まれている、という気分だったであろう。

「とにかく、薩摩藩は今めでたい一歩を踏み出したのだな」

と新之助は言った。なんとなくそれだけはわかったのである。

「そういうことだ」

「それで、西洋砲術を学ぶ気にもなったというわけなのだな。詳証術がわからんのに」

「それはお主も同じではないか。おれたちは詳証術ではなく、先進的な西洋技術の必要を感じているのだよ」

「うん。世が大きく変化していく時のためにだな」

「そうさ」

二人は顔を見合わせ、うなずきあった。互いに相手のことを、友とするに足る男、と感じあったのだ。

4

それにしても、秋月新之助が佐久間象山の門弟であったことは、彼の人生を実り豊かなものにした。数学がわからないのだからどうしても劣等生ということになってしまうのだが、そこで全国から集まってきた英才たちを見て知ることが、何よりの刺激であり、財産になるのだ。

たとえば、長州藩士の吉田寅次郎《とらじろう》（松陰《しょういん》）も象山の門下生で、新之助はその男の強く激しい思想に圧倒されたものだ。寅次郎はこの年二十二歳で、一見したところは静かで礼儀正しい青年である。大人ぶった態度を取るところが微塵《みじん》もなく、年下の者に対しても敬語でしゃべるような人柄だった。オランダ語を習得するのが苦手らしく、数学もあまり得意ではない。だが、寅次郎と話してみると、誰もがその異才を認めずにはいられないのだ。

ひとたび寅次郎が日本の行く末について論じ始めてしまえば、人はその熱気に圧倒されてしまうのだった。我が日本を、西洋列強の思うようにさせることは、断じてあってはならない、と寅次郎は言う。その時国を守らんがために、武士というものはこれまでのうのうと食わせてもらってきたのだ。国難の折にこそ、狂を発して戦うべきである。

そういうことを寅次郎は、理路整然とまくしたてるのだ。きいているうちに人は、その理屈よりも、熱意に感動してしまう。こんな人が本当にいるのか、というような気がして、つい影響されてしまうのだ。

吉田寅次郎には、象山も目をかけているようであった。

塾生の中には、ほかにも優秀な者がいた。たとえば、福井藩士の橋本左内《さない》も、目を見張るほどの秀才だった。左内は寅次郎よりも若く、まだ十八歳である。それなのにこの男、諸外国の事情をよく知っている。それらの外国に対するに、日本は敵対するだけではいけない、などと言うのだ。学ぶべきところは学び、こっちの国力を高め、対等につきあうことを考えるべきである、と。

寅次郎とは少し考え方が違うが、日本のあり方についてきっちりと意見を持っているところが優れていた。細面で、品のいい顔をした優しげな風貌なのに、理路整然と語っていってどんな相手でも説得してしまうのだ。とんでもない秀才がいるものだと、舌を巻くしかない。

ちなみに、寅次郎と左内は、象山の塾に通った時期が少しズレていて、直接論争をしたことはない。もし論争をしたら、どちらが勝つのか興味深いところである。それとも、どちらも優秀で、たちどころに意見の合一を見るのだろうか。凡人の秋月新之助には、そこまではよくわからなかった。

そしてもう一人、新之助が、これは豪傑だ、と思った塾生がいた。長岡藩士の河井継《かわいつぐ》之助《のすけ》である。この男は二十五歳で、既に少し貫禄さえあった。

「秋月は会津か。お隣同士ということになるな。どうだ、一杯やらんか」

と河井に誘われたことがある。長岡は越後にあって、会津に隣接しているのだ。

いっしょに酒を飲んでみて、新之助は河井の飲みっぷりにあきれてしまった。一杯どころではない、あびるように酒を飲むのだ。そして、いくら飲んでも酔いつぶれることがなく、ひたすら頭の回転が速くなるという様子である。青臭く天下国家を論じるようなことがなく、この世のことは逃げずに立ち向かいさえすればなんとかなるものだ、というような力強い人生観を持っているようだった。まだ見たこともない異国人をひたすら恐れるというのも、井の中の蛙《かわず》の怯えではないか、などと言うのである。

井の中の蛙とは、世間知らずのまま強がっていることを言う言葉であり、世間知らずで怯えている時には使わないのでは、と新之助は思ったが、それは言わずにおいた。河井には壮士の風情があって、細かいことはどうでもいいような気分になるのである。

河井は、西洋兵学の一から十までをたちどころに会得《えとく》する、というような秀才タイプの男ではなかった。だが、事の本質を大づかみに把握しているようなところがあった。そして、どんな兵学であろうが、肝腎なのはそれを応用する人間であろう、というような鋭い理解をしているらしい。これもまた、異才の人には違いない、と新之助は感銘を受けた。

　そういう同門の人材に触れるのも、新之助にとってはある種の学問だった。様々な考え方に接した、というだけで、青年は自分の枝葉を繁らすことができるのだ。

　象山塾の中に、もう一人、新之助を驚嘆させた人間がいた。それがなんと、門下生ではなく、手伝いとして働いている若い女性である。

　塾頭の一人に、馬場弥久郎《ばばやくろう》という旗本の倅《せがれ》がいた。歳は河井継之助より若い二十四歳だが、詳証術を得意とし、うわ言にも数式を口走っていそうな男である。数学の苦手な新之助にとっては天敵のような男だが、馬場には意外にも優しいところがあって、劣等生の新之助を切り捨てることなく、易《やさ》しい問題を出して丁寧に教えてくれたりするのだった。

　その、馬場の妹で十五歳になるお咲《さき》という娘が、塾で雑用をしていた。掃除をしたり、客人に茶を出したりというような手伝い仕事を黙々とこなしているのだ。

　新之助はそれについて、なんとなく地味な女がいるな、と思っていただけだった。お咲は着ているものが地味で、そのことからの印象だった。その顔などろくに見たこともなかったのだ。

　ある日、新之助は一人塾に居残って、どうしても解けぬ数学の問題に頭を悩ましていた。現代の言葉で言えば、二次関数をグラフにする問題だったが、新之助には数式がどうしてグラフになるのかという、その根本のところさえわかっていなかったのだ。数字をあれこれひねくりまわしてみてもどうにもならず、とうとう新之助はため息をついて筆を投げだしてしまった。わからんものはわからん、と声に出して言いたいような気分だった。

とそこへ、女性の声がかかったのである。「お精が出ますね」と。

見ると、いつの間にそこへ来たのか、背後にお咲がすわっていた。

「お茶でもいかがですか」

と机に茶碗をのせてくれる。

「頭が疲れた時にはお茶がよろしいですよ」

新之助はこの時初めてお咲の顔をまじまじと見た。そして、思ったより綺麗なことに驚いた。すっきりとした瓜ざね顔で、なんとなく知的な美人である。

すると急に恥《は》ずかしくなってきた。解けない問題に手こずっているところを、一人勉学にいそしんでいるように見られたのが情けなくなったのだ。

「いや、いかんのです」

と新之助は言った。

「私は詳証術が苦手で、こうして数式を見ておっても手も足も出んのです。考え方の手がかりすら摑めない」

正直にそう言うべきだ、と思ったのだ。

するとお咲は、新之助の帳面にある問題をチラリと見てこう言った。

「放物線の数式ですね」

これには新之助、開いた口がふさがらないくらい驚いた。問題をチラリと見ただけで、そんなことが言える女性がいるなんて、白昼の空に麒麟《きりん》が飛んでいるのを見たぐらいの驚きだったのだ。

「あなたにはこれが放物線の式だとわかるのですか」

「ええ。二次関数ですから」

「信じられない。あなたは詳証術がわかるんですか」

お咲は少しはにかむような顔をして、手に持っているお盆に目を落として言った。

「兄が、たわむれに少し手ほどきしてくれたのです。そして、詳証術の考え方のすっきりしているところが好きになってしまいました。それで私、象山先生のところで学びたいと思ったのですけれど……」

そんな女性がこの世にいるのかと、新之助は声も出ないほど驚いている。

「女が兵学の塾へ入れるはずがなかろう、と言われてしまいました。それで私、下働きとして塾のお手伝いをしたいと願ってみたのです。そこにいれば、自然に詳証術のかけらが身につくだろうと思いましたので」

「信じられないような気がします。数字のことがわかって、面白いという女性がいるなんて」

「ほんの少しかじって、考え方の綺麗なところが気に入っているだけです。見事に理屈が通っていますので」

こんな娘さんに数学がわかるのかと思うと、ただもう珍しいことで、新之助はわからない自分を恥じる気さえ失ってしまった。

「詳証術に理屈が通っていると言うのですね。それは大変な感想ですよ。私には、ただわずらわしいばかりで何もわからんのに。放物線とは何か、ということすら理解できない」

「放物線ですもの、物を空中に放った時に、その物が描く線のことだと、名前からわかるじゃありませんか」

「そこまではなんとかわかっても、その線がなぜ数式で表せるのかが、どうしても理解できんのです」

お咲は十五歳の小娘によく似合う、いたずらっぽい顔をした。

「数式が性に合わないのでしたら、そのことはお忘れになればいいのですわ。数字ではなく、投げ上げられた物はなぜ放物線を描くのか、理屈でわかっていればとても大きな理解ではないでしょうか」

「数式ではなく、理屈でわかれと言うんですね。ということは、あなたにはそれがわかっているのですね」

「いっしょに考えてみましょうか」

とお咲は言った。数学がわかる女性がいる、ということに衝撃を受けてしまっていた新之助は、手ほどきなど無用、と意地を張ることすら忘れており、はあ、と返事してしまった。

お咲は新之助の横にすわり、筆を手に取ると、新之助の帳面に図を描いた。

「このように、斜め上を向いて大砲が置かれているとして、この大砲が撃ち出した砲弾はどんなふうに飛ぶのかを考えてみますわね。そのことを、刹那《せつな》に区切って考えるのが詳証術の考え方なんです」

新之助は真面目に話をきいた。

「それでまず、最初の一刹那に砲弾がどう飛ぶかを考えると、この方向に飛びますよね」

お咲は斜め上を向いている大砲から、斜め上にのびる線を引いた。

「確かに、そう飛ぶ」

「これは、二つの速さの合わさった力によって飛ぶんです。その二つとは、まず、大砲から横に遠ざかろうとする速度と、上へ登ろうとする速度ですわ」

お咲は水平の向きの矢印と、垂直の向きの矢印を描いた。そしてその二つの力が作る四角形の、対角線を砲弾が飛ぶことを図にしてみせた。

「それでは、次の刹那のことを考えてみます。次の刹那にも、横へ進む速度は同じですよね。細かく言うと、空気にぶつかって飛ぶのですから速度は少し小さくなるんですけど、それはまあ気にしなくてもいい小さなものですから、考えないでおきます。ところが、次の刹那の、上へ進む速度は最初の刹那より小さくなりますよね。なぜかというと、砲弾には重さがあって、そのせいで下へ引っぱられるからです。重いものが上へ進むのですから、速度は小さく、このぐらいになります」

そう言って、上向きの矢印を、最初のものより短く描いた。すると、二つの力の合わさった飛ぶ方向は、やや上昇角度を下げることになった。

「そしてまた、次の刹那を考えます。そこでも、横に飛ぶ速度は変らなくて、上へ飛ぶ速度は少し小さくなりますわね。そのために飛ぶ角度はまた少しゆるやかになります」

お咲の描く図の中で、砲弾の進路が少しずつ下がってくるのを、新之助は目を見開いて見た。

「そのように飛んでいくうちに、とうとう上へ進む速度がなくなってしまう時がありますわ。それが、この砲弾がいちばん高く上がったところであり、一刹那だけは横にだけ進んでいるのですわ」

「そうか。そのような理屈で、物は放物線を描いて飛ぶのか」

「わかりますわよね。ここから先は、砲弾には下へ落ちる速度が働くようになるんです。それも、初めは小さな速度なんですけど、だんだん大きな速度になってきます。こんなふうに」

お咲の描く図の中に、放物線ができてきた。

「なるほど。よくわかる」

そこでお咲は筆を置き、嬉しそうに笑ってこう言った。

「数式が苦手ならばそんなの忘れていいんですわ。大砲の砲弾がこのように飛んで、だから放物線を描くんだという理屈がわかっていれば、砲術がかなりわかっていることになりませんかしら」

「いや、驚いた。こんなにすっきりとした放物線の説明をきいたのは初めてだ」

半分信じきれないような顔で新之助はお咲の顔を見た。お咲ははにかんでいる。

なんだか天女のような人ではないか、と新之助は思った。

5

年が替って嘉永五年（一八五二）、会津の八代藩主松平容敬が死に、容保は十八歳の若さで会津藩主となった。会津藩は二十三万石で、決して小さな藩ではない。親藩であり、参勤交代で江戸にいる時は、溜間詰《たまりのまづめ》という、特に格式の高い大名家のグループに入っていた。

容保が晴れて殿様になって、秋月新之助の生活もガラリと一変した。それまでの容保がお世継ぎ様である時には、容保は江戸の会津藩中屋敷に住んでおり、家来の新之助もその屋敷の長屋に住んでいたのだ。それが、殿様になると、上屋敷に住むことになる。

会津藩の中屋敷は汐留《しおどめ》にあり、上屋敷は和田倉門にあった。和田倉門は後の世の地名で言えば、東京駅のすぐ前の丸の内あたりである。汐留からそこへ新之助も移り、禄高もわずかながら加増された。

新之助の立場は、江戸定詰《じょうづ》めの、殿の近習の一人である。殿と兵学の話などをする相手役、というところだ。

「お殿様と直に口がきけるのだから大したものだな。おれなどは、斉彬公と口をきくどころか、お姿を拝見することだってあまりないというのに」

橋口八郎太は少しうらやましげにそう言った。新之助が晴れて殿様の近習になったことを祝ってくれて、あれこれ雑談していた中でのことだ。

「そうは言っても決して身分が高いわけではないぞ。幼い頃からの話し相手で、今は殿の息抜きのためのお側付き、ということにすぎんのだからな。実際のあれこれの御用の係には、家格が上の者が選ばれている」

「そうかもしれんが、それにしても会津は上下のつながりが強いような気がする」

「そうかな」

「まず藩自体が、徳川将軍家への絶対忠節を家訓としているくらいだ。それも、上下の関係を重く見る考え方からのことだろう。そして、藩士のすべてがその家訓を守ることに疑いを持たない。そういう、強く結びついた家族のような藩だよ」

「なるほど。幼い時から『ならぬことはならぬものです』と教え込まれているからのう」

新之助が言う『ならぬことはならぬものです』は、会津の子供への格言である。

会津では六歳から勉強を始め、十人の子供が「什《じゅう》」という仲間を作って行動するのだ。その什には、『年長者のいうことを聞かなければなりませぬ』などの七つの格言があって、毎日全員が集まるとそれを唱和した。その最後の締め格言が、『ならぬことはならぬものです』だったのだ。駄目なものは駄目だという厳しい格言だった。

「そういうところは、田舎びておって、ちょっと古いのかもしれん」

と新之助は言った。だがすぐにこう続ける。

「おれは会津藩士なのだから、古いままでやっていくのだがな。だが、薩摩にも似たようなところがあるではないか」

「薩摩でも、郷中《ごじゅう》教育というものがあって、そこでの掟《おきて》は厳しいと教えてくれただろう」

「なんの話だ」

二人はそんなことも話し合う仲になっていたのである。

八郎太が、おれは大坂で育ったから体験しておらんのだが、薩摩の国元ではこんな教育をしているんだそうだ、と語ってくれた郷中教育とは、こういうものだ。

居住する地区ごとに、郷中教育というものが行われる。それは近所に住まう、長老《おせ》（二十四、五歳以上）、二才《にせ》（十四、五歳〜二十四、五歳）、稚児《ちご》（六、七歳〜十四、五歳）からなる集団教育であり、年長者の言うことは絶対だという自発的学習組織だった。

「それで、薩摩の者はよく『義を言うな』と言うそうではないか。あれは、『ならぬことはならぬものです』とよく似ているではないか」

義を言うな、とは、理屈を言うな、という意味である。どんなに正しい理屈でも、薩摩では理屈を言うと叱られるのだ。

「『義を言うな』は、男らしさへのこだわりなんだよ。つまり、理屈を言うのは、言い訳をするってことで、男らしくないと考えるわけだ。男なら理屈は言わず、命令された通りに動け、ということで、少々考え方が荒っぽいのさ」

薩摩育ちではない八郎太は、そんな批判めいたことを言うのであった。

このように、新之助と八郎太はお互いの藩の気風さえも語り合うという、肝胆相照らす仲だった。象山塾という私塾で共に学ぶ仲だからこそのことであり、そこでの成績があまりよくないというのも、二人の絆《きずな》を強くしていた。

この年も夏にさしかかる頃、成績がらみのことで、八郎太が新之助を救ってくれたのも、二人の友情ゆえのことだった。

象山の塾で試験があったのだ。オランダ語と数学の試験であり、新之助には脂汗が出るくらいの難関であった。

その試験で、あまりにも成績のひどい者は破門とする、という噂が流れていた。つまり落第であり、退塾せよ、ということだ。

試験の数日後、橋口八郎太は、親しくなった塾頭のひとりに自分の成績のことをきいてみた。私は落第でしょうかと、おそるおそる尋ねたわけだ。

そうしたら、お主は落第をまぬがれていると教えられて一安心。ところが塾頭の次の言葉が、

「破門になるのは秋月新之助だそうだ。なにしろ詳証術の成績がひどいもので、これはどうにもならん、ということになったらしい」

八郎太は、えっ、と言ったまま二の句がつげなくなった。

あいつが破門か、と思うと複雑な思いがこみあげてきた。確かに、数学がまるででき

んものな、と思う。おれも数学は苦手だが、あいつよりはマシだ。

　しかし、そのことは脳の向き不向きの問題である。あいつの頭が悪いわけではないのだ。今の日本になぜ西洋兵学が必要か、などのことはあいつもよく理解している。日本の将来を正しく見通せる能力も持っている。それなのに破門なのか。

　あいつは、殿様の命を受けて象山塾に入門しているのだ。習ったことを若き藩主松平容保公に伝えるという役目を帯びているということだ。それが破門では、藩に対して申し開きができん、ということになってしまうではないか。武士として、藩から命じられた仕事をしくじったということになり、どうしようもなく面目を失ってしまうのだ。

　八郎太は、笑った時の新之助の人の好い顔を思い出し、これは見過ごしにはできぬことだ、と考えた。あいつは友なのだ。友が苦境に立ったのならば、なんとかしたいと思うのが男だ。

　八郎太はその次の日、思いきった行動に出た。佐久間象山先生に面会を願い出たのだ。

「きみか。薩摩の武士で、剣の腕は立つそうだが、学問のほうはあまりふるわないようだな」

　奥まった目をキラリと光らせて象山はそう言った。八郎太は少し驚いた。おそらく象山先生はおれのことを知らないだろう、と予想していたのだ。それなのに、薩摩者であることや、剣を遣うことを知ってもらっていて、感激だった。

「先生にお願いしたいことがあります」

八郎太はペコリと頭を下げた。

「なんだね」

「会津の、秋月新之助のことです。きけば、先日の試験における秋月の詳証術の成績が悪く、塾を破門になるとの噂でございます。そのことをもう一度考えていただきたいのです。秋月を破門しないで下さい」

「しかし、詳証術がわからんでは、西洋兵学を極められないのだぞ」

「あいつは詳証術に弱いのですが、兵学の理論が理解できない馬鹿ではありません。あいつなりに懸命に学んでいるのです」

象山は不思議そうな顔をした。

「なぜ秋月が、破門はお許し下さいと言ってこないで、きみが他人のことにかかずらうのかね」

「秋月も武士のはしくれであり、試験に落第したものを、なんとかして下さいと願うのはできぬことです。私は、秋月の友ですから、あいつのためになんとかしてやりたいと望むのです」

「ほう。藩のワクを越えて二人は友だと言うのかね」

「この塾で知り合い、友となりました。それから、秋月を破門してはならないのには、こういう理由もあります。あいつは、会津藩主松平容保公の命を受けてこの塾で学んでいるのです。ここで学んだことを、若き藩主容保公に伝えているわけです。会津といえば、海には接しておりませんが東北の雄藩です。そういう大名家の若き藩主が、秋月を通して象山先生の思想の一端に触れ、これからの日本には海防が何より大切であると知っていくことの意味はとても大きいと思うのです。そういう、会津藩との接点を残しておくためにも、秋月を破門するのはいかがかと思われます」

象山は顎からのびる黒い鬚を整えるようになでた。おそらく、八郎太の言う、会津との接点、という言葉が象山の心を動かしたのだと思われる。だが、象山がニヤリと笑って言ったのはこういう言葉だった。

「橋口。きみはあの詳証術の試験で、自分が何点をとったのか知っているかね」

「いや、存じません」

「きみは秋月よりも、一点だけいい成績だったのだ。つまり秋月はきみより一点低いだけだったのだよ。ならば、そこに差をつけるのもちょっとおかしいかもしれん」

八郎太は全身に冷や汗の流れるような心境になった。自分もまた落第スレスレだったのだから。象山はニヤニヤと笑い、こう続けた。

「それに、きみはあの大砲の試し撃ちの時に大怪我を負っている。私としてはきみにひとつ負い目があるわけだ。だからそれに免じて、秋月の破門のことは考え直そう」

「ありがとうございます」

八郎太は安堵《あんど》して、畳に手をついて頭を下げた。とにかく、これで秋月新之助は破門されずにすんだのだ。そして、スレスレのところでおれも助かった。

八郎太は、自分が象山先生に新之助のことで願い事をしたのを、誰にも言わず黙っているつもりだった。ところが、例の成績のことをきいた塾頭が、新之助にすべてを話してしまったのである。

きみの詳証術の成績が悪くて一度は破門になりかけたのだが、橋口が象山先生に、詳証術はできずとも秋月は大いに勉強しておりますから、破門だけはお許し下さいと願い出て、その友情に免じて破門はとりやめになったんだよ、と。

おれを助けてくれたのか、と新之助は感動した。確かに、ここで象山塾を破門になったら武士の面目が立たないところだったのだ。命拾いをしたような気持ちになる。

そして、何の得にもならないのに、友のために働いてくれた八郎太に胸の内の血がたぎるような思いがわきおこってきた。あいつこそ真の友だ、という気がした。

新之助は八郎太を誘い出し、共に酒を飲んだ。そして何度も、どれだけ感謝しているか口では言い表せぬほどだ、ということを言った。

「もう礼は言うな。礼など言わんのが友というものだろう」

と八郎太が言い、新之助も納得した。だから大いにハメを外して飲むことに専念した。

二人ともあびるほど酒を飲んで、ぐなぐなになってしまった。そして、ついに八郎太は胸中に秘めた思いをあふれ出させてしまったのである。

好いた女がいる、と八郎太は口走ってしまった。

まことに、青年である。愚かしいが、ありがちな心の暴走だ。

相手には伝えられず、ただこちらの胸の中だけにある恋心だ、と八郎太は言う。どうにもなるはずはなく、ただ苦しいばかりの恋だ。なのに、その人のことを思わぬ日はない。

「その相手は誰だ」

と新之助はきく。なにかできることがあれば、その恋の成就を手助けしたい、という気分であった。

八郎太はなかなか相手の女性のことを言わなかった。言ってしまったら、大切なものが壊れてしまう、と思っているかの如く。

しかし、青年は酒の力を借りて結局言ってしまうのである。

「塾頭の馬場さんの妹の、お咲殿だ。あの人が塾で手伝い仕事をしているのを見ているうちに、その姿が頭の中に焼きついてしまったのだ」

その女性の名をきいて、新之助の心の中も激しい嵐にみまわれてしまった。あらゆるものをなぎ倒すようなものすごい嵐だった。

6

新之助がお咲のことを心の片隅に貴重な飾り物のように置くようになったのは、いつ頃からだろうか。それは、放物線の原理を手ほどきされた頃からかもしれない。

この若い娘さんが数学のことをここまでわかっているのか、という驚きが最初の感情だった。それだけなら、なのにおれにはそれがわからん、という劣等感につながり、女だてらに小癪《こしゃく》な、という反発を生じさせるものかもしれない。だがそうならなかったのは、お咲の控えめな様子のせいだった。塾生たちが苦しんで学んでいるのを知っているからなのか、数学がわかることなどおくびにも出さず、目立たぬように雑用をこなすだけだ。その奥床しさが好ましかった。

そして、そうであるからこそ、なぜおれには数学のわかることを打ち明け、放物線のことを教えてくれたのだろう、と思うと新之助の心は騒いだ。あまりの劣等生ぶりに同情心がわいたのか、それとも、歳が近いせいで親しみが生じたのだろうか。

とにかく、あれ以来新之助はお咲のことを心にかけていた。塾で顔を合わせて、こんにちは、と言うだけで胸の内にぬくもりが生じるのだった。いつも地味な着物を着ているお咲の顔立ちが、決して地味ではないことに気がつき、チラリと見るだけでも心がときめくようになっていた。

おれはどうもあの人が好きらしい、と考えて、脳天がしびれるような喜びに包まれるのだ。それが恋というものだった。

まだ幼くて、何をどうしたい、という方向性を持たない恋である。ただ思いがほとばしるばかりで、実際に会えば言葉がぎこちなくなってしまうような、甘美な熱狂である。

そういう思いで、おれはこのところふわふわしていたのだ、と新之助は己を分析した。

橋口と酒を酌み交わして開放的な気分になったあの夜、話の流れによってはおれが先に、実は好きな女がいる、と打ち明けたかもしれない。どうなるものではない、とわかっているのに、ただその人のことを思うと嬉しいのだ、と。

ところが、先に橋口のほうが、好きな女がいることを告白した。その思う人というのがあのお咲だった。

新之助は八郎太になんとなく自分の思いを隠した。ほとんど言い出しそうになっていた、実は好きな女がいる、という言葉を引っこめて、封印した。八郎太の思いを知ってしまった以上、こっちの思いは隠すしかない、と考えたのだ。

胸がつまった。これまでに味わったことのない、寂寥《せきりよう》の風が胸の中に吹き荒れた。

あの時、もしおれが先にお咲さんが好きだということを打ち明けたら、八郎太はどうしただろう。おそらくあいつも、それをきいてしまえば自分の思いのことは隠すだろう。

お咲殿はいい人だものな、というようなことを言い、いい恋ではないかと、応援してくれるかもしれない。そして心の中で、苦悩するのだ。

どちらが先に言っても、言われたほうは苦しむしかない事情なのだ。二人が友であるからこそ、そこには苦しみが生まれる。

あいつは、おれのために象山先生に破門を考え直して下さいと願い出てくれたのだ。他人のためになぜそこまでしてくれるのかと言えば、友だからだ。そういう友誼《ゆうぎ》には厚く応《こた》えなければならない。

新之助はうつろな心で時をすごすようになった。何をしていても集中できず、どこかぼんやりという具合だった。

ただ、オランダ語の勉強だけには身を入れるようになった。数学が苦手ならば、せめてオランダ語のほうだけでも真面目にやらなければ、破門から救ってくれた八郎太に顔向けができない、と思ったのだ。その結果、新之助のオランダ語は身についたものになっていった。

その年も暮れようかという頃、象山塾を出て藩邸に帰ろうとする新之助を、小刻みな下駄の音が追ってきた。何事かと振り返ってみると、お咲が追いついて、苦しそうに息を整えている。

「どうしたんです」

と新之助はきいた。

「私、小伝馬町《こでんまちょう》の家に帰るところなんです。ふと見たら秋月さんがいらして、八重洲《やえす》のあたりまでは道が同じだと思いましたので、ご一緒しようと思って」

それで走って追いついたということだった。

新之助が飛びあがりたいほどの喜びを感じたのは言うまでもない。一緒に歩こうと、お咲は駆けてくれたのだ。心臓を酒蒸しにされたようなふわりとした気分に新之助はひたった。

だが、なるべくさりげなくこう言う。

「では、ご一緒しましょう」

若い二人は並んでゆっくりと歩いた。それだけで新之助は夢のような心地だった。

「秋月さんは、この頃オランダ語の勉強に精をお出しになって、めきめきと力をおつけになっているのだそうですね。そのことを兄からききました。あれならば我が塾生として不足のない者になったと、兄は喜んでいました」

お咲は自分の喜びであるかのように目を輝かせてそう言った。新之助は少し照れて、苦笑まじりにこう言った。

「詳証術があまりにできんので、せめてオランダ語のほうだけでも頑張らねば、先生の塾に置いてもらっているのが申し訳ないと思ったのです。ただそれだけのことです」

「詳証術が苦手なのはどうしようもないことですわ。その分だけほかのことで努力なさろうというのだから、立派なことだと思います」

「立派ではないんです。それぐらいのことをしなければ、私は本当に破門ですから」

そう言いながら新之助は、どうしてお咲はおれと話をしたがるのか、ということを考えていた。帰る方向が同じだからにすぎないのか、それとも歳が近くて話しやすいのか。もしや、おれと話すことが楽しいのだろうか、と思ってみたりして、顔の筋肉がだらしなくゆるむ。それはとんだ思い上がりかもしれないという気もして、顔を赤くする。とにかくまともな思考力というものを失っていた。

「あの……」

とお咲が意を決したように言いかけた。重大な話が出てきそうな気配に、新之助は息をのんだ。

「はい」

「実は私、先だって、象山先生に妾《めかけ》にならないかと問われました」

「なんですって」

と新之助は声を裏返らせ、足を止めた。思わずお咲の顔を見つめる。

お咲は黙ってうなずいた。なんだか、新之助を驚かせたことを楽しんでいるような表情になっていた。

「頭のよすぎる人というのは、あんなにあっけらかんとそういうことを口にするのかと、私も驚きました。つまり、先生の子供を産んでくれないか、という話なのです」

「こ、子供を……」

「自分ほどの才能の持ち主にまだ子がないのは世のためにも惜しいことだ、とおっしゃるんです。我が頭脳を受け継ぐ子を残すことが、天才である自分の義務なのだと。だから、妾になって自分の子を産んでくれないか、と言われました」

「それに対してあなたはどう答えたのです」

新之助は今どこを歩いているのかもわからない気分になっていた。胸がざわざわと騒ぐばかりだった。

「私はこう答えました。先生のお子を産むのは女にとって誇りに思えることでしょう。しかし、私には天才でも偉人でもない平凡な男の人の妻になり、所帯を持ってみたいというささやかな夢があるのです。子供じみた思いかもしれませんが、まだそんなことに憧れているのです。だから先生のお妾になることはできません」

「そう言ったのですか。先生はどうおっしゃいましたか」

「先生は理詰めでお考えになる方で、私を妾に、というのだって情に流されてのことではないのですね。そうか、それならばこの話はなかったことにしよう、とおっしゃいました。そして私に、これまで通り塾の細かい仕事をよろしく頼む、とも。それでは誰に、我が子を産んでくれるよう頼もうか、と次の候補を思案なさっていらっしゃるみたいでしたわ。女のことなどで心を迷わせたりはしないのでしょうね」

「そうか。象山先生はそういうお方なのか」

新之助は動揺していた。妾になって子を産んでくれ、などとこのお咲に言ったとは、なんとあからさまな、と顔が赤らむような気がするのだ。だが、私には別の思いがあります、と断られると、それならあきらめる、と引き下がるというのが常人ではない。あいう天才はそんなふうに変っているのかもしれない、という気もした。

新之助はだんだん地面に足がつかなくなってきた。お咲のしてくれた話は、それほどまでに新之助の心を乱したのだ。

お咲は象山先生の妾になる話を断った。

その理由は、平凡な人の妻になって所帯を持ちたいという夢を持っているからだそうだ。

だが、そのことをどうしておれに話してくれたのだろう。

わざわざ、一緒に歩きましょうと誘って、ふいにそんな話題を持ち出して、私は平凡な人の妻になりたいのだと伝えたその真意はどこにあるのか。

まさか……、その、天才でも偉人でもない平凡な男とは。

そこから先はもう考えられなかった。体がカッと熱を持ってしまうばかりだ。

とある四《よ》つ辻《つじ》にさしかかったところで、お咲は足を止めた。新之助も立ち止まる。

「ここから先は道が違いますわ。私はこっちへ行きます」

「あ、そうですね」

「ではまた、塾でお目にかかりましょう」

そう言うと一礼して、お咲はまっすぐ歩み去っていった。だが新之助の目には、一礼した時のお咲のほほ笑んだ顔の残像がくっきりと残っていた。

やがて新之助は、藩邸のほうへ歩みだす。そして、同じようなことを、ぐるぐると考えるばかりだった。

おれはやはり、あの人が好きなのだ。

だからこそこんなに心が騒いでいる。

あの人のことを思わずにはいられない。

そのことは、友への心情とは別のことなのだ。

八郎太があの人を好きだと知っても、こっちの思いに水をかけて消すことはできない。好きだというのを先に言ったのが八郎太ではあっても、男女のことは早い者勝ちではないのだ。

友情のこととは別に、恋は対等の奪いあいであっていいはずだ。

おれも、あの人が好きなのであり、そのことは誰にも邪魔されるものではない。

おれの恋に水をかけて消すことができるのは、お咲さんだけなのだ。

そう思ってみて、もうお咲に嫌われたかのようにうちひしがれる新之助だった。思いが極端から極端へと揺れ動くのだ。

それが恋心というものだからである。まだ十八歳の新之助にとって、恋は惑いへの入口なのである。

八郎太とおれと、どちらがあの人に思いを伝えられるかの勝負が始まるのだ、と新之助は考えていた。

7

嘉永六年（一八五三）は、ほかの年ととりたてて違うところもなく、平穏に始まった。まさかこの年が、この日本という国が騒然とした激動の時代へと突入するきっかけになるなどとは、新しい年の始まった時には誰も思っていなかった。

しかし、この年を境に、日本は激流にのみ込まれるのだ。時代の奔流にもてあそばれ、思ってもみなかった世の中の大変化に直面させられていくのだ。全国のあらゆる藩に、そしてそこの藩士たちに、激震が襲いかかる。

六月に入ってすぐの頃だった。

会津藩上屋敷の中が騒然とした雰囲気に包まれ、のんびり屋の新之助もさすがに、何かあったのか、といぶかることになった。そこで長屋を出て、顔見知りで、同い年の下級武士が歩いているのを呼び止め、尋ねてみた。

「おい、何か知っているか。なんだか屋敷内がざわざわしているが、大きな事件でもあったんだろうか」

するとその男は、あきれたような声を出した。

「何をのん気なことを言っているんだ。黒船《くろふね》だよ。江戸湾に異国の軍艦が来たんだ。町には瓦版《かわらばん》も出ていて、江戸中がひっくり返るような騒動になっているんだ」

これには新之助も驚いた。それはまさに、佐久間象山先生が予言していた国難そのものではないかと、胴が震えた。

「それはいつのことだ」

「きのうのことだそうだ」

「江戸湾のどこにやってきたのだ」

「三浦半島の浦賀沖だと教えてくれた人がいるが、本当かどうかはよく知らん」

そこならば、江戸湾に来たというのは大袈裟《おおげさ》だな、と新之助は思った。三浦半島に来たのなら、江戸湾に入る手前だ。

「どこの国の軍艦なのだ」

「それは知らん。とにかく、鉄で造られており、蒸気の力で走るものすごい船が何隻も来たらしい」

これでは話にならぬな、と新之助は思った。どの国の軍艦が、何のために来たのかもわからないまま騒いでいても何の役にも立たないのである。

どういうことがおこっているのか、正しく知らねばならん、と新之助は考えた。象山の塾に入っているのは、こういう場合に日本がどうしたらいいのかを考えるためである。その意味で、新之助はこの事件を、おれが専門に学んでいることが役立つ時が来た、と受け止めた。外国には蒸気船というものがある、ということだって象山から習っていたのである。

新之助は市中に出てみた。かえって町中の噂話のほうが細かなことまでわかるかもしれないと思ったのだ。

町には異様な緊張感が張りつめていた。大声で騒ぎたてる者はいなかったが、どの顔も硬く引きしめられており、歩く者がみな足早なのだ。商家は店を開けていたが、客の姿はまばらだった。

新之助は瓦版を手に入れて読んだ。そこには、きのうの夕刻、浦賀沖に四隻の異国船が停泊したことが報じられていた。巨大な鉄の軍艦で、大砲を装備しているそうだ。だが、どの国の軍艦で、その目的が何であるかは書いていなかった。とりあえずの第一報、という感じのものだった。

市中に出ても同じことしかわからないので、新之助は上屋敷に戻り、側役頭《そばやくがしら》の長屋を訪ねた。会津での住まいが近所の、よく知った中年男だ。

「異国船について何か新しいことはわかりましたか」

と新之助はきいた。

「いや、まだよくわかってはおらん。浦賀奉行与力が船を訪ね、来意をきいているそうだが、はっきりした答えが返ってこないのだそうだ」

「我らは今後のことにどう備えればいいでしょうか」

「今、殿が登城なされており、あれこれ評定《ひょうじょう》なされておるであろう。その次第によって、我が藩がどう動くかが決まる。それまでは待機するしかない」

「待機中には何を心がければいいでしょう」

「まずは、いつでも動けるように藩邸内にとどまっておることだ。我が藩は親藩であり幕府の覚えもめでたく、海防役をおおせつかることが大いに考えられる。だからいつでも出動できる身構えでおらねばならん」

「はい。そのほかには」

「武具を用意しておくことじゃ」

「武具というと、鎧《よろい》や兜《かぶと》ですか」

言いながら新之助はなんだか滑稽《こっけい》な、と感じていた。大砲を装備した軍艦に立ち向かうのに、鎧や兜がどう役に立つというのだ、という気がしたのだ。

「何でもいい。とにかく、戦うかもしれんのだから武具一式が必要だ」

「しかし、我が家の先祖伝来の甲冑《かっちゅう》は若松城下の家に置いてきてあるのですが」

「それならば、藩からの武具の支給を受けよ。とにかく、丸腰では異国の兵と戦えないのだから」

この人はどういう戦いを頭の中に想像しているのだろう、と思ってしまった。軍艦と戦うというのに、源平の戦いのようなものを想像しているのだろうか。

新之助の思いは千々に乱れるのだったが、その日のうちには新しいことは何もわからなかった。

こういう時、象山塾へ行ってみれば、そこのほうが情報が正確なのかもしれない、と思った。西洋兵学の塾なのだからおのずといろいろなことが伝わってくるに違いない。

しかし、藩邸に待機しろ、と言われているので身動きがとれない。知りたいことがいっこうにわかってこないもどかしさの中で、じりじりと新之助はその日をすごした。

異国の軍艦について、いくらか詳しいことがわかったのは次の日の朝だった。

その船は、アメリカから来たものだという。四隻からなる艦隊で、そのうち二隻が蒸気船であり、二隻は帆船。ただし、どの船も大砲を装備し、その筒先を陸地に向けていた。

浦賀奉行が来意を確認したところ、アメリカ大統領からの国書を、幕府に渡したいのだと答えた。奉行が、我が国の外交の窓口は長崎であるからそちらへ回れ、と言っても応じず、もし国書を受領されないのなら、ただちに江戸表にまで乗り込む、と強硬な態度なのだという。

ということは、すぐにもアメリカ軍艦と戦争になるかもしれんということか、と新之助は表情を硬くした。我が国は鎖国をしており、長崎以外に外国船が来ることはまかりならん、ということになっているのだ。それなのに、むこうが力ずくで江戸に上陸しようということになれば、武力でもって追い払うしかないということになるのである。大砲を持っている相手に勝てるかどうかは別の話だ。勝てなくても、異国人の入国を認めるわけにはいかないのだ。

昼近くになって、藩から藩士たちに指示が出た。汐留の中屋敷のほうに集結せよ、という命令だった。

二百名ばかりの家中《かちゅう》の者がその指示に従って中屋敷に集まった。そこで、武器を支給される。

新之助が支給されたのは、なんと槍《やり》だった。甲冑は渡されず、槍だけで軍艦に対応しろというのだ。大砲に対して、槍でどう戦えというのだろうか。

「我が藩は人数を二つに分け、その半分はまずこの汐留にて、江戸に上陸しようとする異国兵への備えにあたる。たとえどのようなことがあっても江戸へ異人を上陸させてはならぬ」

中屋敷内にある練兵所の教官が、こういう時は自然に司令官のようになってそう指図していた。

「あとの半分は、浦賀の警固《けいご》のためになるべく近いところまで行き、海岸線の防御にあたる。このことは、幕府から特別に我が藩に御下命《ごかめい》のあったことである」

兵力を二つに分けるどさくさの中で、新之助は汐留の守備隊のほうにまわされそうになった。あわてて、教官に申し出る。

「私は、佐久間象山先生のところで西洋兵学を学んでいます。だから黒船をこの目で見たいのですが」

「そういうことなら、浦賀へ回れ」

ということになった。新之助は、ただ好奇心からアメリカの軍艦を見てみたかったのだ。

隊を組んで、あわただしく三浦半島方面へ出発する。袴こそつけているが、鎧などない平時の形《なり》で、ただ槍を持たされて警固に向かうのだ。ある意味それは、収拾のつかない大混乱の図であった。

他藩の兵もあわただしく集合しつつあった。長州藩や桑名藩も海防の任につこうと右往左往していた。

そんな中、親藩の会津藩はどこよりも大きな顔をして、中心部へずかずかと突き進んでいった。将軍家を守るのは我が会津藩という強い信念に動かされているのだ。

夕刻前に、新之助たちは浦賀奉行所に着いた。そこは合戦時の陣中のようにごった返していた。そして、今現在どのようなことがおこっているのかさっぱりわからない。黒船は奉行所の場所からは見えないのだ。

新之助は顔見知りの用人《ようにん》を見つけて、近寄って声をかけた。

「佐々木様、秋月新之助です」

「おう、どうした」

「私は西洋兵学を学んでおり、洋式軍艦の種類なども習っています。ですからぜひともこの目で黒船を見たいのですが」

「見れば何かわかるのか」

「装備している大砲の数だけでもわかれば、むこうの戦力を想定することができます」

「なるほど」

そんな人材が当藩にいたのか、というような顔をその用人はした。

そこで新之助は後ろを振り返って、左手の人さし指を高くつき上げた。

「あそこに小山があります。あそこに登って海上の黒船を観察することをお許し下さい。まずは現物を見たいのです」

「わかった。他藩の者ともめごとをおこすなよ」

「承知しております」

「あとで、上の者に報告するのだぞ」

「はい」

というやりとりを経て、新之助はその小山に登った。持っている槍が自然に杖《つえ》のようになる。

登ってみると、そこには人がいた。十人ばかりの侍が群れていたのだ。

その連中が知り合いだと気がついて、新之助は驚いた。次に、さすがは先生だと尊敬の念を強めた。小山の上にいたのは、象山塾の門下生たちだったのだ。

「ああ、秋月ではないか」

と気がついてくれる者がいる。

「皆さんは、ここへ黒船を見に来たのですか」

「そうだ。象山先生もいらっしゃる」

いちばん高いところに登り、新之助は象山の姿を認めた。いつもの、塾にいる時と少しも違わぬ様子で、その人は海を見ていた。

「先生。会津の秋月です」

と声をかけると、象山は無用の挨拶言葉など抜いて、いきなりこう言った。

「会津は海岸警固に兵を出させられたか。兵の数は何人だ」

「百人ちょっとです」

「そうか。それだけの兵で何ができるかな」

「それを知るためにも、敵の軍艦を見るためにここに登ってきました」

「そうか。ではよく見ろ。あれが洋式の軍艦というものである」

新之助は崖の端に立って、眼下に海を見た。静かな海に、数えれば四隻の真っ黒い軍艦が停泊していた。

四隻のうち二隻は蒸気で動く外輪を持っており、長い煙突から、真っ黒い煙を吐いていた。特に一隻は、目を見張るほど大きかった。

新之助が知っているはずもないことだが、それが、遣日特派使節であり艦隊長であるペリーの乗ったサスケハナ号だった。

軍艦はどれも鉄板で装甲されており、真っ黒に塗られていた。それは、静かな海に休む怪物のように見えた。

大砲がこちらに向けられているのが見える。だが、単に大砲に脅威を感じるのとはちょっと違っていた。軍艦という、黒くて巨大な戦力がここまで来ている、ということに、言い知れぬ脅威を覚えるのだ。ここにあるのは力だ、という気がした。この力が、無理矢理に日本をねじふせにかかるのかもしれない。

　この力を敵にまわして、我が日本は戦うことなどできるのか。

新之助は膝が震えることを恥じて、人に見つからないように願っていた。

「とてつもないものだろう」

と横から声がかかった。声の主は橋口八郎太だった。

「お前も象山先生と……」

「うん。薩摩藩は今のところ動いておらんので、軍艦を見に行くという先生のお供をしたのだ」

「そうか」

「あんなものが、とうとう本当に来てしまったのだ」

「イギリスではなく、アメリカだったというのが意外だな」

「来る時には全部来るのではないかと思う。アメリカが最初だったのはたまたまだよ」

「この先どうなるのだろう」

「わからん。想像もできんよ。だが、いずれにせよ大騒動の時代になるような気がする」

　槍を立てて持った姿勢で、新之助は軍艦を見つめた。自分が持っている武器が槍だというのが、笑い話のような気がした。

二人の若者が崖の上に並んで立って、日本の未来をじっと見つめていた。

8

ペリー艦隊は、思いのほかあっさりと引き上げていった。

六月三日に浦賀沖に錨《いかり》をおろし、六月九日には国書を幕府に受領させ、その三日後には江戸湾入口から退去したのだ。

つまり、幕府としては、ペリーの持ってきた国書を受け取るしかなかったのである。外国船を長崎以外の港に入れてはならないとか、無理に接近する船は二念《にねん》なく打ち払え、などというこれまでの方針は、実際に力ずくで投錨した軍艦の前には砕け散ってしまったのだ。ペリー艦隊は国書が受領されなければ江戸に上陸すると恫喝《どうかつ》した。江戸湾内の測量をし、デモンストレーションで大砲をぶっぱなした。それに対しては、とにかく国書を受け取り、ひとまず帰ってもらおう、という以外に選択肢がなかったのである。

だが、これで問題が解決したわけではなかった。ペリーの持ってきた国書は単なる挨拶状ではなく、今後の二国の交際についての要望が書かれたものなのだ。とりあえず要望書を渡すだけにして、それについての返事はあらためてききに来る、という約束だった。

ペリーは、一年以内にまた来る、と言い残してひとまず帰っただけなのだった。

「アメリカが我が国に求めているのは、とりあえず、船が難破した時に乗組員を救助、保護してくれ、というようなことであろう。それから、アメリカ船がいくつかの港に立ち寄ることを認め、水や食糧の供給を可能にしてほしい、ということなどだ」

佐久間象山は塾生たちにこの問題のなりゆきを、明快に分析して説明した。幕府の要人とも情報を交換しているのか、いかにもすべてを知りつくしている感じだった。

その話を熱心にきく塾生たちの中に、秋月新之助と橋口八郎太の姿もあった。

「まずは、そこまでの約束を取りつけたい、というのがペリーのもくろみであるはずだ。そしてそれがうまくいったら、次の段階に進もうとするであろう。それは、日本のいくつかの港を開港し、そこを通じて通商、すなわち商取り引きをしていこうという提案だ。そのために条約を結ぼうとしてくる。その条約を結んでしまえば、我が国の鎖国政策は終焉《しゅうえん》となる。閉じていた国が力ずくで開かれてしまうのだ」

みんな、真剣な表情で話にきき入っていた。自分たちの国が未曾有の危機にさらされていると、わかっている塾生たちなのだ。

「日本はアメリカの要求に対して、どのように対処していけばいいのですか」

塾生を代表して塾頭の一人が尋ねた。

「どう対処するかを、考えるのも無意味というものである。大砲をチラつかせて開国を迫られては、応じぬわけにいかんのだからな。求められる条約を結ぶほかはない」

塾生たちは少しどよめいた。西洋兵学を学ぶ開明的な立場の者たちではあっても、日本が外国の力に屈して押し切られるということに対しては、平静ではいられないのだ。

「ただし、条約はなるべくゆるゆると、時間をかけて結ばねばならん」

象山は大きな目をギロリとむいてそう言った。

「条約は結ぶしかないが、なるべくもたもたと時間をかけろとおっしゃるのですね。その理由は何でしょう」

そう質問した塾生のほうを見て、象山はわからぬか、という顔をした。

「その間に海軍を整備するためである」

これには新之助も意表を衝かれた。なんと大きな発想をすることかと、頭の芯がしびれるほどだった。

「海に面するすべての藩が、海岸に大砲を備えなければならん。そして、オランダを通じて洋式艦を買い入れ、それを操船できる海兵を大急ぎで育成するのだ。そのように、海防の軍事力を持っていてこそ、外国と対等の条約を結ぶことができるのだから」

それが象山の思想であった。象山が西洋兵学を学び、説くのは、鎖国などもう続けていられるものではない、という考えからなのである。

世界情勢を知れば知るほど、この先も日本が鎖国したままでいられるとは思えないのだ。西洋列強は力ずくで日本の扉をこじ開けようとするだろう。

だから何より重要なのは、列強に伍《ご》する海軍力を持つことなのだ。その力さえあれば、外国に好きなように喰《く》い荒らされることもなく、対等につきあえる。そこにしか日本の将来はない。

だが、新之助や八郎太のような若輩の下級武士には、せいぜいオランダ語を真面目に学ぶくらいしかやることがなかった。国が大きく動こうとしている気配は確かに感じるのだが、さりとて、その中で自分がどう動けばいいのかは見当がつかないのだ。

人々がなんとなく心落ちつかぬまま暮らしていくその年が、さしたることもなく暮れていった。

ペリー艦隊は、予想していたよりも早く日本を再訪した。嘉永七年（一八五四）の一月に、七隻からなる艦隊を率いて江戸湾にやってきたのだ。今度は浦賀沖ではなく、三浦半島の金沢のあたり、一度は羽田沖あたりまで侵入した。あわてた幕府は横浜を上陸地に指定し、そこで交渉にあたることにした。

交渉に際して幕府側が期待していたのは、のらりくらりと言いのがれを重ね、なかなか簡単には条約締結ができぬということで時間を重ねているうちに、ペリー側があきらめて帰ってくれないか、ということだった。要するに、交渉にならない交渉をして、すべてなかったことにならないかと望んでいたのだ。信じられないほどに世界の常識を知らぬ、その場だけしのげればいいという方針だった。

アジアで恫喝外交をしてきているペリーにそんな手が通用するはずもなかった。ついに幕府は押し切られてしまい、三月に日米和親条約を結ばされてしまう。

その内容は、下田と箱館の二港の開港と、薪や水、食糧の供給。アメリカ船の必要品の購入許可、外交官の下田駐在の許可、などである。つまり、アメリカ船のために便宜をはかる、ということと、基本的に日米は友好関係でいこう、ということが決められただけで、両国間の通商を約束したものではなかった。

しかし、ペリーにとってはとりあえずそれだけで十分だったのである。その先のことは、下田に外交官を置くことが決められたので、その者が押し進めればよい、という心づもりであった。

そして日本側にしてみれば、とにもかくにも鎖国政策がここに終結したことになるわけで、そのことの意味は大きかった。

佐久間象山にとってこのなりゆきは、既に予言していた通りのものだった。鎖国などもう無理だ、というのが象山の考えだったのだから、ゆるゆると開国しつつ、その間に海軍を整備する、というのが象山の対外戦略だった。そして、事実はまさにその通りに進み、象山の発言力はますます大きくなっていきそうだったのである。

ところが、思いがけぬ事件が象山の前途を暗雲で包んだ。その事件とは、象山の弟子、吉田寅次郎の密航未遂事件だった。

寅次郎は、象山の塾で、誰か有能な日本人が外国へ行き、造船や大砲製造の技術を学んできて、その技術力により海軍を整備すべきなのだ、という象山の持論をきかされて発奮し、私が外国船に乗って西洋技術を学んでまいりますと志願したのだ。象山は、それはまことに英雄の志だとほめ、送別の詩を贈った。

吉田寅次郎は初めロシアのプチャーチン艦隊に密航しようとしたが失敗。そしてこの年の三月、一度箱館港を視察した後、下田に帰っていたペリー艦隊に、盟友金子重輔《かねこしげすけ》と小舟で接近し、アメリカまで乗せていってくれと頼んだのだ。しかしペリーは、日本の国法に反することはできないからと、その申し出を断った。

かくして、寅次郎は国禁を犯した罪人ということになった。一方では開国の条約を結んでいながら、その一方ではこれまでの鎖国の法に反しているからと、外国渡りをもくろんだ者を罰するわけで、辻つまが合っていない。

そしてこの時、寅次郎が密航のために使った小舟の中から、象山の送別の詩が出てきてしまったのである。すなわち、寅次郎をそそのかして外国へやろうとした黒幕は象山、と目されてしまったのだ。

かくして、寅次郎のみならず、象山も伝馬町《てんまちょう》の獄につながれる身となってしまった。

その年の七月まで北町奉行の取り調べを受け、ついに九月に至り、象山、寅次郎共に国元において蟄居《ちっきょ》の裁きが下るのだ。

佐久間象山はこの時四十四歳。ここで一度、学者としても政論家としても、すべてを失ったと言えるのである。

秋月新之助と橋口八郎太が通っていた象山塾は、そんなわけで思いがけずも消滅してしまったのだった。

9

嘉永七年は十一月、安政元年へと改元される。その年の、暮れも押し詰まった頃のこと。新之助と八郎太は、深川にある居酒屋で昼間から酒を酌み交わしていた。二人とも今度年が明ければ二十一歳であり、初めて知りあった頃よりは大人の風格が備わってきていた。

「そうか。馬場さんがオランダ語の塾を開くのか」

八郎太は懐かしい人の噂話をするようにそう言った。

「象山先生があんなことになって、ふいに塾がなくなってしまったからな。勉学が続けられなくなって困っている者が何人かいるのだ。そこで馬場さんが、それらの塾生の面倒を見ようという気になったんだよ」

旗本の馬場弥久郎である。お咲の兄だ。本来は数学を得意としているのだが、オランダ語にも通じている。

「それで、お前はその塾で学ぶ気になったんだな」

「うん。もう少しオランダ語を究めたいと思うからだ。せっかくここまでやった学問が、半端なものになってしまうのも惜しいし」

「いいじゃないか」

八郎太は嬉しそうに言った。

「大いにオランダ語を究めろよ。それがいつか何かの役に立つかもわからん」

そう言ったあと、こうつけ加えた。

「だが、おれはその塾へは通えないな。実は、殿より御下命があって、このところ小さな役についているんだ。微役ながらもそういう役職を持っておれば、のんびりと塾通いをしているわけにはいかん」

「ということは、斉彬公のお目に止まったのだな」

「お目に止まるというほどのことではない。剣の腕があって、江戸の町に通じているところから、薩摩から江戸詰めになった家来の案内役をしろと命じられただけだ。つまり、用心棒兼道案内だな」

「それでもいいではないか。無役よりは、藩のために働いていると思える」

「うん、それはそうだ。わずかながらでも殿にお声をかけられることがあって、それだけでも感激だよ」

「そいつは大いに祝うべきだ。酒の追加を頼もう」

二人ともいけるほうで、いくら飲んでも完全につぶれてしまうことはないのだ。

うまい酒が進んだところで、八郎太がニヤリと笑ってこう言った。

「しかし、おれには本当のことを言うべきだろう。馬場さんの塾へ通うのは、オランダ語を究めたいからだけではあるまい。そこにいるお咲殿が目当てなのだろう」

新之助はうろたえて、酒にむせてしまいそうになった。

「ど、どうしてそんなことを言うんだ。あのお咲殿に気があるのはお主のほうではないか」

そう言いつつも、冷や汗ものだった。

だが、八郎太は豪快にカッカッカと笑った。

「とぼけるのはよせ。確かに、あの人のことが気にかかっておると先に言ったのはおれだ。その時には、お前の気持ちには気がついていなかった。そういう心の余裕がなかったのだ」

新之助は次に友が何を言い出すのかと、息をひそめた。

「だが、おれとお前の仲ではないか。見ているうちにどうしたってわかってくるさ。なるほど、こいつもお咲殿のことが好きなんだな、と。おれたちは同じ人を好きになったというわけだ」

「知っていたのか」

「知った上で、こう考えた。ほかのことでは友であればよいが、好いた女のことに関しては、好敵手になればよいのだとな。お前は馬場さんの塾に通って、たびたびお咲殿に会うのだから有利ではある。だが、おれだってまだあきらめたわけではない。だんだん藩内でも重い職についていき、ひとかどの武士になっていけば、おのずと魅力もそなわってくるものだろう。そういうことで、おれはおれなりにあの人を振り向かせるように頑張るよ。つまりこれは、おれとお前の勝負だ」

「なるほど。男と男が、一人の女をめぐって奪いあうという、まことに原始的で、ありがちな勝負だ」

「そうだよ。考えてみればおれたちは、そういうところで夢中になって競い合う年まわりなのさ。だから正々堂々と闘おう」

新之助もなんだか笑いたくなってきた。これまで、お咲のことは八郎太の前では話題にしにくいというわだかまりがあったのだが、急にその遠慮が無用になって嬉しかったのだ。

「しかし、おれたち二人は人を見る目が実にもって高いな」

酔いにまかせて新之助はそんなことを言った。

「どういう意味だ」

「二人ともあのお咲さんを好きになるというのが、人を見る目の確かさではないか。お前もさすがだと思うよ」

「なるほど。女に惚れるというのは、そういうふうに馬鹿になることなのか」

そう言って八郎太も笑った。

それからしばらく二人は、お咲のどこがいいかという話で盛り上がったのである。なんとも愚かで、初々しいことであった。

ようやく話題が変ったのは、八郎太がこういうことを言ったのがきっかけだった。

「しかし、世の中にはとんでもない人材がいるものだな。おれは最近ある人を知って、その人の大きさに圧倒されているんだ」

「人間の大きさか」

「つまり、知恵であり、度量であり、志の高さだよ。そういう大きさだ。いや、実際に体も大きい人なのだが」

「どういうお方だ」

「薩摩の国元から取り立てられて江戸詰めになった人がいると言っただろ。おれはその人の用心棒兼道案内をする係になったと。それが、庭方役《にわかたやく》となった西郷という人だ。このところおれはその人と行動を共にすることが多い」

「身分あるお人か」

「いや、もともとは下級武士だ。だが、知恵があることと、人柄が誠実であることが認められ、お側で殿の御用をすることになったのだ。まだ二十八歳という若さだ」

若者には時として、人に酔うということがある。ある人物に心酔して、のぼせたように崇拝してしまうのだ。八郎太の口ぶりにはそういう感じがあった。

新之助は少し嫉妬した。だが、そんな心情を表に出しはしない。

「よほどの人物なんだろうな」

と言っただけである。

八郎太は西郷について多くを語った。まず、心根がまっすぐで一切嘘《うそ》を言わないこと。民を思う心が優しくて、ひとたび民のために怒ればその怒りは一直線であること。誠実で無私の心を持っていること。やるべきことはどんな障害があろうともやり通すこと。

「体も大きい人なのだが、顔の中で目玉が巨大なのだ」

「目玉か」

「うん。だから『巨大目《うどめ》さあ』と、歳下の者からは敬愛をこめて呼ばれている。殿が可愛がるのも当然という快男児だよ」

「その人は薩摩言葉しかしゃべれんわけか」

「そうなんだ。だからおれが側についているわけだが、おかげで天下国家のことを考えるきっかけをもらっている」

「なるほど。個人指導を受けているようなものだな」

「今年の四月に、水戸藩の藤田東湖《ふじたとうこ》という学者と、西郷さんが面会したことがあって、おれもその場にいた。二人が会話する中で、少し意味の通じんところがあれば、おれが通訳をするわけだ。あの会談はすごいものだった。この国の知性の代表が、国のあり方について思うところを論じあうのだからな。西郷さんは藤田東湖のことを、これほどまでに知恵ある人が本当にいようとは、と感激して、その人の家から帰る時、とんだ見当違いの方向にどんどん歩いていくんだぜ。おれがついていなかったらどこへ行ってしまうかわからん、という具合だった。英雄が英雄を知るとはああいうことなんだろうな」

　そんな話をきいているうちに、新之助の胸中には焦りと寂しさがわきおこってきた。八郎太が有能の人々と交わり、ぐんぐん成長しているのを感じたからだ。それにくらべておれは何をしているのか。オランダ語をもてあそんでいるだけで、それを役立たせる立場にはいない。若き殿に世界の情勢をお教えしようにも、象山塾で学んだことはあらかた伝えてしまって、それ以上に内容は深まらない。

　おれはどうにも中途半端だ、という気がした。なんだか八郎太がうらやましい。

しかし、八郎太の日々が充実している様子なのは、友として嬉しいのだ。負けてはおられぬと、意欲もわく。だが、何をすればいいのかはわからない。そういう迷いの中に新之助はあった。

「はばたきたいものだな」

と新之助は言った。

「うん。はばたくのか」

「そうだ。大いにはばたいて天高く飛翔したい。そういう日がいつか来るとおれは信じている。おれにも、お前にもな」

「そう言われると、気が大きくなっていい」

「おれたちの人生はこれからなんだよ」

新之助は期待をこめて力強くそう言った。

10

安政二年（一八五五）の春、新之助の身に思いがけない話が持ちあがった。たまには国元へも帰るべきであろうと、殿の参勤交代のお供をして、会津若松へ帰ったのだ。久しぶりの古里で、新之助は懐かしい気分と、まだるっこしくてイライラする気分とを味わった。

人々がゆったりと生活して、何も変らなくていいのが田舎の安らぎである。何にも追い立てられることなく、今日と同じ明日をつないでいけばいいのだ。生まれ育った家にいて、ゆるりと時をすごしていると、顔の筋肉がのびやかになってくるのが自分でもわかった。

だが、これはただ生きているだけで何もしておらんということではないか、という気がしてきて、どうにもじれったい気分にもなってくるのだった。変化がないということは、生きていて刺激がないということだ。新しく何かを始めるということがないので、何も考えなくていい。

新之助は次第にジリジリした気分になっていった。

そんな時、隠居している父の喜右衛門《きえもん》が思いがけないことを言いだしたのだ。

「お前も、そろそろ嫁ごを取るところだべし。一家の当主として、いつまでも一人では形がつがねべし」

これには新之助、大いに驚いた。まだそんな気分ではない、と言ってみるものの、もうそんな歳ではあるまいと言いつのられてしまう。

そして、具体的な嫁の候補も決まっているのだった。裏の真庭又次郎《まにわまたじろう》のところの下の娘のお栄《えい》はどうか、というのだ。今年十五歳だそうである。

新之助がおぼろに覚えているお栄は三つか四つの子供の姿である。顔はほとんど記憶していないが、確かあばたがあった。

あばたはともかく、新之助はその顔も覚えていない女を妻にすることをためらった。そんな、地元の妻を持てば田舎に縛りつけられてしまうような気がしたのだ。

まだ嫁はいらぬと言ってみるのだが、それは父には通じない話だった。妻を娶《めと》って一家を構え、やがて男児を得てこそ士分の家が保たれるということで、そうなることこそが武家に生まれた者の使命ではないか、というのだ。わしに孫の顔を見せてくれるのが孝行というものだと言われて、答えに窮してしまう。

とにかく、その話を進めることは今しばらく待って下さいと、新之助は時を稼いだ。言うまでもなく、新之助の胸の内には江戸のお咲への思いがあるのだ。それに、郷里に引き戻されるような縁組みに対して抵抗もあった。

何か口実はないかと探しているうちに、殿である容保の描いた山水画を、水戸藩の御老公、斉昭様に進呈するという話がおこった。そこで、絵を届ける役目を志願したのである。

かくして、若松には二カ月いただけで新之助は江戸に戻った。水戸藩邸に進物を届ける役をしたあとは、上屋敷の自分にあてがわれた長屋に戻って、これまで通りにそこに暮らした。

五月には、馬場の塾へまた顔を出すようになった。生活を元通りにしてみると、これこそがおれの居場所だなあと思えるのだった。

さてそこで、本気でお咲のことを考えてみる。馬場の塾で、お咲と顔を合わせることはよくあった。この頃では、幼馴染みのように話ができるという、よく知り合った仲なのだ。お咲ももう十九である。

新之助は女に対して器用なほうではない。それは八郎太も似たようなものだったが、だからこそもう四年も、何の進展もないのに同じ人を思いつめているのである。

もともとの新之助は女に積極的に打って出ることが苦手なのだが、この場合は特別だった。国元で自分の縁談がどんどん進みかねないのだ。それがいやならば、自分で何かをしかけるべきだった。

菖蒲《しょうぶ》も終った頃、新之助はお咲を大川端へ誘い出した。少しお話ししたいことがあります、と言えば素直についてくる仲なのである。人目を忍ぶわけではないから昼間のことだった。

川べりに立って水面を見ながら、新之助は話し始めた。言うべきことは決めてあったのだが、その最初の一言を口にするのが崖から飛びおりるほどに大変だった。

「ふた月ばかり、郷里の会津若松に帰っておりました。田舎はあまりに退屈で身をもてあましたのですが」

「会津には美しい湖があるのだそうですね」

「あります。猪苗代湖《いなわしろこ》という見た目の優しい湖が」

「一度見てみたいものですわ。そういうことはないのでしょうけれど」

「湖はともかく、若松はすることが何もないつまらぬところです。そして、私はそこで意にそまぬことに巻き込まれかけました」

「意にそまぬことですか」

「つまり、身を固めぬか、という話です。父が、こういう人を娶ってはどうかと、縁談を持ちかけたのです。まったく考えていなかったことなので、今はその話は困ると言い、江戸に逃げ帰ってきました」

「どうしてですの。おめでたい話なのに」

「そういう話が出てみて、気がついたのです。私には、ずっと心の中で気にかけている人がいるということに」

新之助は川面から目を離すことができなかった。今お咲の顔を見てしまえば、言うべき言葉が後ずさりしてしまうような気がしたのだ。

「お咲さん。あなたには誰か心に決めた人はいるのですか」

いる、と答えられたら何もかも終りだ、という思いで胸が震えた。

「私は変り者なのですわ。兄からも、お前は詳証術が好きだというような変人だから、好いた男の一人もできんのだと言われています」

そこでようやく新之助はお咲のほうをチラリと見た。胸のあたりがカッと熱かったが、もう言うしかなかった。

「私は、ずっとお咲さんのことを心にかけているのです。あなたのことを思うと、たまらず嬉しくなる。つまり、恋しているのです」

お咲は黙ってうつむいていた。

「いつ頃からかよくわかりません。ひょっとすると、あなたに放物線の理屈を手ほどきされた時からかもしれない。あなたが好きなのです」

「…………」

「だから、考えてくれませんか。私の妻になるということを。私はあなたを妻にしたいのです」

言ってしまったぞ、という思いで胸の中がザワザワと騒いだ。だが、ちゃんと言えたという安堵もあった。

「今すぐ返事をきかせろとは言いません。ただ、考えてほしいのです。考えて、返事をきかせて下さい。あなたが考えている間、私は待ちます」

お咲は小さな声で、一語ずつ自分に確認するかのように言った。

「少し時間を下さい。おっしゃったことはよくわかりましたが、考えがまとまらないのです。本当に私って、女としてどこかおかしいのかもしれません。秋月さんのお言葉をきいて、まさかそんな、という驚きを覚えるのも本当なら、それは以前から知っていたことだ、というような気もするのです。知ってはいたけれど、私のような変り者には、まともな夢を持つことも許されないような気がして、考えないようにしていたのですわ。だから、どうすればいいのか、なんにもわからないのです」

「ゆっくりとお考え下さい。あなたをせかす気はないんです。このことをあなたにちゃんと伝えられて、考えてもらえるだけでも大きな喜びです」

お咲は、それだけは約束する、という感じでしっかりとうなずいた。

新之助はもう一度川面を見た。言うべきことは言った。という喜びがあった。ところが、その喜びの中にふと、別の思いが生じたのである。

もうひとつ言わねばならないことがある。なぜなら、おれは知っているからだ。知っていて言わないのは卑怯というもの。

「お咲さん。もうひとつきいてほしいことがあります」

「はい」

お咲は不思議そうな顔をした。

新之助の理性は、自分がしようとしていることに驚いていた。自分がこの上なく馬鹿なことをしようとしているとわかっていて、正気の沙汰ではないぞと思っていた。

　しかし、それは言わなければならないことだった。

「あなたに恋している男が、もう一人います。そいつも、ずっとあなたのことを思っています」

「もう一人、ですか」

「そうです。象山先生の塾に来ていた、薩摩の橋口八郎太という男を知っているでしょう。私と同い年です」

「存じています」

「あいつもあなたのことが好きなのです。今の塾には来ていませんが、思いは変っていないはず」

「待って下さい。いったい何がおっしゃりたいのですか」

「自分でもよくわからんのですが、私はあいつの友だちです。だからあいつの思いをよく知っているのです。それを知りながら、自分の思いだけをあなたに伝えてそれで満足という気分にはなれんのです」

「だから友だちの分も言うということですの。頼まれたわけでもなく」

「あいつはそんなことを私に頼みません。自分の思いは自分で伝えたいと思っているでしょう。ここで私があいつの思いを伝えていると知れば、怒りだすかもしれません」

「おかしくないですか」

とお咲は言った。

「頼まれてもいないのに、どうしてひとの恋心まで伝えてしまうんです。私、どう考えればいいのかわからなくて、困ってしまうではありませんか」

「すみません」

新之助はペコリと頭を下げた。

「自分でもちょっと馬鹿げていると思います。あいつの恋心は、あいつが自分でどうにかすればいいのですから。ですが、私の思いをあなたに伝えられて嬉しく思ったら、あいつの気持ちを知っていて黙っているのは友だちとしてどうか、という気がしてしまったのです。それでつい口に出てしまったのですが、これは言わないほうがよいことだったかもしれません」

「言ってしまったことはもう元には戻りませんわ。このことは、あなたの友人を思う気持ちの強さからだと考えて、見逃してあげます」

「そうして下さい」

「そして、お二人のことを考えてみます。そういうことですよね。私は、秋月さんか、もしくは橋口さんの妻になりたいのかどうか、よく考えてみればいいのですわ」

「はい、そういうことです」

と言いながら、新之助はうめき声をあげたいほどに後悔していた。このなりゆきでは、おれはきっとあきれて嫌われるだろう、という気がしたのだ。この人を手に入れるのは橋口八郎太になるのかもしれない。

なんという愚かなことをしてしまったのだと、自分をどやしつけたいような気分だった。

「では、真面目に考えてみます。少しだけ時間を下さいね」

お咲はもう何のこだわりも抱いていないような顔で、すましてそう言った。その心の中を読むことは新之助には到底できないことだった。

11

「京都へ行っていたのか。大いに活躍しているんだな」

新之助はそう言った。八郎太とひと月ぶりに会って、例の如く酒を酌み交わしているのである。近頃の八郎太の働きぶりに新之助は刺激を受けていた。

「活躍をしているのは西郷さんだよ。おれは護衛役でお供をしているだけだ」

「京都にどういう用があったんだ」

「ここだけの話ということにしてきいてほしいんだが」

「わかっている」

本来ならば、他藩の者に自藩の政治活動を口外するのはけしからぬことである。しかし、おれたちには隠しだてすることなどなかろう、と二人とも思っていた。会津と薩摩は敵対しているわけでもないのだし、仮にそうだとしたって、二人とも軽輩でありすぎて藩政に何の影響力も持っていないのだ。

「斉彬公は、病弱な現将軍の次には、英明なる一橋慶喜《ひとつばしよしのぶ》公を立てたいと望んでおられる。諸外国との間に次々と和親条約が結ばれておる国事多難の折には、頭脳明晰《めいせき》な将軍でなければ舵取《かじと》りをあやまるというお考えからだ」

「なるほど」

前年には、アメリカに続いて、イギリス、ロシアとも和親条約が結ばれていた。

「だが、次の将軍は紀州の慶福《よしとみ》公を立てるべし、と主張する一派もあって、なかなか思うようにいかんのさ。慶福公のほうが血筋的には徳川宗家に近いからな」

こいつは、将軍継嗣問題にまで巻き込まれているのかと、つい八郎太を仰ぎ見るような気分になる新之助だった。だが、すべてを知り合う仲の八郎太は新之助のその気持ちを見抜く。

「おれは、そういう考えをお持ちの斉彬公のために働く西郷さんにただくっついているだけだぞ。ようやくその辺のことが少しわかってきただけだ」

「それだけでも大したものだ」

「そうでもない。話を戻すと、そこで斉彬公は、江戸城の大奥も味方につけようと考え、姫を大奥へ御台所《みだいどころ》として上げることを思いつかれた」

「ご息女《そくじょ》を将軍の正室にするわけか」

「ご息女といっても、実は斉彬公の実子ではなく、島津一族のある家の娘御を、まずご自分の養女にして、篤姫《あつひめ》と名を変えさせたのだ」

「そういう姫を大奥へ入れるわけだ」

「うん。そのためにもう篤姫様は江戸まで来ている。おれもお姿を見たことがあるが、とても聡明そうで、お美しいお方だ」

「その姫様のために京都へ行く用があるのか」

「そうだよ。この縁組みに対して、外様《とざま》の島津家から将軍の御台所が入るのはいかがなものかと反対の声も出るわけさ。そこで、京都の五摂家《ごせっけ》の一つである近衛《このえ》家に、一度養女として入り、その後、公家の娘として将軍に嫁ぐ、という段取りが踏まれるわけだ。というわけで、西郷さんが近衛家との間で話をまとめるために京都へ行き、おれもお供をしたというわけだ」

「しかし、島津の斉彬公とはまことに噂通りの賢公だな。昨年、洋式軍艦を自藩の力のみで製造して試運転にも成功しただろう」

「昇平丸《しょうへいまる》のことだな。あれは見事なる洋式軍艦だそうだ」

「これからの時代には、西洋列強に負けない海軍力を持たねばならないと、象山先生がおっしゃっていたが、それをまさしく斉彬公は実行なさっておるのだ」

「斉彬公は大砲や火薬の製造もなさっている。時代が見えていらっしゃるお方なのだ」

その斉彬公が信頼して側に置いて使う西郷という人もまた、優れた人物に違いない。そのような人の側にいるだけで、おのずと磨かれていくだろう。

新之助はほんの少しだが、八郎太に対して気後れの念を抱いた。どうも、こいつのほうが成長している、という気がしたのだ。

今、女性から見たら、八郎太のほうが男として頼もしいのではないか、という気がした。そして、頭の片隅にお咲の顔を思い浮かべた。どうしたって思いはそこにつながってしまうのだ。

新之助はこの日、お咲のことを話題には出していなかった。おれはついに、お咲さんに思いを伝えたぞ、とは言っていないのだ。そしてもちろん、お前の思いもお咲さんに伝えておいたぞとも言わない。それは絶対に言ってはならないことだと思っていた。

お前がお咲さんを好きだと、その人に言っておいたぞときかされれば、おそらく八郎太は怒るであろう。どうしておれの思いを勝手に言うのだと、怒るのが当然である。

だからそのことは言えない。そして、自分が思いを伝えたというのも、言いにくいことになっていた。

友だからこそ、言えないことができてしまったのだ。

「しかし、そういう活動をしているというのは、充実感のあることだろうな」

と言ってみて新之助は、今、お咲さんが選ぶのはおれではなくてこの八郎太に違いない、という考えに襲われた。どう考えてみても、男として輝いているのはこいつのほうだ、という気がしたのである。

お咲さんは八郎太を選ぶ、と頭の中で言葉にしてみて、胸がつかえて唾《つば》も飲み込めない気分になった。

新之助は弱気になっていた。だから、情けないことばかりが頭をよぎるのだった。

どう見たって八郎太のほうがあらゆる点で上ではないか。まず八郎太には剣の腕があるのだ。大砲が爆発した時の怪我のせいで少し足を引きずって歩くのだが、剣の腕は少しも落ちていないらしい。その腕前があるからこそ、藩にとって重要な人物の警固の役も回ってくるのだ。そういう人に接しているからこそ、見聞も広まり、思想も育ってくる。

あらゆる点で負けているではないか、と思った。恋愛で前が見えなくなっている青年はつい極端に考えるのである。

オランダ語だけはおれのほうが上だが、オランダだけが日本のつきあう西洋の国だった時代は終ろうとしている。イギリスやアメリカとつきあうのにオランダ語はまったく無用のものであろう。つまり、オランダ語は時代遅れの学問なのだ。

お咲さんは八郎太の妻になるのだ、と杯《さかずき》の酒を見つめて思う。胸の中が焦げるような気がした。そのいやな気分の中に、あえてどんどん沈み込んでいきたい気分もした。

どうしてあの時、八郎太もあなたが好きなんです、なんて言ってしまったのか。そんなことを言わなければ、お咲さんはおれのことだけを考えてくれたはずだ。それなら、違う結果もありえた。

おれはこの世でいちばん馬鹿な男だ、という言葉が実際に口をついて出そうになった。あわてて新之助は酒を一気にあおった。

「どうしたんだ。今日は飲みっぷりが荒いな」

と八郎太が言った。

「なんだか酔いたい気分なんだ」

「さては、お咲殿との間に何かあったんだな」

八郎太は痛いところを突いてきた。

「何もない。お咲さんのことは関係ないんだ」

そう言い張るしかなかった。それも苦しいことだった。

八郎太はなおも疑っていたが、ふいに、それはどうでもいいんだという調子でこういうことを言った。

「おれは、一度お咲殿に会ってみようと思っている」

「そうか」

「お前と違って、久しくお目にかかってないからな。本当におれの思い描いている人なのかどうか、不安になってきたのだ。だから会って確かめてみたい」

「思い描いている通りの人だったら、つのる思いを打ち明けるのか」

「それはまだわからん。あの人のことになると、考えが乱れてどうすればよいのかわからなくなるんだ」

新之助は酔いつぶれたふりをして、卓に突っ伏した。そうする以外に、この話を打ち切る方法を思いつかなかったのだ。

八郎太はつぶれた新之助に肩を貸して、会津藩上屋敷まで送ってくれた。友の肩の厚みを感じて、新之助は心の中で、こいつは生涯の友だ、ということを思い続けていた。

そして、それからが苦しい日々だった。

考えまいと思っても、八郎太はお咲に会ったのだろうか、と考えてしまう。

会って、自分の思いを伝えたのだろうか。

そして二人は相惹《あいひ》かれあい、将来を約束する仲になるのだろうか。

そうなるに決まっている、という気がする時もあった。八郎太のほうが男として輝いているのだから、と。

だが、日によっては自分のほうに分《ぶ》があるような気がすることもあった。お咲が、数学のことで話しかけてきた相手はおれなのだ。象山先生に妾にならぬかと言われたという、きわどい話を打ち明けてくれたのもおれだ。あの人にとっておれは話しやすい人間なのかもしれない。

新之助は、象山塾の帰りの道で、お咲が走って追いついた時のことを思い出す。あんなふうに追いかけてきて、おれと並んで歩いてくれたのだ。あの時には確かにあの人のおれに対する親しみを感じた。

そんなふうに、思いは千々に乱れるばかりだった。お咲は考えさせて下さいと言ったきり、なかなか返事をしてこなかった。馬場のオランダ語塾で顔を見かけることがあっても、話しかけてはこなかった。

いつの間にか夏が終ってしまい、秋が深まってきた。

九月も半ばを過ぎた頃、塾での勉強が終って帰ろうとする新之助の前に、お咲が立った。用があるのか、と見ていると、袂《たもと》から手紙を出した。

「あとでこれを読んで下さい」

とだけお咲は言った。ついに返答が来たのだと新之助は思った。黙って手紙を受け取り、懐へしまう。お咲は一礼して家の奥へと消えていった。

長屋に帰ってから、その手紙を出した。読むのが少しこわかった。

だが意を決して封を切り、読んだ。そこに書いてあったのは、次のようなことだった。

「長らくお待たせして申し訳ありません。私もいろいろと思い惑っていたのです。しかしながら、ようやく決心がつきました。

今、兄がオランダ語塾をたたむと言い出しておりまして、今月中は片づけやら何やらでてんてこ舞いでございます。ですから、十月に入りましたらほどよきところで、きちんとお目にかかり、きっちりとご返事をすることにいたします。それまで、今しばらくお待ち下さい。私はこの先をどのように生きていくか、心の中で決めております」

とうとう我が恋に結着のつく日が来るのだ、と新之助は思った。もう八郎太のことはひとつも考えなかった。

12

十月になった。その、二日目の夜のこと。

秋月新之助は上屋敷の長屋にいて、そろそろ寝ようかと思っていた。夜がふけてからも燭台の明りで、オランダ語辞書を書き写すということをしていたのだが、少しばかり疲れてきたのだ。日が落ちてから二刻《ふたとき》ばかりすぎており、多くの者はもう眠りについていた。

筆を片づけようとしたところへ、いきなり不気味な気配が襲いかかってきた。言うに言えない不思議な地鳴りのようなものが、何かこう地面のほうから心臓に伝わってきたのだ。何がおこるのだ、と新之助は本能的に身構えた。

次の瞬間、ドドドッという大きな音と共に、新之助の体は畳の上にすっころがった。大地が、荒波のように動くのだ。

地震だった。こんなことが本当にあるのかと思うぐらいに、長屋が横揺れにゆさぶりたてられ、部屋の中にあるものがガタガタと音を立てて動いた。机の上の本も、筆も、硯《すずり》も、すべてふっ飛んだ。

立ちあがることができず、新之助は畳の上をはいずった。燭台が倒れ、紙に火が移る。あわてて新之助は手で叩き消した。

屋敷が、ギシギシと音を立てていた。壁から壁土がばらばらと落ちる。

人々の悲鳴がきこえた。正体不明のドーンという音もする。それでも、揺れはまだ治まらなかった。とにかく、立てないのだ。長屋が崩れるのではないかと恐怖が走った。

「安政の大地震」と呼ばれるものである。江戸湾の荒川河口附近を震源とする直下型地震だ。後世の研究によれば、推定のマグニチュードが六・九。

平穏な江戸の夜に襲いかかった大災害である。江戸市中の各地で家屋敷が倒壊し、やがてそこから火が出て、いたる所で大火となった。市中に被害を受けないところはなかったと言っていい。

死者七千人余り。重傷者二千人。倒壊家屋一万四千と記録に残されている。本所、深川、築地、浅草など、下町で特に被害が大きかったと伝えられる。

とにもかくにも地獄絵であった。

ようやく揺れが治まったので、新之助は長屋の外に出てみた。朋輩たちが、盛んに大声を出してわめいていた。表門がつぶれている、とか、奥御殿のほうで火が出ている、とか。

怪我をした者の手当てを早くとか、それよりも火を消すほうが先だ、などと口々に言いたて、それらを指揮する者が誰もいない。

江戸の町に、火消しの叩く半鐘《はんしょう》の音が鳴り響いていた。だが、こんな時にうまく火を消すなどできるはずもない。夜の空のところどころが赤く輝いていた。

「奥御殿の台所で火が出ているぞ。とにかく消火にあたれ」

その声をきいて、新之助はその方角に進もうとした。だがそこへ、余震のかなり大きなものが来た。

侍が、ぐわっ、などと悲鳴をあげてその場にへたりこむほどなのである。お女中はもう泣き叫ぶばかり。

江戸家老の奥方が倒れた柱の下敷きになっている、と言う者がいた。新之助は、殿が国元におられる時で、それだけはよかった、と考えた。

それからは、夜通し消火と、被災した者の救助にあたった。そして、時々余震の大きな揺れがあり胆をつぶす。

怪我人が多数いた。つぶれた壁の中から掘り出さなければならない者もいる。火消し組が死に物狂いで働いていた。

時間のことを忘れて、とにかく必死で消火と、被災者救出にあたった。藩邸の外のことにまで気をまわしている余裕はなかった。

ようやく夜が明けかかる頃、新之助は市中の噂を耳にした。

伝馬町の獄から囚人を解放したのだそうだ。そこは全焼しており、そうなる前に囚人を助けたのだ。

伝馬町のあたりが全焼、という情報は新之助にあることを思い出させ、うめき声をあげさせた。

お咲とその兄の馬場が住んでいるのは伝馬町の獄に近い小伝馬町だ。はたして二人は無事なのか。

その頃、会津藩上屋敷内の火災はあらかた消されていた。怪我人の救出も一段落したようである。

新之助は藩邸を出て走った。お咲が無事であるかどうかを確かめに行かずにはおれなかったのだ。

市中にはいたるところで火が出ていた。特に下町の、小さな家が立ち並ぶあたりは、無惨なほど燃えつきてしまっていた。焦げ臭い匂いが、江戸中に広がっていた。つぶれた家も多数あり、惨憺《さんたん》たる光景である。

小伝馬町まで行くのに、火事を避けて大まわりをしなければならなかった。まだ盛んに燃えていて、近づくだけで熱いようなところもあるのだ。

十月になったらご返事しますと手紙に書いていたお咲。つまり、その人がおれに心の内を言おうとしたまさにその時に、この未曾有の災害が襲いかかったのだ。まるでその人の口を封じるかのように。

生きていてくれ、と新之助は祈った。祈るよりほかにできることはなかった。

新之助は死体を何体も見た。圧死した人や焼死した人の死体が、とりあえずという形であちこちに並べられているのだ。その死体にとりすがって泣きわめいている人もいた。

ようやく、小伝馬町のあたりに着いた。だがそこは、ほとんど全焼しており、まだあちこちで火がチロチロと出ていた。

馬場さんの家はこのあたり、という方向へ突き進む。そしてついに新之助は、確かにここだったと思われるところが焼け落ちているのを見た。

駄目だったのか、と膝が崩れ落ちかかる。だが、まだ絶望してはいかん、と思い直す。お咲が無事に避難したということも考えられるのだ。そうであってくれ、と天に祈った。

新之助は生きてのろのろと動いている人たちのところへ近寄っては、顔を見て歩いた。土手の上に放心したようにすわっている人々も見てまわった。

胸がふさがれたような気分だった。めまいがし、どこかへ倒れ込んでしまいたいとさえ思った。だが、生きている人々のところを捜して歩くことをやめる気にはなれなかった。

いつの間にか新之助は両手を火傷していた。まだ燃えている現場に近づきすぎたのだろう。だが、火傷の痛みを感じることを忘れていた。それよりも、胸の内のほうが痛かった。

ついに新之助は、大川端まで出て、両国橋を見た。そのあたりには被災者がなすすべもなく多数たむろしていた。きのうのきょうで、救済の手ものびていないのだ。

その中に、馬場弥久郎の姿があった。だが、お咲の姿は見えない。

新之助は馬場の前に歩み出た。

「ご無事でしたか」

「おお、秋月。どうにかこうにか生きている」

「お咲殿はご無事ですか」

本当は、それをききたくはなかった。新之助には、もう予感があったのだ。

「駄目だった」

と馬場は言った。

この世から、音が消えた。火の音も、風の音も、新之助の耳には届いてこなかった。ただ、馬場弥久郎の次の言葉だけが、胸に突きさささるように届いてきた。

「お咲は逃げ遅れて、焼け死んだ」

新之助の青年時代は、この時終ったのかもしれない。

13

安政二年が暮れようとしていた。大地震からふた月ばかりの時が流れていた。

新之助はあちこちに家の建築が始まっている小伝馬町の道にいた。きれいに燃えつきた町に、もう新たな家々が建ちかけている。

「ここが、お咲さんの住んでいた家のあった場所だ」

と新之助は、隣に立っている八郎太に言った。おれはお咲殿の住んでいた家を知らぬ、と言われて案内したのだ。

八郎太は黙って合掌した。新之助はその姿を見て、ただ立ちつくしていた。手を合わせることは、もう何度もしていた。

長々と合掌していた八郎太が、ようやくそれをやめた。新之助のほうを見て、力なく言う。

「ずっとここにおってもどうにもならんな」

「うん」

「行くか」

二人は並んで歩きだした。二人とも、しばらく無言だった。

しかし、ついに八郎太が言った。

「天はむごい」

「天か」

「そうだ。一夜にして夥《おびただ》しい人の命が奪われ、町は灰になったのだ」

「天のしわざか」

「そう思う以外に、思いようがないではないか。天は気まぐれに、人々の夢を消し去ったのだ」

その気持ちは新之助にもわからないではなかった。何の前ぶれもなく、地震は人々の生活に、そして歴史に、大きな爪跡を残したのだ。

著名人で言うならば、あの夜、小石川にあった水戸藩邸が崩れ落ち、その下敷きになって藤田東湖が圧死している。八郎太が西郷を案内し、その対面に立ちあった学者だ。

将軍家定《いえさだ》に輿入《こしい》れしようとしていた篤姫は芝にある薩摩藩邸で被災し、あまりの被害の大きさに、渋谷の藩邸に移らなければならなかった。

世によく知られている人もそのように被災しているのだ。そして、世に知られていないお咲も死んだ。

「なんだか、すべて終ってしまったような気がする」

と八郎太は言った。

「そうは言っても、おれたちはこうして生きているではないか」

「そうだが、何かがここで一度終ったような気がするんだ。終ったのはおそらく、おれの青春時代だ」

「その気持ちはわかるが、おれたちはまだ生きている。生きている限り、すべて終ったことにはならんのさ。この先にどんな運命が待ちうけていようとも、生きていかねばならん」

八郎太は不思議そうに新之助の顔を見た。無言で十歩ほど歩いてから、ふいに言う。

「お前、お咲殿に自分の思いを伝えたのだな。そして、いい返事をもらったのだ。そうだろう」

「それは違う。思いを伝えたのは事実だが、返事はもらってない。おれはついに、あの人の気持ちを知ることはできなかったんだ」

「そうだったのか」

八郎太はそれだけ言って黙り込む。二人はどこへ行こうとしているのかもわからず、ただ歩いた。

「しかし、お前は自分の思いを伝えたのだからまだましではないか。おれはついに、お咲殿に我が思いを伝えることができなかった。雑事に取りまぎれてその機会を逃してしまったんだ。今思えば、それだけが無念だ」

「それは違う」

と新之助は言った。もう本当のことを言ってもいいと考えたのだ。

「おれは、自分の思いをあの人に伝えると同時に、お前の気持ちも伝えたんだ。こっそりと抜け駆けするような形になるのがいやで、橋口八郎太もあなたのことを好いています、と」

「そう言ったのか」

八郎太はびっくりして足を止めた。

「お前に対して、礼を欠いた、出すぎたやり方だったかもしれんと反省している。だが、自分だけ思いを伝えればいいとは思えなかったのだ。あの人は、お前の思いも知っていたんだよ」

八郎太は歩きだし、思いをなんとかまとめるようにしてしゃべった。

「確かに出すぎた真似《まね》だよ。おれがやけにみっともないではないか。そんな大事なことを自分で言うことができず、ひとに伝えてもらっているかのようで」

「そのことはあやまる。お前に恥をかかせようとしたのではないのだが、不快なことかもしれん」

「不快ではない」

と八郎太は言った。

「みっともないことだとは思うが、おれの思いをあのお咲殿が知っていたのかと思うと、か細いものではあっても心のつながりがあったのかと思えて、嬉しいのだ。そうか、知っていてくれたのか」

新之助は八郎太が許してくれたことを、何より嬉しく思った。

「あの人は永遠というものになった」

ふとそんな気がしてそう言った。

「どういう意味だ」

「あの人は、おれたちの胸の内に永遠に生き続けるのだよ」

「そうかもしれん」

「そうなんだ。この国は今、大きく変ろうとしている。世が乱れに乱れ、国が滅びるかもしれんほどだ。おれたちの人生も大いに波瀾《はらん》に富んだものになるだろう」

「うん。激動の時代になるのかもしれん」

「何があってもおかしくはないんだ。だが、そうなったとしてもおれとお前の胸の内にはお咲さんがいるんだ。そして、お咲さんが二人のことを笑って見てくれているような気がする。そのことだけは、もう消せないのだ」

そこから先は二人とも無言で歩いた。言うべきことはもうなかった。

だが、歩みを止めはしなかった。生きている限り、たとえすべてが終ったような気がしても、いずれかの方向へ進んでいくしかないのである。人々が進んでいくから、時代がつむぎ出されていく。それがたとえどんなに激動の時代であっても、目をそむけずに前へ進む以外に方法はないのである。

第二話　京洛激動

1

時代が変ったものだ、と思わずにはいられなかった。将軍家茂《いえもち》が朝廷の信頼を得るために、わざわざ上洛《じょうらく》して攘夷《じょうい》の約束をさせられるのである。将軍が上洛するのは、三代将軍家光《いえみつ》以来二百数十年ぶりであった。しかし、家光が三十万の大軍を率いて圧倒的軍事力を見せつけ、朝廷との関係修復をはかりながらも権勢においてはるかに朝廷を凌《りょう》駕《が》していたのとくらべると、この度の家茂には権威というものがなかった。随員が三千人であったのは、時節柄無用の出費をひかえるためと考えられるが、上洛の目的が朝廷のいら立ちをなだめるためだったということが、地位の逆転をよく物語っている。ペリーが来るより前の幕府であれば、将軍が政治上のことで朝廷に言いわけをするような事態は考えられなかった。天皇には政治への発言権などなかったのだから。

それが、いつの間にか、将軍が朝廷に攘夷政策を約束させられる事態になっていたのである。大変化であった。

だが、会津藩士である秋月新之助《あきづきしんのすけ》には、その変化がいまわしいことなのか、それとも望ましいことなのかわからなかった。親藩の藩士として、将軍の権威が落ちるのは面白くない気がする。しかし、十年前のペリー来航以来、日本が歴史の大転換期にさしかかっているのは新之助にもわかっていた。日本中が攘夷熱に取りつかれたようになり、大きな政変が続くかと思えば、一方で攘夷派浪士による暗殺事件が相次ぐという、騒然とした時世なのだ。そういう時代に、将軍家と朝廷が親密になるのはよいことか、とも思うのだ。

そういうことは、考えてもよくわからん、と新之助は思っていた。ただ、おれは会津藩士なのだから、ひたすら藩のためにつくすしかない。そして会津藩は、とにかくもう将軍家に忠誠をつくすのが気風なのだから、そのようにしか動けない。そのやり方で時代を渡っていくしかないのだ。たとえそれが、望ましくない結果につながる道だとしても。

文久三年（一八六三）のこと。その三月十一日に、新之助は京都の賀茂《かも》神社の近くで、警固《けいご》の任についていた。孝明天皇の賀茂行幸があり、見物人がたくさん出ている。そういう中に不穏の行動をする者が混じっていたりしては一大事だから、警備していたわけだ。この年、秋月新之助は二十九歳になっていた。

会津藩士三百人あまりが、この警固の任についていた。守るのは天皇だけではない。

行幸の行列には関白以下の公卿《くぎょう》も加わっていたが、将軍家茂や、将軍後見職の一橋慶喜《ひとつばしよしのぶ》も、老中たちも従っていたのだ。もし何らかのテロ活動があるとするなら、将軍のほうが天皇より狙われるおそれが大きかった。尊王攘夷の志士が天皇を狙うはずはないのだから。

会津藩がなぜここで警固の役についているのか。その理由は、昨年、会津藩主松平容保《かたもり》が京都守護職という役に任ぜられたからだった。

不穏浪士が天誅《てんちゅう》と称して、開国派の論客や公卿を暗殺しまくっている京都の治安は最悪で、これまでの京都所司代だけでは対応できなくなり、新たに作られたのが京都守護職である。松平容保はその新しい役に、福井の松平慶永《よしなが》（春嶽《しゅんがく》）や、一橋慶喜といった幕府側の重役に強く乞われてやむなく就いたのだ。

それについて、会津藩の国家老西郷頼母《たのも》は、「京に上るのは火中の栗《くり》を拾うようなものだ。害あって益なし」と反対した。だが、将軍家に対する絶対忠誠を家訓としている会津藩が幕府の依頼を断れるはずがなかった。加えて、藩主の容保は真面目一筋で、いっさい裏のない篤実《とくじつ》な人柄である。会津にしかこの役はできない、と頼られれば引き受けるしかないのだ。

去年の十二月九日、会津藩主従一千人は江戸を発ち、二十四日に京都に入った。京都町奉行が三条大橋のたもとで出迎え、そこから宿舎である黒谷《くろだに》の金戒光明寺《こんかいこうみょうじ》まで一里ほど、道の両側には、出迎える京都の町衆の人垣が続いていた。京都の人はそのほとんどが会津がどこにあるかということさえ知らない。だが、軍事的に強い藩が、騒然たる京都の治安を守るために、いわば強大な警察力としてやってきてくれたと受け止め、歓迎したのだ。それは朝廷もまた同じ思いで、孝明天皇は松平容保に拝謁を許し、緋《ひ》の衣を下されて役目の労にむくいた。これには容保も感動して、天皇のために死力をつくすしかなし、と決意した。

容保の近習《きんじゆう》であった秋月新之助は、京都守護職の一員として、京都に入り、金戒光明寺の宿坊のひとつに住むことになった。そこは法然が草庵を結んだことに始まる浄土宗の大本山で、十八もの堂塔伽藍《がらん》が立ち並ぶ巨刹《きよさつ》であり、敷地も広大で宿舎とするにふさわしかった。藩士たちは宿坊に住み、それでも足りない分は近所の民家を借りて住んだ。一千人もの軍勢がそこに集まっているのだから勇壮であり、京都の人々にもだんだんと人気が高まってくる。京都御所から、鴨川を渡って東へ半里の地点にそれはあった。

新之助はここで、新しくできた公用局というポストの末席に配属された。情報収集をしたり、政策の立案をしたりする重要ポストで、そこには身分にとらわれず適材適所で人材が登用されたのだ。オランダ語ができる、ということから、新之助は外国情報方、というところにまわされた。ただし、さすがに攘夷熱で沸騰する京都に外国人がいるはずもなく、やる仕事はほとんどなかった。そこで、日常的には家老の佐川官兵衛《さがわかんべえ》の配下となり、治安維持要員を務めていたのだ。

賀茂神社近くの路上で、見物人の群れに目を光らせていたのはそのせいである。かなりの群衆がそこには集まっていた。天皇の行幸はそうたびたび行われるものではなく、孝明天皇が御所を出るのはこれが初めて、ということだから、野次馬がどっとくり出しているのだ。武士も町人も、将軍や将軍後見職まで加わっている行列を見ようと、人垣を作っていた。

やがて、群衆からホーッというような声がもれた。おお、とどよめくのは慎みに欠けることなので、声を押し殺している感じだった。

山吹色の衣冠束帯姿の宮中人が、ずらりと並んで姿を見せたのだ。その行列はしずしずと進んだ。そしてついに、従者たちに担がれた輿《こし》が見えてきた。その内部を窺《うかが》うことはできないが、天皇が乗っていることは間違いなかった。そう思うだけで、自然とありがたみが感じられる。

なんだか、そこだけに特殊な光が当たっているようだ、と新之助は感じた。帝《みかど》の威光とはこういうものなのか、という気がした。

その輿が、しずしずと通りすぎる。すると続いて、武士の行列になる。裃《かみしも》姿の将軍の家来たちが、なんとなく物々しく、しかし整然と行列を作って通りすぎるのだ。そして、馬に乗った将軍が姿を現す。

この時まだ十八歳と若い、将軍家茂である。

新之助は行列を見物する群衆のほうに目を配った。攘夷派浪人にとって、朝廷の許しを得ずに開国を断行した幕府は許し難いものであり、何かいやがらせの行動が飛び出す可能性があったのだ。それを封じ込めるのが京都守護職の役目だ。怪しい者はいないかと、慎重に見物人の顔を一人一人見ていく。

その時、新之助の口から小さく、あっ、という叫び声がもれた。道のむこう側、見物人の中に見知った顔を見つけたのだ。

武士である。役を離れてただ野次馬の一人としてそこにいるように見えた。新之助と似た年まわりだった。

まさかこんなところで、という気がした。よく知った、懐かしい顔だったのである。別れてから七年になるだろうか。

行幸の行列を前にして大声をあげることはできない。ただ、列のむこうの人ごみの中のその男の顔を見つめた。

すると、むこうも新之助に気がついたようで、視線がまっすぐこちらに向けられ、ピタリと止まった。あっ、という驚きの表情が現れる。

二人は見つめあい、懐かしさに表情をゆるめた。お前か、と声をかけたいところだが、それはできない。

薩摩《さつま》藩士の橋口八郎太《はしぐちはちろうた》であった。こんなところで再会するとは奇縁、と思った。

橋口は、いきなり相好を崩し、右手を肩の高さにあげた。三日ぶりに呑み屋で再会した遊び仲間にするかの如く。

新之助の顔にも笑みがもれた。声を出すわけにはいかないが、こっちも手を振ってみようか、と思った。

ところがその時、まさに将軍家茂が、馬に乗って通りかかったのである。若い将軍は背筋をのばし、キリリと引きしまった顔つきだった。

そこへいきなり、新之助のいる側の人垣の中から、一人の男が大音声《だいおんじょう》で声をかけたのである。

「いよう、征夷大将軍！」

それは、意図的なからかいの言葉であった。将軍の行列に、あざ笑うようにそのような言葉をかけるとは、言語道断の無礼である。

常ならば、即座に取りおさえられ、間違いなく斬り殺されるであろう。それほどの非礼であった。

なのに、将軍の行列の一行は、動くことができなかった。なぜなら、今は天皇の行幸に従っているからである。列を乱すことは天皇に対する不敬になってしまう。

その無礼者はそこまでを見越して、大胆不敵に将軍をからかったのだ。

だがしかし、行列の警固をする京都守護職は動くことができる。そういう者の取り締まりのためにここにいるのだから。

新之助は声の発せられた方向を見た。そこにいた男が、くるりと踵《きびす》を返すと、逃げていくのが見えた。

逃がすものかと、新之助はそっちへ駆けだした。五、六人の会津藩士がその男を追って走った。

しかし、結局のところ、男を捕えることはできず、逃げられてしまった。刀で斬りかかったというようなことではなく、無礼な声をかけただけなのだから、逃がして咎《とが》められる、というほどのことではなかったのだが。

無茶な人間がいるものだ、というのが新之助の感想だった。京都はここまで人心が乱れているのかと思えば、自分たちの役目の大変さが予感されて、少し表情が険しくなった。

そんなことがあって、新之助は旧友の橋口の姿を見失ってしまった。ただしそっちは、あらためて捜せばまた会えるであろうと思われたが。

京都の治安を守るという役目は、想像していたよりもはるかに大変そうだと、新之助は顔をひきしめた。

なお、将軍に無礼な野次を飛ばしたこの大胆不敵な男は、長州の高杉晋作《たかすぎしんさく》である。歴史の流れの中で、会津の不倶戴天《ふぐたいてん》の敵となっていく長州と、新之助は初めてチラリと触れあったのだった。

2

京都の、さすがは古都ならでは、と感心する点のひとつは、遊ばせ方がうまいところである。お大尽《だいじん》遊びのできるところもあれば、一方に安く飲み食いできる店もあり、もてなしが洗練されているのだ。さすがは千年の都なりと値打ちを認めてしまう。

御所の南東で鴨川に沿う三本木遊郭は、遊郭と呼ばれているが花街と呼ぶのがふさわしく、料亭や呑み屋が立ち並んだ賑やかな遊びの街だった。その中の、比較的気楽な店で秋月新之助と橋口八郎太は七年ぶりの再会をはたした。

京都にいることがわかってしまえば、捜し出すことは造作もなかったのである。このところ橋口は御所の北西、相国寺《しょうこくじ》と並びあう薩摩屋敷にいることがわかり、使いを出してここに呼び出したのだ。

「去年の暮に会津公が京都守護職となって入京なされたので、もしかしたら、と思っていたんだが、やはりお前も京都に来ておったんだな」

八郎太ははずんだ声でそう言った。

「うん。若松城下で殿の近習を務めていたのだが、京都守護職のことは藩にとって重大事で、千人もの藩士が駆り出されるのだからな。おれも当然のことながらお役をおおせつかったのさ」

「安政三年、あの安政大地震の翌年にお前が国元詰めになって江戸を去って以来、七年ぶりだ。時々思い出しては、どうしているかと思っていたよ」

「それはおれも同じだ。おれにとって江戸での暮らしは、青春そのものだった」

新之助はわずかに表情を曇らせてそう言った。安政大地震の話が出て、あの時に亡くなった人のことをつい考えてしまったのだ。

「まさしく青春だよ。二人とも愚かで、世の中のことなど何もわからず、ただうずうずと走りまわりたいような気分でいたな」

新之助はすっかり貫禄のついた八郎太の顔を懐かしく見つめた。

「あれから、お前のほうはどうしていたんだ」

「それが、初めのうちは面白かったが、途中でつまらんことになってしまった」

「初めのうち、とは」

「井伊《いい》大老が出てきて安政の大獄ということになって、とんと様相が違ってしまったんだ。そうなる前は、いろいろと面白かった」

「そうか」

「おれが西郷さんの手先のような役についていたことは知っているだろう。あの西郷さんのお供という格好で、江戸や京都や、時には薩摩へも行って、使い走りなどをしたものさ。たかが使い走りであっても、篤姫《あつひめ》様の御婚儀の段取りをしたり、殿の開国策を公卿衆に広めたりと、国事の中心にたずさわっている気がしたものだ。まことにやりがいがあって、日々楽しかった」

「あの頃のお前は目に輝きがあって、少しうらやましいほどだった」

「ところが、あの安政の大獄だよ。あの時、井伊大老は幕政に口を出す大名にまで厳罰を下し、水戸の斉昭《なりあき》公、尾張の慶恕《よしくみ》公、福井の春嶽公などまで慎《つつしみ》や蟄居《ちっきょ》の処罰をくらった。それで、本当なら我が薩摩藩の斉彬《なりあきら》公もそうした処罰の対象となるところだったのさ。なのに、そうなる前に殿は突然の病でお亡くなりになってしまった」

「うん。島津公が亡くなられたことは、会津の田舎にまで大事件として伝わってきた」

「そのせいで、おれの人生もすっかり調子が狂ったのさ。新しく藩主となったのは斉彬公の弟久光《ひさみつ》公のお子だが、まだ若いので事実上は久光公が国父として藩政にあたることになってな。そうなってしまえば、斉彬公に近かった西郷さんなどの一派は冷遇される。おれなんかも当然そのとばっちりを受けるわけだが、とうとう西郷さんの身に苦難が襲いかかったんだ」

八郎太の物言いには、親友だけにきかせるのだという特別にあけすけなところがあった。本来ならば自藩の主君を久光公などと呼ぶはずもないのだが、この席は特別なのである。

「何があったんだ」

「西郷さんは、京都の近衛《このえ》家に出入りしていた月照《げつしょう》という僧侶と肝胆相照らす仲だったんだが、その二人とも一橋派の活動家ということで幕府ににらまれており、安政の大獄にひっかかりそうになったんだ。そこで西郷さんは月照をつれて薩摩に逃げたんだが、藩はその月照を日向《ひゅうが》に追放することにした。日向に追放というのは多くの場合、国境で斬り殺すってことなんだよ。月照を救うことができないのを苦しんだ西郷さんは、錦江《きんこう》湾を船で渡っていた時、月照と手に手を取って入水《じゅすい》した」

「亡くなったのか」

　他藩のこととは言え、新之助が西郷の運命について何も知らなかったのは、何年も国元に引っこんでいたせいであった。会津と江戸とでは情報の量が大違いなのだ。そしてその江戸よりも、京都には更に情報があふれ返っている。

「いや、西郷さんは船に引きあげられ、一命をとりとめた。月照は亡くなってしまったんだが。そして、藩は西郷さんを死んだことにして、奄美大島に流したんだよ。罪人扱いで島流しにしたってことだ」

「そうか。それも結局は、殿様が代ったからなんだな」

「そういうことだよ。そういうふうに西郷さんが一時的にいなくなってしまって、おれの居場所もなくなったんだ。それまでのおれは形式的には剣術修行のために江戸定詰《じようづ》めとする、というものだったんだが、修行を終えて大坂蔵屋敷に勤務せよ、ということになったんだ。というわけで、安政六年からは大坂にいた」

「そうか。お前はもともと大坂育ちだったものな」

「うん。大坂では、天下の動静には関係なく蔵屋敷の役人として働いていた。おれはずーっとこのままか、と思っていたよ。ところが、去年の六月、徒目付《かちめつけ》に任じられて、京屋敷詰めを命じられたんだ。これにはいろいろと事情があるんだが、要するに京の兵力を増強する必要があって、おれの剣の腕が買われたってことだ」

「去年というと、薩摩藩には大事件があったんだろう。さすがにその話は会津にまで伝わってきた。寺田屋の……」

「うん。寺田屋事件があったのが去年の四月だよ。だが、それだけじゃなくて、去年の薩摩藩にはいろいろなことがおこったんだ。ざっと説明しておこう」

「ありがたい」

と新之助は言った。京都守護職の任にあたる会津藩の一員として、天下の情勢を知っておくことは重要だったからだ。薩摩藩の存在感がこのところ急に大きなものになってきていることぐらいは、耳に入っていたのだ。

「去年の二月に、西郷さんは許されて鹿児島に帰ってきたんだ。それを知っておれは小躍りして喜んだものだよ」

「そうか。西郷という人は復権したのか」

「そうではないんだ。いまいましいんだが、ほんの数カ月後にはまた島流しにあってしまった」

それはまたどうしたことかと、新之助も好奇心にかられた。

「国父である久光公は、いよいよ朝廷の後ろ盾となって幕政への発言権を拡大しようとお考えになって、兵を率いて京都に入ろうという計画を進めていたんだ。実のところその策は、家老の小松《こまつ》様と、西郷さんの親友の大久保《おおくぼ》さんが考えたことだったんだが。そして、その上洛の根まわしをするために西郷さんが呼び戻されたんだよ。ところがだ、西郷さんはとにもかくにも先公の斉彬公に心酔しきっていて、久光公のことを見くびっている。なんと事実上の主君である久光公に、あなたではその大役ははたせない、と言ってしまったんだよ。もちろん、久光公は激怒したさ。その上、西郷に罪ありと讒言《ざんげん》する者もいて、西郷さんは捕えられ、大坂で囚人として処分を待つ身になってしまった」

「なんという無器用な生き方をする人だろう」

「それは、信念に従って生きる人だからなんだとおれは思う。我が身のことなど考えないんだよ。そういう、珍しいくらいにまっすぐな人なんだ。さて、四月になって久光公は京都に入り、朝廷への接近をはかった。そして同じ頃に、薩摩藩士の中の急進的な尊王攘夷派の連中が、関白九条尚忠《ひさただ》と京都所司代の酒井忠義《さかいただあき》を暗殺して尊王倒幕の行動を始めようとしていたんだ。有馬新七《ありましんしち》などの過激派が、伏見の寺田屋に集まって計画を相談したわけだよ。ところが、久光公は自分の政治力で幕府を操っていこうというお考えだから、過激派の力ずくのやり方を鎮圧しようとされたのだ。寺田屋へ九人の剣客を送りこんで、動くでない、と鎮撫《ちんぶ》しようとしたんだ。過激派はそれに従わなかった。おれたちの行動はもう止められない、というところだな。そこで鎮撫隊は、『上意』である、として斬りかかったんだ」

「それが寺田屋事件か」

「薩摩の侍同士が、斬りあったんだよ。その結果、過激派側が九名死傷し、鎮撫隊が一名死んだ」

「しかし、その事件によって、薩摩の久光公は攘夷派をむしろ取り締まる側に立っていると思われて、朝廷には好意的に見られるようになったそうだな」

「そうかもしれんが、あと味の悪いやり方さ。もし西郷さんが有馬らの過激派を説得しておれば、そいつらも暴発は思いとどまっただろうに。ところが西郷さんは、徳之島に流されてしまった。去年の八月には更に環境の厳しい沖永良部島《おきのえらぶ》に流されたそうだ。というわけで、藩の一大事の時に、誰よりも知恵と人望のある西郷さんがおらんのだよ」

薩摩藩の一大事の時、という言葉で新之助が思い出したことがあった。

「薩摩藩は去年、イギリス人を殺傷するという事件もおこしているだろう」

「その通りだ。久光公は京都での成功をもとに、江戸城に迫ったんだよ。名目上は、天皇の勅使を護衛して送り届ける、ということだが、要するに幕府に圧力をかけたのさ。そして、安政の大獄で罪を得ていた大名たちを復権させ、一橋慶喜様を将軍後見職にしたりした」

そのせいで、と新之助は考えた。その一橋公に依頼されて、我が会津藩は京都守護職に引っぱり出されたのだ。世の中のことは、すべてどこかでつながっている。

「役目を終えたので、久光公は江戸を発って東海道を大名行列を組んで上っていた。その行列が神奈川宿に近い生麦《なまむぎ》村にさしかかった時、馬に乗ったイギリス人商人が行列を乱したんだ。大名行列に対して、下馬せず列を乱すとは無礼なり、ということで、薩摩藩士がイギリス人に斬りかかった。その結果、イギリス人一人が死に、二人が大怪我を負ったんだ。それが生麦事件だよ。去年の八月のことだ」

「薩摩藩は激動しているんだな」

「うん。この先いったいどうなるのか、下級藩士には想像もつかんよ」

「そうも言ってはおれまい。お前は、腕が立つということで京都藩邸に呼びつけられたんだ。いやでも激動に巻き込まれることになるんだよ」

八郎太は顔をあげ、へらへらと笑った。とっくに覚悟は決めてある顔つきだった。

「侍だからな、命じられた通りに動くだけのことだ。誰が敵で誰が味方なのかもおれにはわからんのだが、そういうことは上のほうが決めてくれるだろう」

そう言うと、杯の酒をうまそうに飲んだ。その飲みっぷりは、知り合った頃と少しも変っていなかった。

3

「久しぶりに会って、お家の事情の話ばかりではつまらんな。この七年ばかり、お前はどんな生活をしていたんだ」

八郎太は昔のままの顔つきでそう言った。ごついが、どこか愛嬌《あいきょう》のある顔だ。

「つまらぬ田舎暮らしをしていただけさ。天下の情勢ともあまり関係なかった」

「オランダ語を役立てることはなかったのか」

「会津に引っこんでおって、オランダ語が話せてもどうにもなるものか。だからもう、ほとんど忘れてしまったよ」

「そいつは惜しいな。なにはともあれ、一度はあんなに勉強したことなのに」

そう言われて新之助は思い出し笑いをした。

「実はな、オランダ語は忘れたが、国元で若い藩士を集めて、西洋兵学を学ぶ勉強会をやっていた。十代の若者に砲術などを手ほどきしたんだ」

これには八郎太も目を丸くした。

「そ、そんなことができたのか」

「とにかくおれは、象山《しょうざん》塾で学んだ時の書物や帳面を持っているんだからな。それを元に、初歩の手引きぐらいはできるのさ」

「しかし、お前には詳証術《しょうしょうじゅつ》ができんだろう」

カカ、と新之助は笑った。

「ひどいことを言いやがるが、まあ、本当のところだ。実はな、おれは大砲の造り方とか、ぶっぱなし方とか、蒸気船の走る原理などを教えるだけなのさ。それだけでも、身につくものは多いからな。それに、詳証術のことは、よくしたもので天の助けがあったんだよ」

「天の助け？」

「うん。十代の若い者で、こいつは詳証術の天才か、と思うような奴がいたのさ。本を貸しただけで、奴は数式の意味を全部理解してしまうんだよ。おれが帳面に、何もわからぬままに写していた数式まで、こういう意味でしょう、とわかってしまうのさ。だから、兵学の詳証術の部分はそいつがみんなを指導したんだ」

「なるほど。そういう人材もいるってことか」

「そんなわけで、なかなかの勉強会になっていたんだ。昔学んだことが少しは実を結んだと考えてもいいだろう」

「そうか。そいつはなんだか嬉しい話だな」

八郎太は救われたような顔をした。青春の努力がむくわれた、という喜びの顔つきだった。

そして、ふと寂しい顔つきになった。数学の天才、ということで思い出した人があるのだろう。

「ところで、妻女はいるのか」

「いる」

と新之助は答えた。

「そうか。それはなによりだ」

「会津に戻った翌年に、親のすすめるままに妻を娶《めと》り、今では男の子と女の子がある。とりあえず家の安泰ははかれた」

「それがいちばんめでたいことだ」

「それは本音か」

「もちろんではないか。士分の家に生まれて、跡取りを残すのは男子たるものの責務だ。

そこにこそ人並みの幸せがある」

「しかしお前は知っているではないか。おれの青春の思いがどこにあったかを」

「それは別の話だろう。若い時の思いは懐かしいものとして胸の内にあればよく、それとは別に日常の生活は普通に幸せであればよいのだ」

そう言われてみれば、確かにその通りなのだった。もう恋にあこがれるような若さもないのだし。

しかし、普通に妻帯して子もあるということを、八郎太に知られるのはなんだか気まずい、という気がするのも事実だった。お互いが、いちばん純粋だった頃のことを知りあっているからであろう。

「ではお前のほうはどうなのだ。妻女を持ったのか」

それに対する八郎太の答えは意外なものだった。

「一度は持った。大坂にいた時に、話を持ちこんでくれた人があってな。だが、二年でうまくいかなくなって、里へ帰したんだ。子はできなかった」

「そうか」

新之助は言葉につまってしまった。友であっても深く立ち入ってはいけないことのような気がしたのだ。

「だが、つまらん邪推をするんじゃないぞ。おれがまだ昔の思いにこだわっているのか、などとな。そういうことではなくて、うまくいかん仲もあるんだ。お互いに、これはどうにもならんと思ったから、さっぱりと別れただけの話だ」

「うん。そんなこともあるだろう」

「くそったれめ、腹が立つなあ。お前、憐《あわ》れむような顔をしたぞ」

「いや、そんなことはない。とんでもない誤解だよ。むしろ、少しうらやましいような気がするくらいだ」

「責任がなく、身勝手に生きられるからか」

「まあそうだ。女房子供というのは、しがらみでもあるわけで」

「確かに、こうなってみて身が軽くなったような気がするのは事実だ。こんな生き方も運というもので、何かにこだわっているわけではないんだが」

そんなふうに言えば、二人とも胸の内にあの大地震で亡くなったお咲《さき》のことが思い出されるのだが、もう若き日の愚かしさはなく、その人のことを口に出して言いはしなかった。

ただ新之助としては、大地震のあとで八郎太とお咲の家の焼跡へ行った時のことを思い出していた。

あの人は永遠というものになり、新之助と八郎太の二人をいつも笑って見ているような気がする、とあの時に思った。そんな熱っぽい思いが、今では懐かしかった。

ふいに八郎太が何かをたくらむような顔で言った。

「しかし、この京都ではお前も家族のことは忘れて独り身のように暮らせるんだ」

「もちろんだ。花の単身赴任だぜ」

「昔のように、ちょいちょい酒を酌み交わそうぜ」

「言うまでもないことだ。お互いに武士ではあるが、なかなか珍しいことに藩のワクを越えて友としての交わりがあるんだからな。若い頃に戻ったように、二人でつるんで遊ぶことになろう」

「よし。では芸者でも呼んで酌をさせようか」

「よかろう。大いにハメを外すとしようぜ」

その夜は二人で酔い痴れることになった。時代が激動の中にあろうが、互いの藩がどんな政治状況にあろうが、それは二人の友情には無縁のことであった。

4

金戒光明寺の京都守護職の使用する宿坊の門前で、新之助は会津藩士とは風体の違う三人の男を見かけた。見るからに武張った、田舎の臭いをプンプンさせた男たちが肩で風を切るようにして歩いていたのだ。

やりすごしてから、そこにいた朋輩の青木壮助《あおきそうすけ》にきいた。

「あの者たちは何だ」

雰囲気は攘夷派の浪士そのものなのだが、それならばこの京都守護職の本拠地の中を、あんなに堂々と歩くわけもない、と不思議に思ったのだ。

「知らんのか。あれは壬生《みぶ》の新選組だよ」

青木は、会津の重臣広沢安任《やすとう》の縁者で、小者では知るはずもないことまでよく知っていた。

「新選組？」

「真ん中にいた壮士風の男が水戸藩出身の芹沢鴨《せりざわかも》、右側のエラの張った男が近藤勇《こんどういさみ》、左の瓜ざね顔の優男《やさおとこ》が土方歳三《ひじかたとしぞう》だ。近藤と土方は武州多摩の生まれで、武士の出かどうかも疑わしいそうだ」

「そのような者が、どうして京都守護職の本拠地の中をのうのうと歩いているのだ。新選組とは何だ」

「上洛なさる将軍を警固するために、清川八郎《きよかわはちろう》以下の浪士組が上京したことを覚えていないか。今年の二月のことだ」

そのことは新之助も耳にしていた。

「うん、そういうことがあったな。だが、あの浪士組はすぐに江戸に呼び戻されたのではないか」

「その通りだよ。清川八郎という男がとんだ策士で、将軍警固の浪士組というのは名目だけのことで、実際には攘夷の尖兵《せんぺい》となって朝廷をお助けするのだ、などと言いだしたんだ。それを知った幕府は驚き、あわてて浪士組を呼び戻した」

「そうか。そういういきさつまでは知らなかったな」

「その浪士組の中で、芹沢の率いる水戸にゆかりの者と、近藤の率いる多摩の者だけが、京都に残ったんだよ。将軍のために働くという情熱だけで動いており、清川の煽動《せんどう》には乗らなかったというわけだ」

だんだんと新之助にもわかってきた。今、京都には攘夷派浪士が跋扈《ばっこ》し、我が物顔に天誅事件をおこしているのだが、芹沢や近藤らはそういう志士とは逆に、幕府の治政を乱す無頼の輩《やから》を取り締まるべきだと考えているのだろう。

「そこであいつらは、京都守護職を務める我が殿に、庇護《ひご》を求める嘆願書を出してきたのさ。賀茂の行幸のあった日の翌々日のことだが」

「そういうことがあったのか」

「そして殿は、あいつらを支配下に置き、京都の治安を守る新選組というものにしたんだよ。だからあいつらは、この会津藩の別動隊のようなものだ」

「そんな者たちが必要なのか」

新之助がそう言ったのは、おれたち会津の者だけでも京都は守れるではないか、と思ったからだった。

「手先の者は多いほうがいいからな。知っての通り、我が会津藩は京都守護職を受けた時に五万石、京都に着いてから更に五万石の加増となっていて、資金には余裕がある。殿はならばそのような者たちも手なずけておけば何かと役に立つだろうということさ。殿はあのような真面目なお方だから、任務のために役に立つのであれば、すべてのことをなさろうとするんだよ」

「壬生の新選組か」

「壬生に宿舎を持っているんだ。将軍のために働けるのは身にあまる喜びだと感激しているらしい」

そう言うと青木は、もののわかったような顔をした。少し知恵誇りをする傾向のある男なのだ。

「公用局の外島機兵衛《としまきへえ》様と広沢様が新選組を統括なされているのだが、おれは広沢様に、あのような者たちが役に立つのですか、ときいたことがある」

「うん。おれもそこが疑問だ」

「広沢様のお答えはこうだった。今、京都を騒がせているのは、いつどう出るかもわからぬ暴れ者たちで、会津藩が表立って取り締まることがままならぬこともある。それに、一人一人が思いのままに動くので、動静も摑《つか》みにくい。それに対して、すぐかみつく犬のような小回りのきく別動隊をさし向けるのは、相手に見合ったやり方なのだそうだ。つまり、狂犬には狂犬をさし向けるのが利口なやり方だということだな」

新選組は手飼いの狂犬か、と新之助は納得した。確かに、この乱れに乱れた京都の治安を守ろうとすれば、怪しい者をすべて捕えるか殺すか、大いに乱暴なやり方もしなければならないだろう。その乱暴なところを、配下の浪士にまかせるのだ。つまり、毒をもって毒を制するようなものである。

新之助は新選組の三人が歩き去っていった方角を見た。もうその姿は見えなくなっていたが、なんとなく血腥《ちなまぐさ》い風が吹いているような気がした。

5

清川八郎は江戸に戻ってすぐ暗殺されたのだそうだ。その情報は、新之助の耳にも届いた。

まるで、ありふれたことのように暗殺とか、斬首事件がおこるのが、尋常な時世ではないことのあらわれであった。

新選組は、新たに隊士を募集して、もう百人以上の勢力になっているそうだ。不逞《ふてい》の攘夷派浪士をよく取り締まり、思いの外の活躍をしているようである。

「新選組と言えば、泣く子も黙る、と言われるほどに恐れられているぜ。特に、長州の攘夷派浪士を厳しく取り調べ、長州人と見れば斬りかかるような極端なことをしているらしい。まるで戦《いくさ》をしているようなもんじゃ」

橋口八郎太はとまどったようにそう言った。非番の時は盛り場へ出て、新之助と酒を酌み交わして、様々な噂話をするのだ。天下の政治を酒の肴にしているわけだが、二人ともそういうことが似合う年まわりになっていた。

文久三年も、もう六月になっていた。

「新選組のそのやり方が会津藩にとってよからぬことになりはせんかと、少々心配だ」

八郎太は案じる声を出した。

「我が藩にとってよからぬこと？」

「そうだ。新選組のことを長州藩は、蛇蝎《だかつ》の如く嫌い抜いている。そしてそれが、新選組を庇護下に置く会津藩への憎しみにつながっていくのさ。長州が会津を憎むこと、まるで親の敵《かたき》を憎むが如しだ」

「それは、とんでもない筋違いの憎しみではないか」

新之助は思わずそう言った。

「我が会津藩は、京都の治安を守れと命じられて、その任にあたっているだけだ。それは幕府から命じられたことではあるが、朝廷からも頼られ、よろしく頼むとのお言葉をたまわっている。その役を真面目に務めるだけで憎まれるのは、あまりにも理不尽ではないか。それはまるで、押込み強盗を計画している者が、町奉行に取り締まられて、奉行を憎むようなものだ」

八郎太は思わず笑った。

「おれは会津でも長州でもない立場でしゃべっている。その上で、おれの話をきくか？」

「きこう。おれとお前の、酒の上での世間話だ」

「ならば言う。長州を押込み強盗をしようとしている者たち、と見るお前の話は面白い。だが、その押込み強盗は金のためではなく、正義のためにやらねばならんと信じているものだとしたらどうなる。つまり、長州は長州なりに、今の日本にとっていちばん正しい道はこれだと信じて、国を救わんがために働いているつもりなんだ。だから自分たちを取り締まる新選組は敵だということになる」

「そこはわかる。だが、正直に言うと、おれには長州が何を望んでいるのかよくわからんのだ。イギリス公使館を焼討ちしたり、儒学者や豪商を殺したりして、いったい何がもたらされるんだ。世が乱れるだけのことではないか」

へっへっへ、と八郎太は笑った。その顔には、お手あげだ、と書いてある。

「おれにもその辺のことはわからんのだ。政治のことをあれこれ論じるのは苦手でな」

「それはおれも同じようなものだ」

「ただ、長州の暴走のきっかけになったのは、吉田松陰《しょういん》の死のような気がする」

「あの、吉田さんが……」

新之助は意外そうに言った。松陰こと吉田寅次郎《とらじろう》のことは二人ともよく知っているのである。佐久間象山の塾で同窓生だったのだから。

「あの吉田は、熱狂的な攘夷論者で、天皇の勅許を得ないまま開国せんとする幕府を批判し、こんな幕府は倒したほうがいい、とまで言っていたそうだ。そういう人が、安政の大獄で刑死させられている。吉田が萩でやっていた塾の教え子たちが、今その師の思想に基づいて事をおこしているというわけさ」

「あの人は驚くほどの情熱家で、そばにいたら必ず影響されてしまう、という人柄だった。そうか、亡くなったあの人が長州を動かしているのか」

「それも一因だろうか、という話だよ。そのほかに、長州の毛利家というのは元をたどれば平城《へいぜい》天皇につながる家柄で、朝廷に親しみを持っている、という事実もある。そこから尊王思想になるわけだ」

「そこまではわかる。だが、どうして尊王思想と攘夷とが結びつくのかがわからんのだ。長州はなんと、アメリカの商船や、フランスやオランダの軍艦に砲撃を加え、相手方に死者を出したというではないか」

「うん。先月のことらしいな」

「なぜそんなことをするのだ。今、外国と本格的な戦争になったら、日本が滅びるおそれだってあるじゃないか」

長州による外国船砲撃のことは、大事件として大いに天下の注目を集めていた。そして京都などでは、よくぞやったと快哉《かいさい》を叫ぶ人のほうが多かったのである。京都で長州は民衆の人気を集めていたのだ。

「春に、将軍がなぜ上洛したか、だよ。将軍は朝廷に攘夷の約束をしたんだぜ。それも、五月十日になったらやりますと、期限まで決めて」

「幕府は攘夷などできることではないと思っているんだ。だが、あの時はそういう約束をするしかなかった」

幕府側の思惑については、会津藩士である新之助にも少しはわかっていた。

「和宮《かずのみや》様に降嫁していただいて、公武合体で時勢を乗り切ろう、というのが幕府の方針だからな。朝廷の要望を無視するわけにもいかんわけだ」

「それで、五月十日になったら攘夷をすると言ったわけだが、そのことに長州はつけ込んだのさ。五月十日になったからと、アメリカ商船を攻撃した。幕府がやると言ったからやったまでだ、という理屈になる」

「つまり、あれは幕府を困らせるためにやったことなのか」

「そういう狙いもあるんじゃないかとおれは思う」

新之助の表情がおのずと険しいものになる。会津はどこまでも幕府を守るがための藩だからだ。

「長州は反幕府で動いているわけか」

「長州が倒幕まで考えているかどうか、その辺はおれにはわからん。だが、朝廷を立てて新しい政治体制を築こうと考えていて、それについて幕府に遠慮する必要はない、ということだろうな。そんなところに長州の活動の源があるような気がする」

「同じ日本人同士でありながら、道で出会えば斬りつけあうという、つまらんことになってしまっているんだ」

新之助はつい、そんな本音をもらした。

すると八郎太は、聖護院《しようごいん》かぶらの煮つけをポイと口にほうりこんで、こう言った。

「外様《とざま》藩だからな」

「それが関係あるのか」

「あるんじゃないかな。あのな、この話は会津にとっては面白くないことかもしれんが、事実だから言う」

「何を言っても構わん」

「長州は外様だ。そして、おれの薩摩も外様だ。だから、長州の思いがわからんでもないんだ」

「幕府に反感があるということか」

「なんとなく、幕府に対して距離を置いてしまうんだよ。つまりは、関ヶ原で負けた側の心情だ」

「そんな……」

そんな昔のことで反幕府になってしまうのか、と新之助は驚いた。ついに関ヶ原の恨みを晴らす時が来たと喜んでいるのか。

しかし、言葉にはならなかった。京都守護とはむずかしい役目だという気がするばかりだった。

酒をぐいとあおって、新之助が言った。

「会津と薩摩が、敵対することがないといいなあ」

八郎太は大きくうなずいた。

「そう。友好的であることを願う」

そう言ってからしばし考え、八郎太はこうつけ加えた。

「だが、もしもこの先会津と薩摩が敵対したとしても、おれとお前の仲は変らんぜ。心の中に同じ人の思い出を持つ生涯の友だからな」

新之助は顔をほころばせ、ゆっくりと力強くうなずいた。

6

新之助とたまたま姓が同じなだけで、親戚でもなんでもない秋月悌次郎《ていじろう》という会津藩士がいた。新之助よりずっと身分が上で公用局の重役の一人である。

その秋月悌次郎が、藩主の松平容保に目通りを願い出た。殿のお耳に入れたき儀がある、というのだ。

八月の半ばのことだった。

「私のところに、薩摩藩の高崎左太郎《たかさきさたろう》なる者が訪ねてまいり、薩摩藩の内々の意向を伝えてまいったのでございます。昨日のことでございます。私も初めて会う者なのですが」

「どんなことを申したのだ」

新之助と同い年で、涼しい顔をした容保は静かな声でそうきいた。

「はっ。高崎なる者の申すには、このところ詔勅《しょうちょく》として発表されるものの多くは、帝の知らぬところで出されている偽勅にて、それが世を混乱させている大本であると言うのです。つまり、若手の公卿の一派が、長州と結び、帝の意向を無視して独断で暴走しているのであり、帝もそれには困りはてておられるのだとか」

「さよう。朝廷が長州派の公卿に占拠され、勅令が勝手に乱発されているようであることは余《よ》もきいておる。帝もお困りであるとか」

会津藩としても、その状況はなんとかしなければならんと思っていたところだった。

反幕府で、長州と結びついている公卿には、三条実美《さねとみ》、東久世《ひがしくぜ》通禧《みちとみ》、万里小路《までのこうじ》博房《ひろふさ》、烏丸光徳《からすまるみつえ》らがいた。

「それにつき、帝のご意向にそうように何らかの手だてをこうじるのは京都守護職たる会津のお役目なれども、薩摩もこの状態をゆゆしきものと考えており、会津のお力になりたいと申すのであります」

「まことか」

と容保は少しばかり身を乗り出した。実のところ、会津藩は難儀で孤独な役目を押しつけられているのだ。そういう孤独感を抱いていた容保だから、お力になりたい、という藩が出現したことをきかされ、つい身を乗り出したのである。

「まことのようでございます。このことは、その高崎なる者の一存ではなく、藩としての意向であることを明言いたしました」

「それはありがたきことだが」

「高崎の申すには、薩摩が親しくしている近衛忠熙《ただひろ》公へ、会津と薩摩の意向を伝えて、帝に奏上していただけばよいのではと。その上で帝より、長州と長州派の公卿を京より放逐する詔《みことのり》を出していただけば、すべてうまくいき、帝の憂いも消えるのではとのこと」

「そんな手があったか」

容保の声にハリが出た。

「公武合体派の中川宮や、右大臣の二条斉敬《なりゆき》公にも話を通しておけば、まずもってうまくいくことは疑いなきところ、と申すのです。すなわち、薩摩は会津に味方して長州を都から追い落とす意向を固めたとのことでありましょう」

「なぜ薩摩はそれを望むのか」

容保が疑問に思うのも無理はなかった。橋口八郎太が新之助に語ったように、外様藩の薩摩は将軍家にやや冷たく、どちらかと言えば長州の考えに近いものを持っているはずなのである。幕府を倒してしまえとまでは思っていなくても、幕府の困窮を面白し、と感じる気運はあるはずなのだ。それが、なぜ長州を追い落とす側にまわり、会津と同盟するのか。

「殿もご承知の通り、この七月に薩摩は、薩英戦争なるものをおこし、イギリスに鹿児島を攻撃され、手痛い敗北を喫しました」

「きき及んでいる」

長州に続いて、薩摩も外国（イギリス）と戦争をしたのである。それは、去年の生麦事件の賠償問題がこじれてのことだった。とにかく薩摩はイギリスの軍艦と戦い、街のかなりの面積を焼失するなど、大打撃をこうむったのである。

「高崎の申すには、あの敗戦によって薩摩は目がさめたのだそうでございます。すなわち、攘夷などできるものではなく、むしろ外国から大いに学び、通商をして国を富ませていくことこそ日本の進むべき道であると。なればこそ、長州のように攘夷一辺倒の藩が、京で勢力を持っていることは今後のためによろしからず、と考えるに至ったとのよし」

実際に外国と戦ってみて、かえって開国の方針しかなし、という思想になったというのは本当のことであった。ヒステリーのような攘夷熱がいっぺんにさめたのである。

だが、この時の薩摩の動きはそれだけでは説明できない。八郎太の言うように、薩摩と長州には、幕府に親しみが薄い、というところに共通点がある。だが、共通するところがあるだけに、かえって微妙な関係なのである。長州ばかりが突出して、ひとり京都で人気者になっていることに、抜け駆けをされたような反感を持っていたのだ。ここは会津と組んで、長州を追い落とすのが自分たちにとっても得策、という考えがあったであろうことは間違いない。

だが、裏の思惑はともかく、薩摩のこの申し出は会津にとってはありがたいものだった。

「わかった。薩摩の申し状、まことに理にかなったものである。すみやかに薩摩と合議し、対長州策を実現させよ」

容保はきっぱりと命じた。こうして、一夜にして主流派勢力が入れ替るという政変が、実現に向けて走り出すのだ。

その計画の中心となったのは、公武合体派の中川宮朝彦《あさひこ》親王だった。ほかに、前関白近衛忠煕父子、右大臣二条斉敬らの公卿も協力した。これを会津藩と薩摩藩が武力で支援したのである。

そしてついに、八月十八日にそれは始まった。

子《ね》の刻（午前零時頃）というから真夜中だが、中川宮はこっそりと宮廷内に入った。それに続いて、根まわししてある近衛公父子、二条公などの公卿と、京都守護職松平容保、所司代稲葉正邦《まさくに》（淀藩主）も参内《さんだい》した。武装した会津、薩摩、淀の各藩の兵が御所の九つの門の中に入り、門は厳重に閉じられた。尊攘派の公卿は御所に入れなくなったのだ。

その上で、その時京都にいたいくつかの藩の藩主に対して、藩兵を率いて急ぎ参内すべしとの命が伝えられた。それらの兵が続々と参内してきて、大変な騒ぎとなる。

寅の刻（午前四時頃）、警備が整った合図として、大砲が一発撃ち鳴らされる。こうして、朝議が始まった。中川宮が天皇の前で意見を上奏し、孝明天皇がそれを許可していくのだ。

尊攘派七人の公卿の参内禁止、長州藩の堺町御門警備免除、などが決められたのだが、要するに、長州とそれに与《くみ》する公卿は京都を去れ、ということだった。

この政変のことを、「八月十八日の政変」と呼ぶのだが、それはまさしくクーデターであった。

早朝になり、尊攘派公卿はなんとか宮廷内に入ろうと画策したが、どうすることもできない。事態に驚いた長州藩兵も御所に駆けつけ、堺町御門から中に入ろうとするが、そこは会津と薩摩の藩兵が守っており通行できない。あわや戦が始まろうかという危うさである。

この騒動に恐れおののいた公卿の家族たちは、取るものも取りあえず避難をした。堂上の奥方や姫君が悲鳴をあげて逃げまどうばかりでなく、公達《きんだち》までが泣きわめき手のつけられない騒ぎである。

そんな緊迫した情勢の中、長州藩に対して、対峙《たいじ》の場所から退去せよ、という勅命が下った。尊王が旗印の長州としては勅命に逆らうことができるはずもなく、藩兵たちは東山の大仏妙法院に退去する。久坂玄瑞《くさかげんずい》、来島又兵衛《きじままたべえ》などもこの中に混じっていた。そして、尊攘派公卿を交えて軍議が開かれ、ひとまず長州へ下るしかなし、と判断した。

八月十九日の朝になり、折から降りしきる雨の中を、長州藩兵と尊攘派の七人の公卿は京を去り、兵庫まで行き、そこからは海路で長州に向かったのである。これが世にいう「七卿落ち」である。

かくして、長州は京都からしめ出された。きのうまでの急先鋒が、一夜にして主流派の座から追い落とされたのである。京都情勢は一変したのだ。

7

政変から五日ばかりたった日の夜、島原の料亭で新之助と八郎太は機嫌よく酒を飲んでいた。芸者に酌をされて、ことさらうまい酒だった。

「しかし、薩会《さつかい》同盟とは嬉しいことになったよなあ」

と新之助は唄でも歌いだしそうな様子で言った。

「うん。おれとお前にとっては、願ってもないなりゆきだ」

八郎太も口調が陽気だった。

「薩会同盟」という名称の同盟が正式に結ばれたわけではないのだが、薩摩と会津が手を結んだのを、そのように言うことがあったのだ。その二藩で、長州と尊攘派の公卿を京都から追い落としたことは、孝明天皇にも喜ばれていた。

あの政変のあとで天皇は、これまではいくつか真偽不明の詔勅があったが、去る十八日以後に出されるものこそ朕《ちん》の存意を示す本当の詔勅である、という内容の文書を発表した。

長州が京都でのさばっていた頃には、天皇の意向とは無関係な偽勅が出ていたということである。朕の本当の考えがあらわされるのは、あの政変以後であると宣言することにより、ようやく自らの思いが正しく伝わると安堵《あんど》されているのだ。

また別の文書では天皇は、三条実美のことを国賊と言い切っている。

そして、天皇は京都守護職の松平容保を信任すること大で、これは新之助と八郎太が飲んでいる時点よりあとのことだが、容保に書を授けた。そこには、朕の憂いが晴れたのは、まったくその方の忠誠によるもので、深く感悦する、という内容のことが書かれており、容保の忠誠をたたえる和歌二首が添えられていた。

容保は身が震えるほどの名誉に感動した。むずかしい役職であるが、この帝のためならば一命にかえてもやり抜かねばならない、と思ったであろう。

ともかく、あの政変で会津の株は大いに上がったのだ。

「あの日、堺町御門に配備され、長州藩兵と睨《にら》みあったのだが、あれはいい気分だった。あの時長州兵は京に三万人いて、我が会津藩士は千八百人だった。だから朝廷内には、千八百人で三万人に勝てるはずもないと恐れおののいている公卿が多くいたのだが、その三万の長州兵が少しもこわくなかった。こちらには帝がついていらっしゃる、ということが何よりの心強さになっていたんだ。あれこそが帝のご威光というものなのかもしれん」

新之助はそんなことを言った。

「おれはあの夜、一戦ある時に備えて薩摩屋敷で武装して待機していたのだが、戦いたくてうずうずしていたよ。今戦えば敵が何であっても負けるものではない、という気がしたなあ」

二人とも、兵力としてあの政変にかかわっていたのだ。活躍の場はなかったが、激動の真っ只中にいるという興奮は味わった。

「長州がいなくなり、まったく京都はすっきりした」

と言って、新之助は手にしていた杯を見た。酒がなくなっていた。なのに隣にすわっている芸者が酌をしてくれない。

「頼む」

と新之助は言った。芸者はあっと驚いて、わびた。

「失礼しました。かんにんどすえ」

新之助には、芸者が何を考えていたのかわからなかった。だが、八郎太はそうではなかったようだ。

新之助が杯を干したところで、八郎太は言った。

「おれたちの話は、このあたりでは面白からざるものなのかもしれん」

「どういう意味だ」

「この人たちには」

と言って芸者のほうを見た。

「長州が京からいなくなったことが寂しいのかもしれん。長州はなぜか人気があって、色街はほとんどが長州びいきだった」

「ああ、そうか」

とは言ってみたものの、少し面白くなかった。京都を守護する我らよりも、長州のほうが好きなのか、と思えば、つい憮然《ぶぜん》たる心境にもなる。

「会津の田舎者では、遊び方もろくに知らず面白くないというわけか」

「めっそうもないことでございます。お客様であればどなたであってもありがとう思うてます」

芸者はもう一度酌をした。そして、銚子《ちょうし》を置いてから、年増ならではの胆のすわった言葉を発した。

「お客様をおもてなしするのがうちらの仕事どすさかい、どちらのお方であっても精一杯つとめさせてもらいます。ただ、会津のお方には、ひとつだけお願いしたいことが」

「ほう。どんなことかな」

「会津がおかかえになっている浪士組のことでございます」

新選組か、と新之助は苦い顔をした。新選組が会津藩の配下にあることは京都人で知らぬ者はいない。あの政変の夜にも、新選組は堺町御門に駆けつけているのだ。

ただ、会津の下級武士は新選組のことをよく知らず、行き違いがあって危うく乱闘になりかけたそうである。

会津藩士の中にも知らぬ者がいるのに、京都の町衆は新選組のことをよく知っていた。もっぱらに、その悪い評判ばかりを知っているのだ。

「あそこの局長はんは、ここいらの者を震えあがらせてます。飲み食いの代金を踏み倒すぐらいのことだけやったらまだええんどすけど、とにかくもう酒癖が悪く、刀を抜いて振りまわすわ、家具調度を壊しまくるわで、手えがつけられませんのどす。それやのに、恐《こお》うて誰も逆らえしまへん」

芹沢鴨のことである。その者の暴虐見過し難し、という話が藩の上層部に出まわっていた。このまま放置すれば、会津藩の名を汚すおそれさえありと。

商家に押しかけて軍資金の無心をしているらしい。返す気などない押し借りである。

そしてその金で、夜な夜な色街で遊びまくっている。

京都中に知れわたった大騒動としては、こんなこともあった。芹沢の一派は一条にある商家に押しかけて金をせびった。そして、断られると、成敗してくれる、とその商家に大砲を撃ち込んだのだ。とうとうその店の蔵は全壊してしまった。

新選組統括の任にある外島機兵衛の耳にもそれらの情報は入っているようで、このまま放置しておくわけにはいかぬ、と憂慮しているらしいことがもれ伝わってきていた。毒をもって毒を制するとは言うものの、こちらの毒が強すぎて、味方さえもが害されるおそれがあるのだ。

「あの者たちに、目にあまる所業があるのであれば、必ず会津藩がなんとかする。いつまでも好き勝手にはさせておかぬ」

新之助はついそう言ってしまった。本当はそんな約束のできる役職にも立場にもないのだが、会津の世評をおとしめる者の勝手三昧は許せぬ、と思ったのである。

なんの権限もなく言ったのであっても、色街で新選組の悪口を言えば大いに喜ばれる。芸者たちは急に機嫌を直して大いにその場を盛り上げてくれた。三味線の音も賑やかに、気分のいい酒盛りとなった。

それから四半刻もたった頃であろうか、いきなり襖《ふすま》を大きく開けて、その部屋へ躍り込んできた者がいた。芸者の一人が驚いてキャッと悲鳴をあげたくらいである。三味線の音がピタリと止まる。

入ってきたのは、むさくるしいなりをした大柄な侍だった。髷《まげ》がほつれて、鬢《びん》のあたりがざんばらになっている。

その男は、襖をしめてから、二人の前へ出てすわった。

「楽しうやっちょるところを邪魔して、まっことすまんぜよ。わしは追われちょって、夢中でこの店へ飛び込んだがじゃ。思い違いで殺されでもしたらたまらんきね」

見たところ、新之助や八郎太とほぼ同じ年まわりであった。突然乱入した点は大いに怪しいのだが、その男の顔にはなんとなく愛嬌があって、悪党のようには見えなかった。

「賑やかなこの部屋の前まで来て、ここにかくまってもらえんじゃろかと思ったんじゃ。助けてもらえんじゃろか」

「追われているとは、どういうことです」

と新之助はきいた。酔いが急速にさめていく。

「わしを攘夷派浪人と勘違いして、新選組が追っかけてきよるんじゃ」

噂をしていた新選組が、思いもかけずこの場に現れそうで、新之助は大いに驚いた。

「あなたは誰なんです」

と八郎太がきいた。

「わしは、土佐脱藩浪人の、坂本龍馬ちうもんじゃ。浪人はしとるけんど、攘夷なんぞやらかす気はないでね。わしは、幕臣で軍艦奉行並《なみ》の勝麟太郎《りんたろう》先生の弟子で、来年兵庫の神戸にできることになった海軍操練所設立のために働いておるもんじゃ」

「勝先生の弟子なのか」

これには、新之助も八郎太も驚いた。あまり勝麟太郎（海舟）という人のことを知っているわけではないのだが、佐久間象山の門下生として、勝の名をたびたび耳にしている。勝は新之助たちが学ぶより数年前に、象山に入門していた人物なのだ。そして、勝の妹が、象山の妻になっている。

「勝先生を知っとるがやね。そいたら、先生が日本に海軍を作らんといかんという考えを持っておらるっとも知っとろうね。その先生の考えがいよいよ実現しそうになって、わしもお手伝いをしとるがやね。ところが、この風体がいかんのか、新選組に目をつけられてしもうた。斬られてはたまらんき、逃げてきたんじゃ。どうかかくまってくれんかいね」

そう言っている間にも、部屋の外で大きな物音がしていた。襖を開けはなつ音、大声で詮議《せんぎ》をする声などだ。

新之助は腹を決めてこう言った。

「新選組ならばなんとかなる」

ついさっき、芹沢一派の非道ぶりを批判していたところなのだ。行きすぎた行動はおさえねばならん、という気になっていた。

この時、橋口八郎太は無言で、剣を自分のすぐ横に引き寄せた。八郎太は剣の腕が立つ。万一の時にはいつでも抜けるようにしたのだ。

やがて、その部屋の襖が左右に勢いよく開かれた。火事装束のような羽織をはおった男が四人、立ったまま部屋に入ってきた。

「新選組である。不逞の浪人が逃げ込んだと思われる故、詮議いたす」

そう言ったのは、いかにも強そうな田舎びた男だった。

新之助は立ちあがって、その男と目を合わせた。

「お役目ご苦労さまです。私は、会津藩士秋月新之助です」

会津ときいて、四人の態度がガラリと変った。

「会津の方ですか。私は新選組助勤《じょきん》、原田左之助《はらださのすけ》です」

「私は公用局に属し、外島機兵衛様の配下にある者です」

「それは……」

原田は絶句した。外島機兵衛は新選組統括にあたっている重役である。

新之助は外島の下で働いているとは言い難かった。だが、開店休業状態になっている新之助の正式の所属部署である外国情報方は外島の管轄下にあるのだから、嘘ではないのである。

新之助は小さく一礼してから言った。

「こちらにいるのは、薩摩藩士の橋口八郎太と、土佐脱藩浪人の坂本龍馬」

新選組の四人は坂本のほうをジロリと見た。

「ただし、浪人とはいえ坂本くんは、幕臣で軍艦奉行並の勝麟太郎様の弟子であり、このほど上様が直々に許可なされた海軍操練所開設のために働いておる者です。不逞の浪人では毛頭ない」

将軍の名まで新之助は出した。これでは新選組とて、手も足も出ない。

「あいわかってございます」

と原田は敬語で言った。

「お騒がせして、まことに申しわけありませんでした。怪しい者がいないことよくわかりましたので、退散いたします。ご無礼をつかまつりました」

そして、新選組の四人は部屋を出ていったのである。

「助かったぜよ。まっこと恩に着るぜ」

新之助は龍馬の顔を見て、笑って言った。

「面白い知り合い方をしたんだ。まあ一杯飲まんかね」

そんなことで、三人で飲むことになった。そしてわかってきたのは、この坂本龍馬という男が、なんとも気持ちのいい快男児だということだった。

歳《とし》は、新之助や八郎太と奇しくも同じ二十九歳。勝麟太郎の弟子だというのは本当のことであった。海軍を作ることに夢中になっている熱血漢である。

「そいで、わしは幕府の順動丸《じゅんどうまる》ちゅう蒸気船にもう何べんも乗って、操船技術を習っとるきね。船はええもんじゃよう。わしの夢は自分の蒸気船を持つことなんじゃ」

そんな大言壮語が、少しも嫌味ではない魅力的な男だった。新之助も八郎太も、楽しい酒を飲むことができた。

そして、話していくうちにわかって、驚いたことがあった。

「なんと、お主も象山先生に入門したことがあるのか」

「ほんのちょっとの期間だけやったがね。ペリーが来た年やから嘉永六年じゃが、年末にちいとだけ入門して、すぐやめた。そいは詳証術がわからんかったからじゃ」

「その時なら、おれたち二人ともあそこの塾生だった。詳証術に苦しんでいたのはおれたちも同じだ」

塾生が多かったから、気がつくこともなくすれ違っていたのだろう。確かにあの頃は、この坂本がまさしくそれなのだが、ペリーの来航に刺激されて西洋兵学を志す若者が多く、一時的に象山塾は大賑わいだったのである。

「奇遇だ。面白いではないか。もっと飲め」

「なんか嬉しいにゃあ。こういう酒はいっちうまいぜよ」

夜遅くまで、三人は大いに楽しんで飲み、語らったのだった。

8

その情報をきいて、新之助は思わず、

「本当か」

ときき直した。

教えてくれたのは朋輩の青木壮助だった。

「本当だ。ゆうべのことだそうだ」

ゆうべとは九月十八日のことである。

新選組の芹沢鴨が殺された、というのだ。殺したのは近藤勇たちだそうだ。

「今日になって、当藩へ届け出があった。芹沢ともう一人、水戸出身の隊士を、新選組規約違反の咎で斬首したというのだ。芹沢の一派である二名が逃亡中であるが、今後これも処分する方針だと言ってきている」

「本当にやったのか」

急には信じられなかった。

その詳しいいきさつまで会津藩に届けられることはなかったのだが、実情はこういうことだった。

酒を飲んで宿舎に帰った芹沢が妾《めかけ》と同衾《どうきん》しているところを、近藤以下五人の新選組隊士が襲ったのだ。近藤のほかは、土方歳三、沖田総司《おきたそうじ》、井上源三郎《げんざぶろう》、原田左之助である。芹沢も、お梅《うめ》という妾も殺された。ほかに、芹沢派の平山五郎《ひらやまごろう》も首を落とされている。

「要するに、新選組は初めから芹沢一派と近藤一派の寄せ集めだったんだな。それで、芹沢派の乱行が度を過ごしたので、ついに近藤の一派が粛清して、完全に主導権を握った。そういうことだろうと、外島様、広沢様も受け止めておられるようだ。そして、これで憂いがなくなったと」

それが大きい、と新之助は思った。あまりにも乱暴な芹沢のせいで、新選組の評判はさんざんなものだったのだ。京の人に、まるでおとぎ草子の酒呑童子《しゅてんどうじ》のように嫌われていた。そしてそれがそのまま会津藩への評価にもなりそうだった。あのひどい新選組の元締めが会津なのだ、というふうに。

新選組が行いをまっとうなものに修正するのは、会津にとってはホッとする事態だった。

だが、問題ありの一派を粛清しようとして、いきなり寝込みを襲って斬り殺すというのが、暗くて泥臭いやり方だな、という感想はわいた。そんなところが田舎侍だ、と思ってしまう。そして、近頃の世情そのものがそういうせっぱつまった暗いものになっているような気が、新之助にはするのだった。

「これは広沢様にきいたのだが、殿は新選組の近藤のことを、まことの忠誠心を持つ侍らしい男だと評価していらっしゃるそうだ。だから、これからはすべてうまくいくのではないかな」

殿は正直すぎて、まったく裏のないお人柄だからな、と新之助は思った。だから人を信じすぎてしまうことがある。

新之助は容保がまだお世継ぎ様であった十二歳の時から、遊び仲間のような近習として仕えたのだった。だから殿のお人柄をよく知っているのである。あまりにもまっすぐで、策謀とはいっさい無縁の殿。そういう真面目なお方であるだけに、京都での今の大役はこの上ない重荷かもしれない。つい、心配になってくるのであった。

そんな思いでいたところ、容保に召し出されたのである。十一月に入った頃であった。幼少の時や、十代の頃、殿に西洋兵学をお伝えした時はよくお目通りがあったものだが、ここ数年は殿の近くへ召されることは絶えてなかったのに。

余人を排しての一対一の対面だった。

「近う寄れ」

と親しく声をかけて下さるのは嬉しいのだが、その声が少し弱々しいので気にかかった。

見れば、顔色もすぐれなかった。

「どこかお加減が悪いのではないですか。お顔の色が青ざめていますが」

と言ってみると、

「さすが、古くからよく知る仲である。実は、頭痛がしたり、背中が痛んだりで、この頃気が晴れぬのだ」

やはりそうか、と胸が痛んだ。殿は蒲柳《ほりゅう》の質であられたから、責任重大な身であることがお気の毒になる。子供の頃も、ちょっと体を使って遊びすぎれば必ず熱を出して二、三日寝込むというふうで、いたわってさしあげなければ、と思ったものだ。

もちろん今も、医師たちにちゃんと守られた身分であって過分の心配はいらないだろうが、心の重荷は医者ではどうにもならないことだとも思う。

「これは、そのほうだけにもらす愚痴であり、他言は無用だが」

と容保は背筋をピンとのばして言った。姿勢のいい殿なのである。

「実のところ、余は会津に戻りたい」

殿がお気の毒、とますます新之助は思った。だが、軽々しく思いを口にできる身分ではない。

「ただきいてくれればいいのだ。余は独り言を言っている」

容保も、新之助に愚痴を言ってもどうなるものではないと知っていた。ただ、幼馴染みにきいてもらいたいだけなのだ。

「だが、余が帰りたいと言ってみても、一橋公はそれはならぬ、と言うばかりだ。会津しか京都を守れる者はない、とな。そして帝が、朕の頼りは容保だけである、とおおせであると知って、どうして役目を捨てて国に戻れようや。こればかりはどうにもならぬ」

新之助は何か殿をなぐさめる言葉をかけたいと思うものの、それも出すぎたことに思えて何も言えなかった。

「あまり重く気にかけられぬよう、すべて人まかせで流されておられるのがよろしいのでは」

やっと言えたのがそれだった。なんの力づけにもなっておらんな、と自分でも思った。

「人まかせか……」

「面倒なことは家中《かちゅう》の者にまかせ、殿はただお体をおいたわり下さい」

容保は初めて薄く笑った。

「そのほうは幼き頃より、よくそういうことを言ったな。ここはそうムキになってはげまぬでもよいところです、などと」

「それは、殿が昔からどんな場面でも生真面目にはげみすぎるお方だからでございます」

「それもあろうが、そのほうはできぬことをあきらめるのが誰よりも早かった」

「殿にそう思われておるのは、面目もなきところでございますが」

「悪く言っておるつもりはない。そのほうにはそういう、天性の軽みがあって、うらやましいほどだ。性格の中に涼しい風が吹いているのだ」

「殿とはくらべものにならぬ身の軽さでございます」

「そこが、人としての気持ちのよさとなっている。そのほうに愚痴をきいてもらい、少しは気も晴れたぞ」

「何よりでございます」

「会津へ帰ることはしばし忘れて、もうしばらくはげむしかあるまい。幸い京から長州勢がいなくなり、少しは落ちついた情勢となっている。今しばらくの辛抱をいたす」

新之助はただ平伏して殿の健康を祈った。殿が愚痴をこぼせるのはおれに対してだけなのだと思うと、晴れがましくもあるのだが、いたわしくもあった。

そんな文久三年が押しつまる頃、国元から手紙が届いた。妻女のお栄《えい》からだった。

お栄は面白味のある手紙の書ける女ではなかった。型通りに、夫の身を案じ、つつがなくお過しあることをお祈りしております、などと書いてくる女だった。

上の小太郎《こたろう》と、下のお町《まち》も元気でやっております、という報告だ。「御隠居様もお義母《はは》上《うえ》も、お変りなくお元気でいらっしゃいます。今年の会津はいつになく寒く、雪も多そうだと案じております」

ただ、お栄はその手紙の後半に、珍しく心配事を書いていた。

「この頃、小太郎が私の言うことをきかず困っております。遊びに出ると、日が落ちても家に帰らぬようなことがあり、心配でたまりません」

小太郎は六歳になっていた。やんちゃ盛りである。

「ご隠居様に叱っていただいても、まるできく耳を持たぬかのような態度です。父親が叱って下さらぬと、男の子はどうしようもないものなのでしょうか。

近所でも同じような話をききます。なにしろ、殿様以下家臣の主だった方はみんな京に出向いたままで戻らず、若松の城下に壮年の男がほとんどいないありさま。どの家でも、子供が言うことをきかぬと女たちは困惑しております。

お家の大事とみんなわかってはいるのですが、このまま国元に男がいないことが続けば、藩風も乱れたものになってしまうのではと、留守を預かる者の不安でございます。一時も早くお役目を果たし終え、殿のご帰国あることをお祈り申しております。それまでは、お国と家々をなんとか守り抜こうと覚悟をしておりますが、つい不安なことを書き並べてしまいお許し下さい」

手紙を読み終えて新之助は思った。

国で留守を預かる者も、苦労をしているというわけか。確かに、国元には今、男がいなくなってしまい、女と子供と老人だけになってしまっている。それはそれで心細いことだろう。

つまりは、会津はそれほどまでに過大な役を担わされているということだ。殿が病気でお苦しみなのとは別に、藩全体がグラグラと揺れている。

しかし、できることはひとつしかないのだ。とにもかくにも京都を守る、それが会津の使命なのだから。

新之助は二人の我が子の顔を思い浮かべ、もう少し頑張れ、と胸の内に語りかけた。

9

文久四年（一八六四）は二月二十日に改元があって元治《げんじ》元年になるのだが、そうなる前のこと、橋口八郎太が喜色満面の笑みを浮かべて新之助にこんなことを言った。

「ついにおれの胸のつかえが取れたぞ。これで我が薩摩藩は、ひとつも憂いなく前へ進むことができる」

「何があったのだ」

「西郷さんの罪が赦免され、呼び戻されることに決まったのだ」

八郎太が敬愛する西郷吉之助（隆盛）は沖永良部島へ流されていたのだ。藩内に西郷を呼び戻そうという声が高まり、西郷を憎んでいる久光も、その声をついに無視することができなくなったのである。

「そうか。そういうことになれば、お前の前途もひらけてくるわけだな」

新之助は友の前途を祝す顔でそう言った。

「おれのことなどどうでもいいんだ。薩摩には西郷さんが必要だということだよ」

八郎太はそんなふうに言ったが、西郷の付人のような位置にいた八郎太にとって、西郷の帰還は主流派への復帰に違いなかった。

二月二十八日に、西郷は鹿児島に帰り着いた。奄美大島に流された時から数えればほぼ六年ぶりの、一度は帰藩したのに再び徳之島へ、そして沖永良部島へ流されてからは約二年ぶりの復帰であった。

西郷にのんびりと静養する時間はなく、三月四日には藩の船で京へ向けて発ち、三月十一日に大坂、十四日に京都に入った。

そして、伏見の寺田屋で、大久保一蔵《いちぞう》（利通《としみち》）らによる歓迎会が盛大に開かれたのである。

橋口八郎太はその歓迎会に出席した。ただし、大久保や伊地知正治《いじちまさはる》といった藩の中枢にいる重鎮とは格の違う軽卒で、祝いの場の末席に大人しく加わっていただけである。

しかし、そんな八郎太に気づき、西郷は親しく声をかけてくれた。

「八郎どん。久しぶりでごわんな」

自分のような者を覚えていてくれた、というだけで八郎太は感激した。

「ご帰還おめでとうございます」

「島で生涯を終えることになろうかと思っておりもしたが、もうひと働きできそうでごわんそ」

「少しお痩せになられましたね」

「島では満足に食えもはんじゃったから」

と言ってから、西郷は大きな目玉をむいて笑いながらこうつけ加えた。

「体は痩せもしたが、風土病にかかって金玉は人の頭ほどに脹《ふく》れあがっておりもんそ」

その口ぶりが、なんとも親しみやすくて人の心を摑んでしまうのだった。おれはこの人に一生ついていく、という思いがこみあげてくる八郎太であった。

薩摩はこの頃、動くべき方向を見定めようとしていた。八月十八日の政変で長州を京から追い落とした薩摩は、公武合体派の主流として、積極的に幕政に関与しようと考えていた。少なくとも国父の久光には、朝廷の後見役として政治の舵取りをしていこうという意欲が十分にあった。

そのために、「参豫《さんよ》」政治という道筋を探ったのである。つまり、公武合体派の雄藩の藩主が、朝議参豫となり、この合議によって国の方針を決め、天皇の名で権威づけ、幕府に実行させるという体制である。要するに、雄藩諸侯が政治の根本を決定していくという共和制に近いやり方で、幕府の権限を弱めようとするものだった。久光はその参豫のリーダーになれると、自分に自信を持っていた。

参豫として、一橋慶喜、松平春嶽、伊達宗城《むねなり》、山内豊信《とよしげ》（容堂《ようどう》）、松平容保、そして島津久光が選ばれた。元治元年には、この新体制の政治が始まる予定だったのである。

ところが、この体制はわずか三カ月で空中分解してしまう。すべての参豫が自分中心にしか物を考えられないお殿様で、互いに牽制しあって話がまとまるはずもなかったのだ。世間では賢公などと言われていても、自分の思いが通らないとさっさと参豫をやめてしまうような身勝手さで、共同統治などありえなかった。

では、この先どうすればいいのか。それを探るためにも、西郷の帰還が許されたのである。

京都はまだまだ不安定だった。一度は追い落とされた長州が、このままじっとしているとは思えなかったのだ。京都の人々は、もうじき長州が攻め上ってきて、勢力の巻き返しをはかるに違いないと噂した。その口ぶりにはなんとなく期待がこもっていた。

そんな情勢であるだけに、新選組は攘夷派浪士を苛烈《かれつ》きわまりなく取り締まった。芹沢がいなくなって乱暴狼藉はなくなったのだが、鬼よりこわい新選組は反幕府側の浪士を斬りまくったのだ。そのことへの恐怖と憎悪の感情が、かえって何かに火をつけてしまいそうな情勢になってきた。新選組はもう京都の治安を守る警察力ではなく、京都に混乱をもたらす存在になっていた。

その新選組が、近江出身の桝屋喜右衛門《ますやきえもん》という商人に目をつけた。四条小橋で薪炭屋《しんたんや》を営んでいるのだが、その店にしばしば長州浪人が出入りしていることがわかったのである。

六月五日の早朝、新選組は寝込みを襲って桝屋喜右衛門を捕縛した。そして取り調べの末、それが偽名であり、正体は古高俊太郎《こたかしゅんたろう》という尊王討幕の志士であることをつきとめた。肥後の宮部鼎蔵《みやべていぞう》ともつきあいがあるという大物である。

古高の家には放火のための道具もあることがわかり、何か大きなことをたくらんでいたに違いない、ということになった。それ以上は頑として口を割らなかった古高だが、新選組は想像を絶する拷問をして、ついにすべてを話させた。明らかになったのは驚天動地の計画だった。

長州を中心とする尊攘派がついに京で騒乱をおこすというのである。来たる六月二十日前後の風の強い日に、御所の風上から火を放ち、大火災の混乱にまぎれて御所に忍び込み、天皇を拉致して長州に運ぶというのだ。そして、事情を知れば京都守護職の松平容保は必ず御所に駆けつけるであろうから、待ち伏せしてこれを殺す。公武合体派の中川宮も殺す。京の街をすべて焼きつくしてもいたしかたなし、というとんでもない計画だった。その計画の相談をすべく長州浪人やそれに加勢する諸藩の浪士四十人あまりが既に京都に潜入している、ということだった。

近藤も土方も、思わず耳を疑うほどの過激な計画だった。ともかく、金戒光明寺の会津藩へはこのことが急ぎ報告された。

その頃、実は容保は病気のため、人の手を借りなければ立ちあがれないほどに衰弱していた。しかし、報告をきくや、なんとしてでもその暴挙を阻止せよ、一味を全員殺しても構わぬ、と声を震わせて命じたのだ。

新選組は、長州勢がどこに集結しているのかを必死で捜した。もう既に、長州側も古高俊太郎が捕縛されたことには気づいているだろう。だから、六月二十日頃の決起、という話は消えたと考えるべきだった。自分たちに新選組の手がのびる前に、すぐにでも事をおこすおそれがあった。

秋月新之助は、その六月五日の昼頃にこの異変に気がついた。治安維持要員は全員武装して待機せよ、という命令が下ったのだ。そして同時に、情報要員は京の街を隈なく調べあげ、長州浪人の潜伏するところを見つけだせ、という指示が出て大勢があわただしく探索に走った。あたかも、京都に敵軍が攻めかかる事態になったかの如しである。

この段階では、詳しいことは会津の下級藩士にわかってはいなかった。だが、どの藩士も口々に、ついに長州が暴発するらしい、と噂しあい、およその事情を察知していた。

京都守護職の会津と、京都所司代と、町奉行の大人数が、人の集まりそうなところを必死で探索した。仲間が捕まったと知った長州勢が、やけくそで暴発するおそれが大いにあったからだ。

ちなみに、この年の四月から京都所司代の任についていたのは桑名藩主松平定敬《さだあき》だった。その人物は桑名藩に養子として入った人で、松平容保の実弟であった。兄弟二人で京都を守ることになっていたのだ。

必死の捜索が続けられたが、長州勢が会合する場所を先に探り当てたのは新選組だった。三条通河原町の旅館池田屋で、今夜会合をするらしいとわかったのだ。新選組からその報告を受けた松平容保は、すぐさま兵をさし向ける故、協力して暴徒を一網打尽にせよ、と下命《かめい》した。

だが、この時動いた会津兵と、京都所司代を務める桑名藩の兵は合計三千人に及び、それが槍《やり》、長梯子《ながばしご》、鉄砲、鳶口《とびぐち》などを携えて進軍するのだから、どうしたって迅速には動けなかった。秋月新之助たちが池田屋に駆けつけた時には、新選組はもう中に突入しており、浪士たちを血祭りにあげていたのである。

会津藩兵が池田屋に入ろうとすると、新選組の隊士が、ここは我らにおまかせあれ、と言った。今頃来て、手柄を横取りするのは虫がよい、と言外に言っている。やむなく会津兵と桑名兵、彦根兵は池田屋を取り囲み、脱出しようとする者を捕縛するだけの役目についた。

だから新之助にはやることがなかった。ただ、斬りあいの行われている池田屋を見守るばかりである。そして、新選組おそるべし、という感想を抱いていた。

この夜、池田屋に集まっていた浪士の数は三十人あまり。長州の桂小五郎（木戸孝允《きどたかよし》）が頭目格であったが、桂は来るのが早すぎてまだ誰もいなかったため、対馬《つしま》藩邸に友人を訪ねていて、この難から逃れた。ほかには、長州の吉田稔麿《としまろ》、杉山松介《まつすけ》、肥後藩出身の宮部鼎蔵、土佐藩出身の北添佶摩《きたぞえきつま》、望月亀弥太《もちづきかめやた》など名の通った者たちがいた。

志士たちの七人が即死した。生け捕りは二十七人だったが、重傷を負っており、ほどなく死んだ者が多い。

新選組のほうは、即死者一人、重傷のためほどなく死んだ者二人である。

池田屋から逃げようとした者を捕えようとして、会津兵即死五人、手負三十四人。彦根兵四人、桑名兵二人も即死している。新選組がいかに効率よく戦ったかがよくわかる数字だ。

この事件を「池田屋事件」と呼ぶ。新選組の名を高からしめ、長州の有力浪士の多くを葬り去った大事件であった。

松平容保は長州の暴動を防いだことを大いに喜んだ。まさしく役目通りに京都を守護したのだから胸をなでおろす心境だったであろう。容保は新選組の隊士たちに報奨金を下した。また、近藤には直々に声をかけ労をねぎらった。

一見したところ、長州の野望は砕かれ、京都の騒乱もこれでおさまったかに見えるなりゆきだった。しかし、この池田屋事件が、もっと大きな騒乱を京都にもたらすことになるのである。そして時代は新之助の気がつかぬうちに、少しずつ少しずつねじれていくのだった。

10

橋口八郎太に会って意見を交わさずにはいられない大事件がおこった。二人のよく知る人物が暗殺されたのだ。

「先生は、ようやく思うがままに天下の政道のため働けることになったというのに」

と新之助は言った。

「うん。先生の無念さを思うと、暗澹《あんたん》たる気持ちになる」

八郎太の表情も暗かった。

二人が西洋兵学を習った佐久間象山が、京都で攘夷派浪士に殺されたのである。七月十一日のことであった。

安政元年（一八五四）に、吉田松陰の黒船密航事件に連座して蟄居を命じられて以来、あしかけ九年にわたって象山は松代《まつしろ》にくすぶっていなければならなかったのだ。それが、文久二年（一八六二）の十二月になって、ようやく赦免されていた。

そうなってみると、もはや開国の方針で動き始めていた幕府は、その人の学識を大いに必要としたのだった。

元治元年の三月、象山は幕府の命を受けて上洛した。一橋慶喜や、将軍家茂に謁し、大いに時局を説く人になったのである。開国の上で、諸外国と並ぶまでに国力を大いに高めるべし、という象山の自説は、まさに今求められるものだったのだ。長州の毛利公も、土佐の山内公も、公卿の中川宮までもが、象山の知恵を求めてしばしば面会した。

「会津藩も、象山先生の知恵を頼りとし、我が殿や重役陣はたびたび象山先生に方策をお尋ねしていたんだ。おれはそんな時の先生をチラリとお見かけすることがあっても、昔の門人ですと名のり出るのは気が引けて、つい何も申し上げられなかったが」

「名のれば覚えていて下さっただろうに」

「そうかもしれんが、詳証術がまったくできなかった劣等生として記憶されているのだろうと思うと、弟子面はできんような気がしてな」

「象山先生は案外情も厚いお方だよ。おれのことを覚えていて下さった」

「お言葉を交わしたのか」

「うん。象山先生が京都へ来たのと、西郷さんが京都で活躍できるようになったのとがほぼ同じ時期だ。それで、西郷さんは象山先生に面会していろいろと時勢論をきいたというわけさ。西郷さんは、あんなに頭のいい人を初めて見た、ともらしていたよ」

「なるほど。有能の士は自然と引きあうものなのかもしれんな」

「その時、おれも西郷さんについていて、象山先生に、お懐かしうございます、とご挨拶したんだ。そうしたら先生はおれのことを覚えていて下さった。きみは、姉ヶ崎での大砲の試射で怪我をした橋口ではないか、とおっしゃるのさ。そして、もう足はよくなったのか、元気でやっているのか、と喜んで下さった」

それをきいて、新之助は自分のことのように嬉しくなった。八郎太のことを覚えていて下さるのなら、おれのことも覚えているに違いない、と思えたからだ。八郎太が、我が友の破門のことはお許し下さいと願ってくれた、それがおれだからだ。

しかし、象山先生への懐かしさは、そのまま悲しさとなる。

そんなふうに大いに時代に求められていた先生が、開国を説く学者などけしからん、という攘夷派の凶刃に倒れてしまったのだから。

象山は京の鴨川の近くに家を構え、悠々と天下の動静を見ていた。攘夷派に狙われるおそれもあるから用心して下さい、という周囲の声には耳を貸さず、馬に乗って平然と京の街をのし歩いた。そしてついに、七月十一日の夕方、三条木屋町通りにさしかかったところを、刺客の手にかかり非業の死を遂げたのだ。五十四歳であった。

「思えば、おれたち二人が多少は天下の動静にかかわっているのは、象山先生の塾に入門していたからだよ。あそこで長州の吉田松陰とも知りあった。勝麟太郎様ともほんの少しの縁ができた」

「それを言うならあいつもだよ。土佐浪人の坂本龍馬。あいつも一度は象山塾に入門しておって、象山先生つながりだ」

「面白い奴だったな。ああいうとぼけた男が案外大きなことをなしとげるのかもしれん、という気がする」

「確かに、気になる男だった。しかし、おれとしては西郷さんまでもが象山先生に引き寄せられるのを見たわけで、人がみんなつながっていくではないか、という不思議を味わったよ」

「時代が大きく変っていくのかもしれんな」

と新之助は言った。

「象山先生が亡くなったせいでか」

「亡くなったせいというのではなく、時代が変るからこそ、先生は消えていったのか、なんて気がするんだ」

「うん。確かに今は時代の変り目だ」

八郎太も同意した。考えてみれば二人ともその時代における重大な鍵を握る藩に属しているわけで、おれたちには政治向きのことはさっぱりわからん、とも言っていられなくなっているのだ。

「長州がまた暴れだしそうな気配だ」

と八郎太は慎重な声で言った。

「そんな噂が盛んに耳に入ってくるな」

「なにしろ、長州は力ずくで上京し、京を睨む格好で布陣しているのだからな。長州藩家老の福原越後《ふくはらえちご》は七百の兵を率いて伏見の長州藩邸に入っている」

「うん。池田屋事件について取り調べをするためだと言っているらしい」

「それから、家老の益田右衛門介《ますだうえもんのすけ》の一隊は、山崎天王山の宝積寺《ほうしやくじ》に布陣している」

「久留米藩の攘夷論者、真木和泉《まきいずみ》が実際の指導者らしい」

「そこには、長州の久坂玄瑞もいる。去年の政変で京を落ちて以来の巻き返しを期しているだろう」

二人がそういう事情をよく知っているのは、今の京での彼らの藩の立場を思えば、当然のことだった。

八郎太はなおもつけ加えた。

「更に加えて、先月末には家老国司信濃《くにししなの》率いる八百の兵が嵯峨《さが》の天龍寺《てんりゆうじ》に布陣した」

「そこには豪傑と評判の来島又兵衛がいるんだ。戦国武将のような生来の荒くれ者らしい」

「合計二千以上の兵が京を包囲しているのだからな」

わかっている、というふうに新之助はうなずいた。

「我が殿はこれに対して、断固討伐すべし、ということを奏上している。帝や中川宮などはこれに同意下されたが、一橋公がまずは帰国すべしと説得を始められ、じりじりと睨みあう格好になっているんだ。しかし、このままですむはずはない。必ず長州は御所に攻めかかってくるだろう」

長州はともかくにも会津が憎くてたまらないのだ。去年の政変のこともあるし、池田屋事件のこともある。会津の子飼いの新選組に仲間を殺されたという恨みで、逆上していると言ってもいいほどだ。長州藩の中には、今京都へ行って戦っても負けるだけだと、出陣の中止を主張する者もいたのだが、来島又兵衛などは、会津と戦争できるならこの身は滅びてもいい、などと言っているそうだ。

「もし戦争ということになったら、薩摩はどう動くのかが気になるところだが」

と新之助は言いかけ、急に口ごもって黙った。そして、あらためて言う。

「いや、今のはきかなかったことにしてくれ。藩の内々の思惑を他藩の者にもらすわけにはいかんだろうから」

すると八郎太はニヤニヤと笑いだした。

「おれとお前の仲で今更何を言いやがる。隠しておくことなんかひとつもないよ」

そして、考えながらこう言った。

「西郷さんはこの戦いに巻き込まれることをためらっているようだ。これは会津と長州の私闘であって、関わってもつまらんだけだ、と考えていらっしゃるようなんだ」

「そうか」

「しかし、長州が金戒光明寺へ攻めかかるなら見物しているだけでよいが、御所に攻めかかるならばこれは見捨ててはおけん。その時は会津に援軍する、とも考えていらっしゃるらしい」

場合によっては薩会同盟がまだ生きている、ということだった。

そういうことか、と新之助は深くうなずき、八郎太の顔を見てニカッと笑った。

11

ついに戦争が始まってしまう。元治元年七月十九日のことだった。

しかし、この時に長州の考えていたことはあまりに無謀で、正気を失っていたとしか思えぬものだった。去年の八月十八日の政変で天皇から賊と決めつけられ、京都を追われたのがどうにも無念で、理性を失ってしまったのだろう。

もう一度天皇の信を得るために、天皇をかっさらって山口へ運ぼう、という無茶苦茶の考えだった。そのために、御所に攻めかかるのである。そのどさくさの中で帝を拉致して我がほうに、というのだが、そんな作戦を実行できる部隊もないのだ。天皇を傷つけてしまったらどうするのか。

とにかく、池田屋事件のことが腹立たしく会津と戦わねば腹の虫がおさまらぬ、という憎しみからの暴発だった。攘夷派の論客たる真木和泉ほどの人物が、乱心したとしか思えない愚劣な行為に出たものである。

この戦に負ければ、長州は天皇に攻めかかった朝敵、ということになるのである。尊王の思いが強すぎるあまり朝敵となる道を選ぶのだから、どう考えても正気を失った行動としか思えないのだ。

その日の未明、三カ所に布陣していた長州兵は御所をめざして出陣した。天王山の真木和泉隊は北上して御所の堺町御門をめざし、嵯峨天龍寺の来島隊は東行して御所の蛤御門《はまぐりごもん》へと攻めかかる。伏見の福原越後隊も北上して御所をめざしたが、彦根藩、大垣藩の手勢に行く手を阻まれ、この作戦は失敗に終った。

明け方、蛤御門のあたりと、堺町御門のあたりで戦闘が始まった。

秋月新之助は兵の一人として蛤御門の警備にあたっていた。鉄砲の音が間断なく続き、そこに大砲の音が混じる。兵と兵とが激突し、剣で、槍で、敵に打ってかかる。それはまさしく戦場の光景だった。御所に向けて大砲が撃ち込まれるという、ありえざる戦争である。

去年の政変の時と同じく、御所内では女房、公達などが悲鳴をあげて逃げまどい、手のつけられない大騒ぎとなる。この時、大砲の音に驚いてまだ幼い親王（後の明治天皇）が、南殿において逆上、つまり気を失って倒れたと記録されている。お側の者が水を飲ませて、やっと回復したという。

まさしくこれは、御所にしかけられた戦争なのである。

この頃、京都守護職の松平容保は、病気のため内裏《だいり》のすぐ南にある仮小屋で臥《ふ》せっていた。戦闘が始まったときくと、着衣をあらため、駕籠《かご》で内裏に向かい、やっとのことでたどり着いた。病身をいたわって、大原重徳《おおはらしげとみ》卿が手を取って導いてくれ、ようやく孝明天皇のご機嫌をうかがうことができた。賊は必ずや成敗いたしますのでご安心めされたし、などと奏上したのである。

だが、御所内には恐怖のあまり、

「和睦して長州の入京を認めるべし」

などとわめきちらす公卿さえいた。これには一橋慶喜もあきれはて、珍しく大声を発した。

「禁闕《きんけつ》に発砲する凶賊に和睦などあるものか」

新之助が守っていた蛤御門では、大変な銃撃戦が続いていた。来島又兵衛の率いる長州軍は狂乱したかの如き勢いで攻めかかってくる。会津には大砲もあって盛んに撃ちかかるのだが、それでも長州軍の勢いは弱まらなかった。

来島又兵衛の戦闘ぶりはまるで鬼神が乗り移ったかのようだった。

鎧《よろい》、兜《かぶと》を身に着けた又兵衛は、手に槍を持って馬上にあった。大音声で味方を励まし、会津兵を槍で攻撃し、ためらうことなく押しかかる。ついに、蛤御門は破られ、長州軍は御所内に入った。会津側は必死に抗戦しながらも、じりじりと押されていく。

新之助は槍で長州兵二人を傷つけていた。運よく、まだ敵の銃弾は当たっていない。しかし、長州の激しい攻めに、後退を余儀なくされていた。このままでは、ここを突破されてしまう、と危機感を抱く。

だがその時だった。長州と会津の交戦の地点に、北から押し寄せる一軍があったのだ。それは、少し北の乾御門《いぬいごもん》を警備していた薩摩の軍勢だった。その一軍が、大砲四門を引いて駆けつけてくれたのだ。

薩摩の大砲が火を噴くと、長州軍は大いにたじろいだ。

「攻めよ。攻めかかれ」

薩摩軍から指揮の声がきこえる。薩摩の兵は強かった。銃声にひるむことなく、長州兵に襲いかかる。おかげで、会津の兵も態勢を立て直すことができた。

新之助は薩摩軍を指揮する大将を見た。体の大きな人が先頭に立って指令を発していた。びっくりするほど目玉がでかい。

これが西郷か、と思った。八郎太が惚れた女について話すかのように熱っぽく語る、あの薩摩の希望の星、西郷隆盛。

新之助は薩摩兵の中に友の姿を捜した。あいつはどこにいる。

すぐに見つかった。橋口八郎太は襷《たすき》がけの軽装で、剣を手にして長州兵に斬りかかっていた。その戦い方が、目を見張るほどに苛烈だ。

この時、薩摩の川路利良《かわじとしよし》という男が、馬上の来島又兵衛をめがけて鉄砲を撃った。銃弾は来島の兜に当たり、はね返されただけだったが、衝撃をくらった来島は馬から落ちたのだ。だから、人によっては川路が来島を撃ちとったように見えたかもしれない。

来島は落馬したが、すぐに槍を手にして立ちあがった。

その時だ。新之助は確かに見た。

橋口八郎太が、来島に目にも留まらぬ速さで襲いかかった。八郎太の剣が一閃《いっせん》した。来島の槍の前半分が斬って落とされた。そして、二の太刀で胸を深々と突かれたのである。

新之助は信じられない気持ちで見ているだけだった。強い、と思った。八郎太の剣の腕前は信じられないくらいのものだった。

来島又兵衛は最後まで豪傑だった。胸から流れ出る血を手で確かめると、落ちていた槍先を拾いあげ、これを見よ、とばかりにその槍で自分の喉を突いたのである。これぞ武士の死にざまなりと見せつけるようにして、来島は絶命した。

そして、大将を失った長州兵にはどよめきが広がり、薩会両軍に攻められて後退を始めたのである。そしてついに、長州兵は敗走した。

御所は守られたのだ。

「橋口！」

と新之助は八郎太に声をかけた。

「おう、お前か」

八郎太はまだ武将の顔をしていた。しかし、ようやく表情をゆるめ、こう言ったのである。

「おれたちは味方だった。よかったな」


久坂玄瑞、真木和泉の軍勢は御所の南西にある鷹司《たかつかさ》邸に潜入し、その塀を盾にして大いに砲撃をしたが、蛤御門での戦闘に決着がついて、会津、薩摩の軍が駆けつけてきた。そして、会津の大砲が撃ちかけられ、たちまち鷹司邸は火に包まれた。

久坂玄瑞は火炎に包まれる鷹司邸の中で自刃《じじん》してはてた。

真木和泉は裏門から脱出し天王山に退却。そして、そこで十六人の同志とともに自刃したのである。

鷹司邸の火は市中へと広がり、二日二晩にわたって燃え続け、京の街の八分ほども焼失し、公卿の邸宅数十家、市中の家屋二万八千余戸が被災した。賀茂川の川原には避難民が満ち、わずかな家財を背負って多くの人々が京をのがれていったのである。

この戦闘を、「蛤御門の変」、または「禁門の変」と呼ぶ。

第三話　血涙の鶴ヶ城

1

会津の佐川官兵衛《さがわかんべえ》の名は、京都で暗躍する志士の間では、〝鬼佐川〟として知られていた。

三百石取りの会津藩士で、藩主容保《かたもり》が京都守護職として上洛する時、物頭《ものがしら》として従った。武闘派として知られ、元治《げんじ》元年（一八六四）に藩士の子弟で編制した別撰隊《べっせんたい》が組織されるとその隊長となり、京の志士たちを厳しく取り締まったのである。

その佐川は、上洛してすぐの頃、秋月新之助《あきづきしんのすけ》の上司だったことがあり、互いに見知った仲だった。

「ちょっとききたいのだが」

と、金戒光明寺《こんかいこうみょうじ》の宿坊の廊下で声をかけられた。年齢は四歳上なだけだが、上役であり、居ずまいを正さなければならない相手だ。

「なんでございましょう」

と新之助は言った。

佐川はちょっと声をひそめるようにして言った。

「秋月には、薩摩《さつま》藩士の友人がおるんだったよな」

「はい。おります」

「よく会うのか」

「いえ、この頃は互いに身辺があわただしく、あまり会ってはおりません」

それは本当のことだった。去年、禁門の変があって長州が京都から一掃され、少しは世情も穏やかになるかと思ったのだが、実際には京は騒がしくなるばかりだった。それに、薩摩の西郷という大物の近辺にいる友人の橋口八郎太《はしぐちはちろうた》は、忙しく京、大坂、江戸などをとびまわっているらしく、そう頻繁には会うこともなくなっていたのだ。

「今年に入ってから一度も会わんか」

今年とは慶応元年（一八六五）である。

「五月に一度会って酒を飲みましたが」

二カ月前のことだ。

「その時、政治向きの話は出なかったか」

佐川は目つきを鋭いものにしてそう言った。

「政治向きの話とは？」

「藩の方針などについての話だ。薩摩藩は会津との同盟を続けるつもりかどうか、というような」

新之助の表情にふと翳《かげ》りが出た。面倒な話になった、と思ったのだ。

「私の友人は薩摩藩士橋口八郎太という男です。それで、私は橋口とは政治向きの話をせぬようにしているのです。国元の子が何歳になったとか、独り身の橋口がゆうべどこそこで大いにモテた、というような馬鹿話をするばかりで」

「そうか」

と佐川は落胆の声を出した。

「橋口とは十七歳の時、佐久間象山《さくましょうざん》先生の砲術塾で門下生同士として知りあった仲です。劣等生仲間として親しみを抱き、藩を越えて友となりました。その後長らく縁が切れていたのですが、京へ出てきて再会し、時には酒を酌み交わすつきあいが続いています。だが、互いの藩の事情などは話題にしないようにしているのです」

新之助の言っていることは必ずしも事実ではなかった。おれたちの間に隠し事などない、という気分で、藩内の噂話などを語ってしまうこともあったのだ。だが、このつきあいによって知ったことは他人にはもらさないでおこう、と思っていた。

「なぜなら、今、天下は鳴動し、京の情勢は日々変るという動乱の時です。ある藩の動向が世を大きく動かしたり、騒がしたりということも大いに考えられるところ。もしも友人との会話からそういう事情を知ってしまい、それがたとえば我が会津藩の行く末にかかわるようなことならば、藩に通報しなければ不忠ということになります。しかしそうすれば友との信義を裏切ったことになってしまいます。そもそも私どものような軽輩が藩の動きについてあれこれ口走るのもおこがましきこと。そう考えて、もっぱら無用の雑談を酒の肴としているのです」

「そういうことか」

と佐川は言った。佐川は骨太の男っぽい侍だ。そういうことならば無理に問い質《ただ》しはしない、と瞬時に決めたようだった。

「わかった。お主《ぬし》から薩摩の動向を知ろうとするのはやめにする。もうきかんよ」

「もし何か重要なことが耳に入ったら、その時は藩の上層部に報告しますが」

「いや、もういい。わしもお主の薩摩の友人のことは忘れる」

そう言ってから、佐川はまるで違う話題に切り替えるかのように、ポツリとつぶやいた。だが、言ったのは薩摩のことだった。

「どうも薩摩の腹の中が気になるのだ。何かたくらんでいるような気がしてならん」

「薩摩が何をたくらんでいるのですか」

「わからんと言っただろう。ただ、そんな勘が働くだけなのだ」

そう言うと佐川はニヤリと笑って、新之助の肩をポンと叩いた。

「呼び止めてすまなかった。今の話は忘れてくれてよい」

　その場はそれで終った。

　しかし、新之助の胸の内に佐川の言った言葉が気になるものとして残った。薩摩が何かたくらんでいるような気がしてならん、という言葉が。

　長州藩が御所に攻めかかった禁門の変は去年の七月のことである。その時新之助は蛤御門《はまぐりごもん》の守備にあたっていたが、長州軍の勢いに押しつぶされそうになっていたものだ。ところが、危い時に応援で駆けつけてくれたのが薩摩軍だった。その時初めて新之助は西郷吉之助（隆盛）を見たのだが、西郷の指揮する薩摩軍のおかげで、長州軍は総崩れになり、会津は御所を守り抜くことができた。

　そのまた一年前にあったのが「八月十八日の政変」である。京都から長州勢と、尊攘派の公卿《くぎよう》七人が突然追い払われたクーデターで、その時も会津と薩摩は手を組んでいた。薩会《さつかい》同盟とでも言うべきものが結ばれていて、京都を強引な攘夷《じようい》運動派から守ろう、という点で考えの一致を見ていたのだ。だからこの二つの藩は、二度にわたって長州に敵対したのだ。

　薩会同盟は、薩摩藩士橋口八郎太を友人としている新之助にとって喜ばしいものだった。

　京都守護職を務める会津の藩士としては、たとえば長州藩士と友人になるわけにはいかないだろう。もし万一、黒船来航以前に知りあって友人になっていたとすれば、そのことは秘密にして誰にも知られぬようにするしかない。そういう友人としばしば会っているとバレたら、敵方に内通しているのかと疑われるだろう。なにしろこちらは新選組という別動隊を持っていて、長州人というだけで斬り殺している側なのである。

だから、薩摩が会津藩と同盟してくれているのは、彼の友情にとってはありがたいことだった。禁門の変の時、応援に駆けつけてくれた薩摩軍の中に橋口八郎太の姿を見た時は、おれたちは味方同士であった、と快哉《かいさい》を叫びたかったほどだ。橋口の武人としての強さには舌を巻いたものだ。

ところが、あれからわずか一年で、薩摩が何かたくらんでいるような気がすると、佐川官兵衛は言う。薩摩がどう動くというのか。薩摩が長州側へ寝返って、反幕府にまわるとでもいうのか。それは、これまでの経緯からして到底考えられないことなのだが。

新之助は誰にも相談せず一人ぼんやりと考えるようになった。元来は、おれのような軽輩が政治向きのことを考えてどうなる、という思いから、天下のことなどあまり考えない男である。侍は、ただ藩の命に従って働けばいいだけのこと、と思ってきた。

だがそんな新之助ももう三十一歳になっていた。政治のことは何もわからん、どうだっていい、とは思えなくなる年齢だった。

新之助が薩摩のことを思うと、脳裏に浮かんでくるひとつの顔があった。禁門の変の時に見かけた、西郷隆盛の顔だ。友人の八郎太が、命を懸けてもいいとばかりに尊敬している巨大な目の大男。もう新之助も、西郷が今の時世の中での重要人物であることは知っていた。

禁門の変のあと、長州藩追討が朝議で決定されたのを新之助は思い出す。幕府は長州征伐をすることにし、総督に元尾張藩主徳川慶勝《よしかつ》が任命された。この尾張の慶勝は、会津の容保、桑名の定敬《さだあき》と同様、美濃国高須藩から尾張徳川家に養子に入った人であり、容保、定敬の実の兄だった。そのせいで会津人にはなんとなく親近感があるのである。

この長州征伐の時、征長総督参謀という重要な地位についたのが西郷である。これまで薩摩の中で、もっぱら藩士たちから尊敬されていた西郷が、この時初めて全国的な大物として世に知られることになったのだ。

西郷は初め、この際長州藩を叩きつぶしてしまおう、と考えていたはずである。少くとも、会津藩にもれ伝わってくる情報ではそんな感じだった。越前福井の松平慶永《よしなが》公に、長州をつぶすのは今です、という手紙を出したという話も伝わってきていた。

ところが、泣きっ面に蜂ではないが、そういう苦境に立たされた長州をイギリス、フランス、アメリカ、オランダの四国の連合艦隊が攻撃したのだ。下関は砲撃を受けてボロボロになってしまった。

あるいは、その長州の受難を見ているうちに西郷の気持ちが変ったのかもしれない。

長州も同じ日本人同士であり、攻めつぶすのは得策ではない、などと思ったのか。

長州征伐の参謀である西郷は、戦わずして勝つ、というのが上策だと思ったようだ。しきりに運動して、長州藩の三人の家老らを切腹などに処し、長州にいる五卿（七卿落ちの七人が五人になっていた）の他藩への移転、山口城の取り壊しの条件をのめば長州征伐は中止する、という線で手を打ってしまったのである。総督の徳川慶勝もそれでよい、として、征長は中止になった。それが去年の十二月のことだ。

今年になって、江戸幕府は二度目の長州征伐という方針を打ち出してきている。長州ではその後も洋式兵器を揃えるなどの不穏な動きがあるから、という漠然とした理由づけであった。

閏《うるう》五月には総大将として将軍家茂《いえもち》自身が上洛し、その後大坂城に入り、そこを本陣としている。

この長州再征については、名分が立たない、費用が甚大すぎる、人民が苦しむ、などの理由で反対する藩が数多くあった。そして意外なことに、西郷の率いる薩摩藩も、今度は征長に反対しているのだ。二度にわたって長州を京から追い落とした薩摩が、今は長州を攻撃する時ではない、としているのであった。

わからない、と言えばそこだな、と新之助は思った。西郷の腹の中にはどんなもくろみがあるのか。

薩摩と会津の同盟関係は今後も続くのかどうか。続かないとすれば、この先どんなことになっていくのか。

しかし、考えても答えなど想像もつかない新之助であった。ただ、なんとなく悪い予感ばかりがするのだ。

2

そんな時、酒をつきあえ、と橋口八郎太から連絡があった。手紙には、酒の席に懐かしい人間を同席させる、と書いてあった。

もちろん誘いには応じるつもりだったが、互いに藩の内情については話題にしないでおこう、と新之助は考えた。この、明日はどうなるとも知れぬ激動の時代に、他藩がどういう思惑で動いているかというようなことを知っても、ろくなことはないのだ。新之助のような下級武士が、他藩の方針を知ってみたところで、何かできるわけでもない。

それなのに、たとえばの話、薩摩藩が会津藩の敵にまわる方針を立てた、などということをもし知ってしまったら、その時はいくら何でも上役の耳に入れなければならない。そうなれば、友人の八郎太を失うことになるのだ。

政治のことは抜きで、ただ古い友として八郎太とつきあおう、と新之助は思っていた。

約束の日、先斗町《ぽんとちょう》にあるなじみの料亭に顔を出してみると、もう橋口八郎太は来ていた。そして、部屋の中には思いがけない男の顔があった。

「いやあ、秋月。久しぶりじゃねえ」

大声でそう言ったのは、坂本龍馬だった。二年前にこの京都で偶然知りあった男だ。そして、話しているうちに龍馬が、ほんの一時ではあるが佐久間象山の塾に入門したことがあることがわかった。では同門ではないかと、ますます意気投合してうまい酒を飲んだ。そういう一夜があって、その時以来の再会だった。

しかし、二年ぶりに会って、ただ懐かしい男に会えた、とだけ考えることは新之助にはできなかった。知りあったあの日には、土佐を脱藩した浪人で、幕臣の勝麟太郎《りんたろう》の弟子だそうだ、ということだけで納得をしていた。思考の大胆な自由人で、天に向かって穴があいているかのような明るい魅力のある男だと思った。

だがこの二年で、新之助はこの坂本という男のことをいろいろと知った。京都守護職を務める会津の人間であれば、坂本の名は耳に入って当然の、大物活動家なのだ。坂本龍馬は福井の春嶽《しゅんがく》公や、京の公卿などとも交際のある攘夷派らしい、という情報を新選組は集めていた。長州の人間とも連絡をとりあっているらしい、という情報もある。それから、池田屋を新選組が襲撃した事件の時、土佐藩の望月亀弥太《もちづきかめやた》という男も自刃して死んでいるのだが、その望月は坂本龍馬の仲間だったらしい、ということもわかっている。新選組の土方歳三《ひじかたとしぞう》などは、坂本龍馬を殺すべき相手と決めつけているのだ。その新選組を配下に置く会津藩の人間でありながら、酒の席で坂本にまみえているのだ。懐かしい男、とだけ思っているのは不可能というものである。

だが、新之助はこの部屋の中ではおれは何藩の誰でもない、と思うことにした。友である八郎太とのつきあいに藩のことをからめるのはよそう、と腹を決めたのだ。同じように、坂本がどんな活動をしているのかは考えないでおこう。同門の、楽しい仲間に再会したということだけを思い、そのほかは考えないでおくのだ。同い年の友人に久しぶりに会ったとのみ考える。

「久しぶりだなあ。どこで何をしておった」

「あちこちうろつきまわっとるばかりぜ。ここんところは、主に長崎に暮らしとったがやきね」

「そうか。何か用があって京へ出てきたというわけだな。それで、偶然に橋口に会ったのか」

するとハ郎太はこういうことを言った。

「偶然というわけではないんだ。坂本は近頃、薩摩と縁を深めておって、動向が耳に入ってくるのだ。坂本が大坂へ来た時は薩摩屋敷を宿にして、京でも薩摩藩邸によく顔を出すという具合でな」

「坂本は幕臣の勝様の弟子ではなかったのか」

と新之助が言うと、龍馬は「その通りちゃね」と大きな声で言った。

「もちろんわしは今でも勝先生の弟子じゃ。日本に海軍を作ろうとしておる勝先生は、わしの生涯ただ一人の師じゃち思うちょる。しかし、勝先生についておれば、諸藩のいろんな知恵者と会うことも多いきね、そんなわけで、薩摩の西郷さんとも知りおうたわけぜよ」

「西郷さんと会っておるのか。ならば、西郷さんとはどんな人物なのか教えてくれんか。この橋口はまだ二十歳前の若侍だった頃から西郷さんの魅力に取りつかれて、とにかくあの人について行くと決めこんでいる男だ。まあそれはいいのだが、西郷さんのどこがどんなふうに立派で尊敬できるのかを説明してくれんのだ。ただもう、おれは西郷さんと共に生きる、と言うばかりでな。だから教えてくれ。西郷さんとはどんな人だ」

「西郷さんは大きい人じゃ」

龍馬は笑顔でそう言った。

「体も大きいが、わしが言うちょるのは人物の大きさぜよ。その大きさのせいで、初めはどんな人間なのか、ちっくとわからんくらいのもんちゃ。わしも初めて西郷さんに会《お》うた時には、これは馬鹿なのかもしれん、と思うたくらいぜよ」

「馬鹿？」

新之助は頓狂な声を出した。

「馬鹿とは言葉が過ぎるだろう」

と八郎太も抗議した。

「そうではないがじゃ。釣り鐘のように人間としての嵩《かさ》が大きいて、小さく叩けば小さく鳴る、大きく叩けば大きく鳴るというふうなんじゃ。だからわしは、この人がもし馬鹿なら大馬鹿なんじゃろうち思うた」

そう言われて、新之助には西郷が鵺《ぬえ》のように大きい黒い塊のような気がしてきた。

「西郷さんは、礼儀正しくて正直な人じゃ。力の弱い者に対するほど親切で、真似できんほどに優しい。そうじゃけんど、一方で西郷さんの本質は軍人なんやきね。やらんといかん時には、決然として起《た》つ人じゃ。戦うとなったら一切の迷いがない」

「そんなすごい人なのか」

新之助がそう言うと、八郎太は自慢げな顔をした。

「その上あの人は、自然《じねん》の人たらしやきね。あの人の近くへ行って接したら、男たる者みんな、この人のためやったら死んでもええち心持ちになるがやき。その意味では、ちっくとおそろしい人間かもしれんちゃ」

「坂本もそんな気分になって、薩摩藩に近づいているわけか」

そう言うと龍馬は、へらへら笑って手を横に振った。

「わしが薩摩に近づくのは、金のためじゃ」

「金？」

どうも龍馬の話は振り幅が大きくて、ついていくのが大変だった。

杯の酒をぐいとあおって、龍馬は言った。

「おまんらにも言うたことがあるかもしれんが、わしの夢は自分の蒸気船を持って、海運業をすることじゃ。狭い日本に閉じこもっておらんと、船で世界中を駆けまわって日本を豊かにするんじゃ」

龍馬の船に対する夢のことは、二年前にもさんざんきかされたものだ。なんと途方もない野心を持つものかと圧倒されるばかりだ。

「しかし、わしはしがない脱藩浪人にすぎんき、船を手に入れゆうにも金がないがぜよ、そこで、薩摩に援助してもらいゆうがや。いろいろと助けてもらっちゅう」

「しかし、なぜ薩摩藩が一介の浪人にすぎぬ坂本に金を出してくれるのだ。そのからくりがわからん」

新之助は素朴にそうきいてみた。

「薩摩藩は、海軍を持つことや、海運業をおこすことの大切さがわかっておるがやきね。先代藩主の斉彬《なりあきら》公は、薩摩の力のみで蒸気で動く軍艦を作らせたお方でもあって、近代化を望む藩風がもともとあるっちゃね。じゃけんど、蒸気船を操る人材を育てるのは容易ではないぜよ。藩内で育てるより、よその人材を雇ったほうが早い、ということになってくる。そこがわしの望みの綱じゃ」

新之助も八郎太も、その夜は龍馬の怪気炎にのみこまれるばかりだった。

「今はつぶされてしまったけんど、わしは神戸の海軍操練所で学んでおるきね。わしとわしの仲間三十人ばかりは、蒸気船を動かすことができる日本に数少ない人材というわけじゃ。じゃち、薩摩と掛けあったがよ。薩摩に近代的海運業をやる気があるなら、わしらがお手伝いしますちゅうてね。そいたら、薩摩の家老に小松帯刀《こまつたてわき》というわしらと同い年のお方がおるけんど、その小松様がわしの仲間たちを大坂の薩摩屋敷に住まわせてくれて、わしらに蒸気船を買うて下さると言いゆうがよ」

そんなことができてしまうのかと、新之助は目を見張った。浪人の身で、大藩に自分たちの能力を堂々と売り込みに行くとは。やはりこいつ並の男ではない、と思った。

「そんで、今わしは長崎で蒸気船を買いつけておるところじゃ。長崎の亀山というところへ仲間を集めて、亀山社中というものを作ってみた」

「社中とはどういうものだ」

「祭りの踊りの連を社中と呼びゆうが。あんなふうに、仲間が集まって、みんなで事業をして金を儲けるんじゃ。そいで、儲けはみんなで分ける。薩摩藩にも儲けてもらって、わしらも儲かる。それが社中じゃ」

つまりまあ、社中とは後の言葉で言う株式会社のようなものであった。

「長崎はええところじゃきねえ。目の前に海が見えて、港にはイギリスやフランスの商船が何隻も停泊しておるんじゃ。世界中の港へここからつながっておるという気がして、ワクワクするがよ。そんな長崎でわしは、ついに念願の蒸気船を手に入れて、海へ乗り出すんじゃ」

龍馬は社中の事業計画を嬉々として語った。その熱っぽさは少しうらやましいくらいのものであった。

その夜は龍馬の夢をもっぱらきかされることになった。きいていてつい応援したくなるのが龍馬という男の不思議な魅力で、新之助まで楽しくなってくるのだった。

だが、実のところ龍馬は、今自分のしていることをすべて話したわけではなかった。この時の龍馬には、亀山社中の創設のほかに、もうひとつ夢中で取り組んでいることがあったのだ。それは、薩摩と長州とに同盟を結ばせる、ということである。京へ出てきているのも、その運動のためであった。

しかし、その話はこの席ではいっさいしないようにしていた。なぜなら、会津の秋月新之助がいるからである。秘密の同盟のことが会津藩にもれるのをおそれた、というのも確かに事実ではある。薩長の同盟のことは幕府側に決して知られてはならないからだ。

だが、ここでその話をしないのは、秘密の保持のためだけではなく、秋月新之助を困らせぬためでもあった。幕府の命運にかかわるような大きな秘事を、下級の一藩士が知ってしまえば、ここにある友とのつながりが断ち切られてしまう。

龍馬は、相手の事情に配慮する気配りもできる男であった。だからこそ、この夜は終始楽しい酒ということですんだのである。

3

八郎太もまた、秋月新之助のことを思えばいろいろと心中が複雑であった。

八郎太は西郷隆盛に私淑しているのだが、このところ、いつでも西郷の近くにいる、という立場ではなくなっていた。もともと徒目付《かちめつけ》として、京都での薩摩の兵力として駆り出されていたのだが、去年の禁門の変の時の働きが認められて、二番隊隊長に任じられたのだ。軍の中で、何人もの配下を指揮する立場になって、西郷の政治的活動を手伝うことはなくなった。西郷の手助けをするのは村田新八や、西郷の弟の慎吾《しんご》（従道《つぐみち》）、いとこの大山弥助《おおやまやすけ》（巌《いわお》）らになっていた。常に近くにいて護衛の役をするのは中村半次郎である。

というわけで、八郎太は今、西郷が何をめざして活動しているのかを、正確には知らずにいた。

しかし、藩内の空気から、なんとなく感じ取れることはある。この頃我が藩は幕府に距離を置くようになってきている、という気がするのだった。

国父として、事実上藩政を掌握する立場にいる島津久光《ひさみつ》は、公武合体を推進すべしという論者である。そのための和宮《かずのみや》降嫁にも力をつくしてきた。幕府と朝廷の結びつきを強くし、攘夷運動に突き進む勢力を排除していこうという幕府巻き込み型の改革派なのだ。

だからこそ、薩摩は会津と手を結んで長州を京から追い払ったのである。

ところが、どうも雲ゆきが変ってきたような気がするのだ。西郷さんは久光公とは少し違う考えを持って、はばかることなく自分の方針で突き進んでいるように見える。もともと久光公とは気が合わない西郷さんだったから、それは意外ではないのだが。

西郷さんは幕府と距離を置く考えになっているのではないか、と八郎太は感じていた。幕府が長州征伐をせよと命じているのに、我が藩はもろもろ事情があって動けませぬ、と出兵を拒否しているわけだから、そうとしか考えられないのである。

それというのは、幕臣の勝海舟に会ったからかもしれない、と八郎太は想像していた。西郷が勝と面会して話をしたことは多くの薩摩藩士が知っている。そして、西郷が勝にすっかり参ってしまったことも伝わってきていた。西郷は大久保利通《おおくぼとしみち》にあてて、次のような手紙を書いている。

「勝氏に面会したが、実に驚くべき人物である。どれだけ知略があるかわからないぐらいである。学問と見識では佐久間象山が抜群であるが、実行力、決断力では勝のほうがはるかに上だ。とんと惚れ申した」

どうも、幕臣の身でありながら勝は西郷に、もう幕府はダメだね、というようなことを言ったらしい。幕府内にはろくな人材がいなくて、私利私欲やつまらんこだわりでうごめいている奴らばかりなのだ。こうなったらもう、明君を戴く雄藩が協力して、その諸侯会議で政治を進めるしかないだろうね。

どうも幕府はつぶれるね、と勝は予言した。それを信じるならば、公武合体策にはなんの意味もないことになる。いっそ幕府を倒すことのほうが、この国の未来を開く。

西郷さんはそういうことを考えているのではないか、と八郎太は想像した。

下級藩士であり、自分の軍務に忠実でありさえすればよい八郎太にとっては、西郷がどういう政治方針を持とうがそれは問題ではなかった。長州を京から追い出せ、と命じられればそのように戦い、今度は幕府をつぶせ、と命じられればそのように働くだけのことだ。

だが、八郎太の頭にチラリとよぎるのは、秋月新之助のことだった。幕府を敵とすれば、会津藩もまた敵に回すということなのだ。会津は何があろうが徳川将軍家に忠誠をつくすという藩なのだから。おれとあの秋月が、戦《いくさ》で敵対して戦うことがあるのだろうか、と八郎太は思う。そして、そういうことも大いにあり得る、と考えざるを得ないのだ。

そんな考えが頭の中に渦巻いている頃、八郎太は薩摩藩邸の中で西郷に声をかけられた。

「八郎どん。話をしたかこつがありもす。つきあってくれもはんか」

「はい」

と言って従うばかりだ。誰もいない小さな部屋へ西郷に続いて入った。

「八郎どんが隊長としてよか働きをしとることは、おいも耳にしておっと。偉かもんたいね」

西郷にそんなことを言われては、全身がブルブルと震えだすほどの感激であった。

「ただ役目をこなしておるだけで、そんなことを言われては冷や汗が出ます」

「いや、八郎どんはよか侍じゃ。そいは立派なことたい。ところで、それとは別のことで、ひとつきいてもらいたいことがありもす」

「何でしょう」

「八郎どんにゃ、会津藩士の知りあいがおったでごわんそ。江戸におった頃に、そんな話をきいちょります」

八郎太は身構えた。

「はい。おります」

「京でも、つきあいがありもすか」

「たまに酒を酌み交わす程度ですが」

西郷は巨大な目玉をギョロリとむいた。しかし口調はあくまでも静かにこう言った。

「そん知りあいとは、以後会わんと約束してくれもはんか。わけはきかず、ただつきあいをやめてほしかですたい」

やはりそうなのだ、と八郎太は思った。会津は当藩の敵になっていくということなのだ。敵にこちらの情報がもれるようなことがあっては、取り返しがつかない。

「わかりました。その者とは二度と会いません」

しっかりした口調で八郎太はそう言った。西郷に声をかけられたら、言われるままにする以外のことは考えられないのである。

「よう言うてくれもした。つれなきことを言うちょるのはわかっておるとです。ばってん藩のためにはそうしてもらうほかはなかもんでな。こらえてたもんせ」

「こらえるもなにも、私は西郷さあの命令のままに従う覚悟です」

ありがとなあ、と西郷は言った。何があろうとこの人についていくだけ、と八郎太は思いを新たにした。

そして、一人になってから考える。

友を一人失ったわけだな、と。会津と薩摩では、藩がどう進もうがこの友情には関係のないこと、というわけにはいかないのだ。心の中の思いはどうあってもいいが、顔を合わせることはもうできない、という状況もあるのだ。

新之助に対して、そちらは親藩だがこちらは外様《とざま》、と言ったことがある。外様藩はなんとなく幕府に対して距離を置いてしまうもので、それが関ヶ原で負けた側の心情なんだと。

そういう距離がついに決定的になってきたのだ。どうしようもないことだった。

八郎太は新之助の顔を思い浮かべ、死ぬなよ、と思った。思いだけは自由だからである。

だが、行動は規制される。薩摩は反幕府の側へ、つまり長州の側へ一歩動き始めたのだ。

まさしくその通りであった。八郎太もまだ知らぬことだったが、この時期、薩摩藩は長州藩と秘密裏に同盟を結ぼうとしていたのだ。坂本龍馬がその仲立ちをして、薩長同盟の方向へ藩が動き始めていた。

龍馬は、同盟も大切だが、まずは事実において困っているほうを助けてやることじゃ、と大胆な提案をしていた。いよいよ再度の長州征伐ということになり、幕府軍に攻めかかられる長州に対して、薩摩藩が軍艦や、新式銃などの武器を購入する手助けをする、という話をまとめてしまったのだ。薩摩藩は薩英戦争をして、それに負けたことがあるのだが、その結果かえってイギリスと親しくなり、長崎に住むイギリス人商人グラバーから軍艦や兵器を買うことができるようになっていた。そのやり方で、長州のために武器を購入してやる、ということが実現しかけているのだ。

薩長同盟はまだ正式に結ばれてはいない。しかし、「現に困っとる姿を見たならば、助けてやるという実績を積んでいけばいいがやき」、という龍馬の方策は現実になりつつあったのだ。まだ誰も気がついておらぬうちに、そういう、日本を大きく変える同盟の話が進んでいた。

八郎太も、そこまでは知らない。ただなんとなく、我が薩摩藩は会津藩を苦しい立場に追いつめていくのかもしれない、と感じていただけだった。

4

この頃の秋月新之助には、ある気の迷いがあった。気の迷いというか、人生的なとち狂いがあって、思考がさっぱりまとまらないという悪循環に陥っていたのだ。

てっとり早く言えば、遊びにのめり込み、女にうつつを抜かしていた。

言うまでもないことだが、ほとんどが妻子を国元に残してきて京にいる侍たちは、遊び場ではめを外すのが普通だった。遊廓とか、茶屋などで玄人女を買うのは、誰でもがしている当然のことであり、罪の意識を持つことではなかった。江戸時代の日本人にとっては、家庭を持ち家族を養っていくことと、遊里で遊ぶことはまるで次元の違う別のことであって、男ならその両方あるのが普通、というふうだったのだ。

だから役目を帯びて京で独り身の生活をしなければならない新之助は、時には遊里にも足を運んだのだ。

ところが、そういう息抜きの遊びをしているうちに、祇園《ぎおん》の裏道筋の小店で一人の飯盛り女と出会ってしまった。飯盛り女と言っても、春をひさぐこともしている玄人女で於益《おます》といった。

その於益に、新之助はすっかりのぼせあがってしまったのである。この歳になってどうしてこんなことで心騒ぐのか、とは思うのだが、時間が許す限り於益のところへ行きたいという煩悶《はんもん》があって、役目にも身が入らないくらいだった。

玄人女でも、馴染みになって通ってくれる客があるのは嬉しいことで、於益も心を許してあれこれと会話につきあってくれるようになった。もちろん、最初は浮かれ女《め》と客との間の他愛もない話である。

だがある時、於益がこんな話を持ち出したのだ。

「数の話どすけどな、一、四、九、十六、二十五という数の並びがどんなふうになっとんのか、秋月様にはわかりますか」

そう言われて新之助は叫び声をあげそうになったくらい驚いた。この女、数学の話をしておる、と思ったのだ。数学に興味を示す女性に出会ったのは生涯で二度目のことだった。

数学の苦手な秋月だったが、その問題ならばどうにか理解できた。

「それは整数を二乗した数の並びだな。一掛ける一は一、二二が四、三三が九、四四・十六、五五・二十五という並びだ。だからその次の数は三十六ということになる」

「なんや。よう知ってはりますなあ」

数学には苦しめられたとはいうものの、そのくらいはわかるさ、と新之助はほほ笑んだ。すると、於益はこういうことを言ったのである。

「そしたら、この並んでる数の、次の数との差がどないなってるのか知ってはります？一と四の差は三、四と九の差は五、九と十六の差は七、十六と二十五の差は九。ほら、差が、三、五、七、九と、奇数の並びになってますやろ。これ、うまいこといってるなあと思わはらしません？」

はじめは言われていることの意味がわからなかった。しかし、ゆっくり考えていくうちに、ようやくわかってくる。二乗の数の隣との差は、順番に大きくなってくる奇数になっているということだ。二十五と三十六の差は十一で、その法則に従っている。

「なんだと」

と新之助は考え込んでしまった。どうして二乗の数の隣との差は奇数になっているのか。考えようにも、頭の中に手掛りが浮かばなかった。苦手なことを考えて頭が痛くなってきた。

「うちはこんなことを考えているのが大好きなんどす。算法は理屈が通っていて綺麗どすさかい」

数学の美しさが好きなんだ、と言った人が昔一人いた、と新之助は思い出す。安政の大地震で死んだお咲《さき》である。新之助が生涯で最初に好きになった女性だ。

「これは、この数が四角の数だからこうなるんどす。図にしてみますえ」

於益は紙に、筆で図を描いた。まず、小さな正方形をひとつ描いた。次に、その正方形が二つ並んだものが二段になっている大きな正方形を描く。最初に口の字を書き、次に田の字を書いたような具合だ。そして次に、正方形が三つ並び、同じものが三段になっている大きな正方形を描いた。これに似ている漢字はない。

同じように、四掛ける四、五掛ける五に区切られている正方形を描く。そうしておいて言った。

「こういうもんの、前のものとの差は、大きくなった分の、上と右に足されたところですやろ。そこを数えたら差どすさかい、じっくりと見ておくれやす。一辺が一ずつ増えとるんやさかい、増えた分は順に二ずつ大きくなっていくことになりますやない」

なんとなくわかった。しかし、そんなことよりも驚きのほうが大きい。

二乗の数の差を考えようとして、正方形の図を描いてみせるというその頭の働きに驚嘆してしまうのだ。それは確かに、数学を楽しむ人の考え方だった。お咲にも、そんなことを楽しむところがあった。

新之助が於益に夢中になってしまったのは、そんなことがあってからだった。数学を好む女、というだけでなにか大切なもののような気がしてしまったのだ。

言うまでもないが、旗本の娘でおそらく生娘《きむすめ》であったであろうお咲と、茶屋の飯盛り女である於益には似たところなどまったくないのだった。顔も違えば使う言葉も違う。ただの一度も手さえ握ったことのないお咲と、いつでも抱くことのできる於益との差違は天と地ほどもあるのだ。

だが、数学好きということだけに惹かれて新之助の脳天はしびれたようになってしまった。時として、おれはいったい何をしている、と思うほどの惑乱のうちに、新之助の慶応元年は過ぎていった。

年が改まる。いよいよ激動の時がひたひたと押し寄せてくる慶応二年（一八六六）だ。

実は、この年の一月に、坂本龍馬が斡旋《あっせん》をして、薩長同盟が成立していた。同盟が結ばれたのは京都の薩摩藩邸内である。

なのに、この同盟のことを知る者はほとんどいなかった。会津藩も京都にいるというのに、そんなことになっていようとは思ってもみなかったのだ。多くの会津藩士は、薩摩は我が藩と同盟していて、長州を敵としている藩だと信じ込んでいた。

第二次長州征伐が、なかなか前へ進まなかった。多くの藩が、長州再征の根拠が薄弱であることと、費用がかかりすぎることをもって、反対の立場をとったからである。薩摩も、征長には不参加、ということを表明していた。

そんな頃、新之助は驚くような情報を上役の外島機兵衛《としまきへえ》からきかされた。外島は公用局の重役の一人で、新選組の統括をしている。

「近藤勇《こんどういさみ》から、長州藩の様子をさぐった報告書が来ている」

新選組の近藤が、長州の内情を探るために広島に行って、そこで見聞したことを会津藩に報告書としてさし出してきているのだそうだ。

新選組か、と新之助は思った。あの暴力集団の隊長ならば、言ってきそうなことは想像できるな、という気がした。長州はこの日本の乱れの元凶であり、京を追われた上に、四国艦隊の攻撃を受けて弱りきっている今こそ、攻め滅ぼしてしまう好機である。長州を叩きつぶすことこそ、将軍家と朝廷にとっての慶事であり、一刻も早く征伐を始めるべきである。

とまあ、そんなことを言ってきているのであろう。

「早く長州征伐を始めていただきたい、ということを言ってきているのですか」

ところが外島は、それが違うのだ、と言った。

「近藤の言ってきたことはこうだ。長州藩の使節は、表向きは謹慎し、恭順の態度をとっているが、実際には必戦を覚悟し、防長二州を死んでも守り抜く気構えがあるように見える。それに対して幕府軍の旗本たちといえば、ぼつぼつとこちらに到着しているが、士気というものがまるでない。みんな物見遊山のような気分でいて、土産物屋をひやかし、遊び場へくり出し、江戸へ帰る日が早くくることばかり思っている」

「そんな報告なのですか。あの近藤が」

「うん。そして、こういうことを言っているのだ。これでは開戦してもこちらに勝ち目はないので、長州藩が罪を認めて詫びる形さえあれば、それ以上深く追及せず、寛大な処置をとって開戦をさけるべきと思われる。つまり、幕府軍では長州に勝てぬ、と言ってきているわけだ」

信じられなかった。あの近藤が、戦っても勝てぬから長州を許せ、と言ってきているのだ。

新之助が想像さえしたことがない考え方であった。新之助はごく単純にこう考えていた。

幕府がついに立ちあがり、将軍が諸藩の兵力を率いて長州に攻めかかれば、さしもの雄藩もたまらず壊滅するに違いない。気の毒な気もするが、御所に攻めかかるというようなむちゃくちゃをした長州なのだから、それもしかたがないであろう。長州が滅びればこの国がすっきりし、未来は明るくなるのだから。

そう信じていたのだ。

なのに、近藤は、今開戦したらこちらに勝ち目はないと言っている。その報告は、さんざん長州人を相手に実戦してきた男の意見であるだけに、ずしりとくる真実味があった。軍人である近藤には、戦の勝ち負けがそういうふうに前もって見えるのかもしれない。

「新選組がそんなことを……」

ふいに不安な気分になる新之助だった。知らぬ間に何かが大きく変っているのかもしれない、といういやな気分がした。

5

しかし、幕府としても振り上げた拳をただ下ろすということができなくなっていた。

薩長同盟が秘密のうちに成立したのと同じ一月、幕府の長州藩処分案というものが決定している。その内容は、長州藩の所領を十万石削減することと、藩主の隠居を命じるものであり、それに従うならば征長はしない、というものだった。それまでの強気な態度からすればかなり寛大な方針であり、この処分を受けてくれれば戦は中止する、なるべくならば中止したい、という本音がうかがえる。

だが、長州藩のほうはその処分案を突っぱねた。むしろ長州のほうは、やる気十分なのだ。坂本龍馬の口ききもあって、秘密のうちに新式銃などを買い揃えていて、武力に自信もあった。大村益次郎《おおむらますじろう》という、西洋兵学を学んでいる指揮官も出ていた。そして高杉晋作《たかすぎしんさく》は奇兵隊という、民衆を集めた兵力を作り出していたが、それは武士だけではなく、一般の民衆も長州を守る意識で統一していたということだ。

というわけで六月になり、ついに幕府軍及び幕命によって出動した諸藩の兵は、四つの方面から長州に攻めかかった。戦争が始まったのである。

攻めかかった四つの方面とは、瀬戸内海の大島をめぐる大島口と、芸州《げいしゅう》（広島）に接する芸州口、日本海側の石見《いわみ》（島根）との藩境の石州口《せきしゅうぐち》、関門海峡でへだてられた小倉《こくら》との間の小倉口である。

先鋒《せんぽう》総督は紀州藩主徳川茂承《もちつぐ》で芸州口にいた。老中の小笠原長行《おがさわらながみち》は九州方面の監軍となって小倉口にいる。総督である将軍家茂は本陣である大坂城にいた。

大島口、石州口の戦闘では、長州軍は圧倒的に強く、幕府軍は敗走した。まず、兵器が最新鋭で、しかも軍律が洋式で、関ヶ原の頃と同じ武器、戦略で戦おうとしている幕府軍など敵ではなかったのだ。その上、幕府軍側には戦意が欠けていた。

小倉口では、九州諸藩の兵を従えて小笠原長行が下関への侵攻をはかったのだが、高杉晋作が指揮する軍艦数隻によって蹴散らされてしまった。

近藤勇の予想した通りの戦況であった。いつの間にか幕府の力はそんなにも衰えていたのだ。

もっとも、長州で行われている戦争の状況が、そうすぐさま京都に伝わってくるわけではない。また、伝わってきたとしても、幕府寄りに偏った色づけがされた情報だったりする。

京都守護職を務める会津藩は幕府との距離が近く、比較的情報が集まりやすい藩だったが、それでも秋月新之助のような軽輩には、今行われている戦争に勝っているのか負けているのかの真相は伝わってこなかった。近藤勇の分析をきいていたので、幕府軍は大丈夫なのかと気をもんではいたが、はっきりしたことはわからなかった。

七月も終りかけの頃だ。新之助は朋輩の青木壮助《あおきそうすけ》から、思いがけない噂話をきかされた。

将軍様が亡くなったらしい、というのだ。

「信じられん」

と新之助は言った。

「勝安房守《あわのかみ》様が我が殿にそう報告しているのをきいた者がいるんだ。まだ公表はされておらんが、本当のことらしい」

大坂城にいる将軍家茂のことである。まだ二十一歳の若い将軍だ。

青木の情報は本当のことで、家茂は七月二十日、脚気《かっけ》が悪化して心臓をおかされて死んだ。十三代将軍家定《いえさだ》の頃、その人が子もなく病弱だというので将軍継嗣問題があった。つまり、次の将軍を誰にすべきかという問題で、一橋慶喜《ひとつばしよしのぶ》を推す一橋派と、紀州の徳川慶福《よしとみ》を推す南紀派が激しく対立した。そのことが原因で安政の大獄がおこったのだ。そして、慶福が十四代将軍となり、家茂と名のった。皇女和宮を娶《めと》った将軍で、勝海舟はとても優秀なお方であると語っている。将軍在職八年であった。

この将軍の死が公表されるのは八月二十日のことである。

「将軍が亡くなって、長州征伐のことはどうなる」

と新之助は言った。

「おれにそんなことがわかるわけがないが、別に、どうということもないのではないか」

「なぜだ」

「今度こそ一橋公に将軍職についてもらうしかないからさ。ほかに人がおらん。それゆえ、一橋公はこの間ずっと将軍後見職を務めてこられており、長州征伐のことをお決めになったのも一橋公だ。つまり、一橋公が将軍になって何かが変化するということはないわけだ」

言われてみれば確かにそうだった。若い将軍はどちらかと言えば飾りであり、実務は一橋慶喜や老中たちが行ってきたのだ。

「むしろ、我が殿の力がぜひとも必要だとされている一橋公が将軍になれば、会津藩のためによいことだと思える」

そういうことになるのかな、と新之助は半信半疑だった。この激動の時世に、将軍が代ることで世の中が安定するということなどあるのだろうか。誰が将軍になろうが、動きだしてしまった変革の波は止められぬ、ということになるのではないだろうか。

新之助は多くを語らず考え込むようになった。

一橋慶喜は将軍家茂の死が公表されてすぐ、次期将軍の座につくことを要望された。ほかに人がなく、あらゆる人が慶喜に後事を託そうとしたのである。

しかし慶喜は、やむなく徳川宗家の相続だけは承知したが、将軍への就任は容易に受けようとしなかった。四カ月ほど将軍不在の期間があったのである。

これは、困難な時局に将軍を引き受けるに際して、多くの人の推薦を得てやむなく就任する、という形をとりたかったためであろうと思われる。そんなふうに、先に言い逃れの口実を作っておいて行動するようなところが慶喜にはあった。

そして、徳川宗家は継いだがまだ将軍にはなっていない九月に、慶喜は前将軍家茂の死を利用して長州の問題にケリをつけた。戦争を終らせることにしたのだ。長州征伐は誰の目から見ても幕府の大失敗であった。幕府が武力をもって一外様藩を征伐しようとして、実際にやってみたらいいところなく敗れたのである。小倉口に攻めかかった小笠原長行は長崎まで敗走しているのであり、これをきくと慶喜も戦意を喪失した。

前将軍が逝去したため、幕府軍は退去する。その時には長州軍は追撃しないでくれ。そういうことで停戦合意を取りつけようとした。この使者に選ばれたのは勝海舟である。慶喜と勝は実はウマが合わない。だが、そんな使者が務まるのは勝しかいないのだ。勝は広島へ行き、宮島の大願寺《だいがんじ》で長州の使者と会談をした。将軍が死んだので停戦したい、ということを勝は言った。それだけではなく、長州を攻めたことは誤りであったと、朝廷も幕府も認めている、と言ってしまったのである。勝にしてみれば、この期《ご》に及んで面目を取りつくろってなどおられるか、ということであろう。

この結果、九月には幕府軍は無事に引きあげることができた。

しかし、事ここに至って、天下の人々は時代の流れが逆転したことをはっきりと知った。幕府は長州に敗れたのである。幕府の力はそこまで衰えたのだ。将軍はもう、この国の頂点にいるのではない。

人々にそのことをわからせてしまった点において、長州征伐は大失敗であった。慶喜はさんざんしぶったあげく、十二月に入ってようやく将軍職につくことを受け入れた。十五代将軍徳川慶喜となったのだ。

会津藩では、これでようやく政情が安定し、京は静かになるであろう、と一安心したのである。世間を知らないのにも程がある、というところだった。主君が誠実一本槍《いっぽんやり》なら、家来たちは旧弊で、武士の誇りのようなものだけを信じている時代遅れな侍ばかりだったのだ。

その中で、多少は他藩に知りあいもいて、我が藩はこの先はたして時代の荒波を乗り切っていけるのかと懸念していた新之助は上等のほうだった。だが、あまりに身分が低くてなんの影響力も持っていないのだった。

そんな時に、思いがけないことがおこる。

十二月二十五日のこと。孝明天皇がにわかに崩御したのである。三十六歳の生涯であった。死因は痘瘡《とうそう》（天然痘）であった。

だが、毒殺説も根強く流布した。そんな疑いを持って見たくなるほど、倒幕派にとっては最良の時機での崩御だったのだ。

孝明天皇は、ひたすら佐幕派であった。病的なまでの異国人嫌いで、攘夷をぜひとも実行してほしいと願っていたが、それはこれまで通り徳川幕府が中心となる体制でやってほしい、という考えだった。天皇に、幕府を倒そうとか、自分が親政をしようという気はさらさらなかったのだ。天皇は、慶喜を頼りにし、会津の松平容保には京都をよく守ってくれていると感謝していた。

だからこそ、幕府と長州が戦ってみて、長州が勝ってしまったこの時機での孝明天皇の死は、倒幕派にとってこの上なく喜ばしいことだったのである。

孝明天皇の死は、会津藩の運命を想像もできぬほどの苦境へ突き落とすことになっていくのだった。

6

慶応三年（一八六七）が明けた。この年は会津藩にとって激動の年となるのだが、正月の段階では会津の誰一人としてそんなことを想像していなかった。穏やかな新年を迎え、顔つきも晴々としていたのである。

秋月新之助は祇園にある馴染みの茶屋へ足を運んだ。ところがそこで、店主から思いがけないことをきかされる。

「於益は足を洗いました」

というのだ。思わず、どういうことだと問いつめる。

「飯盛りの仕事をやめて、もうこの店にはおりまへん」

「どこに行ったのだ」

そう問うと店主は、なだめるような声でこんなことを言った。

「それは知らずにいてやるほうが、あの女のためだと思うのですが」

そして、詳しいことはぼかして、次のようなことを教えてくれた。

於益ももう三十近い大年増で、いつまでも水商売を続けられるものではなかった。ところが、そんな於益に惚れて、世話をしようと言ってくれるさるお店《たな》の主人が現れた。もとより正妻にしてくれるというような話ではなく、妾《めかけ》として囲ってくれるということだが、玄人稼業からは足を洗うことができるのだ。

「そんなわけで、あいつはさるお方の囲われ者になったのです。もう客をとることもなくなって、落ちついた生活ができるというわけで、私も喜んでいるのです」

「そうか……」

という言葉しか出てこなかった。

「於益も、ごひいきにしていただいた秋月様には感謝しておりました。ありがとうございました。でも、私は死んでいなくなったのだと思って、お忘れ下さいますように、とことづかっております。そういうことで、忘れてやってはいただけませんか」

新之助には何も言えなかった。そういうことか、と受け入れるしかなく、その店を出て大通りをひたすらに歩いた。

おれが好きになった女はみないなくなってしまうのだな、と思ったが、その思いには寂しさはこもっていなかった。むしろ新之助は自分がどこかで喜んでいることに気がついた。

於益は身を落ちつけ、穏やかな生活を手に入れたのだ。それは喜んでやるべきことではないか、という気がした。

新之助はふいに、肩から重い荷が下りたような気分になった。玄人女に入れあげたのは甘美な熱情ではあったが、一方で気のふさぐ苦しみでもあったのだ。おれは何をしているんだ、という反省もあったのだと、今になってわかった。

その人は、まがりなりにも幸せを摑《つか》んだのだという。ならば、せめて腹の中で祝福してやるべきである。そういう消え方は、悲しくなくてよい。

お咲さんのように死んでしまったのではなくて、よかった。新之助は心からそう思った。

おれは実のところ、於益が数学を面白がる女だというそのことから、お咲さんの幻影を見ていたのだな、と自分でもわかった。姿形も、立場も、まるで違う二人の女性を、数学好きということだけから重ねて見ていたのだ。

ここしばらくの気の迷いが、すっきりとなくなっていた。ひどく冷静に、馴染みの女との仲が終ったただけだ、と思えた。於益を探しだそう、とはまったく思わなかった。

歩いている新之助の顔が、だんだん笑顔になってきた。そしてなんたることか、ふと国元にいる娘のお町《まち》の顔を思い出した。まるでそれを思い出す権利を取り戻したというように。

お町のことを、そして息子の小太郎《こたろう》のことを思う。その幸せを新之助は噛《か》みしめて歩いた。

この年の前半、水面下では薩摩と長州の倒幕派二藩はあわただしく動いていた。公卿の岩倉具視《いわくらともみ》と、薩摩の西郷隆盛、大久保利通たちは、孝明天皇に代るまだ十六歳の新帝を思いのままに操って、倒幕の勅命を引き出そうと、ありとあらゆる手を打っていたのだ。

なのに、会津藩はそういう動きにまるで気がついていなかった。あたかも想像力を喪失していたかのように。

会津的思考では、新将軍は我が殿を大いに頼りになされており、当藩は京でますます重きをなすであろう、ということになる。そして、薩摩藩が長州と同盟するなどとは夢にも思わず、薩摩は味方だと信じ込んでいる。わずかに、会津贔屓《びいき》であった孝明天皇が年若い新帝に代ったことにはとまどいがあったが、それも不安に思うところまではいかなかった。急に大きな変化があることはないだろう、と思っていたのだ。本当は、そのことこそ、世の中が逆転する最大の要因だったのに。

そんな会津ののん気さにくらべれば、新将軍の慶喜のほうがはるかに大きな危機感を抱いていた。

慶喜は、我が知恵でこの難局を乗り切ってみせる、と思っていた。朝廷にさえ逆らわなければ、どの道、徳川家が倒れるということなどあるはずがないのだと。

そういう考えでいた慶喜に、悪魔のささやきのような策がさし出された。水面下で薩長の陰謀が着々と進行していた、その年の十月のことである。

十月三日、土佐藩の後藤象二郎《しょうじろう》と福岡孝弟《たかちか》が二条城を訪ね、前藩主山内容堂《ようどう》の建白書を提出した。

容堂が提案したのは、この際政権を返上してしまい、王政復古してしまえばいいではないか、という策だった。つまり、大政奉還である。

幕府を畳んでしまい、徳川宗家は一大名に戻る。その後の政局運営は、朝廷を上に置きながら、上下《じょうか》二つからなる議政局を設け、議員が政治のすべてを決していくのだ。だがそうなれば、実力のある徳川宗家は、その中心となって国を運営していくことになるであろう。

この大政奉還論は、山内容堂の名で出されているが、実は後藤象二郎が容堂に吹き込んだものだった。そして後藤は、坂本龍馬にその策を教えられたのだ。

坂本龍馬が無から考えついた策というわけではない。幕臣の大久保一翁《いちおう》や、福井の松平春嶽の参謀である横井小楠《しょうなん》などからきかされ、その手があるか、と思っていたものだ。だから一部ではもっと前から知られていた策だった。松平春嶽がこの時よりずっと前に提案して、問題にもされなかったことがある。

しかし、今度は提案のタイミングが絶妙だった。政局がじわじわと意にそまない方向に進んでいくような気がしていた慶喜は、これを起死回生の良策だと思ったのだ。

幕府による政局の運営に文句があるなら、そんなもの（政権）返上してやるよ、という啖呵《たんか》を切るわけだ。そうしておいて、議会政治をしていくことになれば、徳川の力がどうしたって必要になるではないか、と前に出るのだ。

慶喜は津和野藩士で洋学の師である西周《にしあまね》に、独自の政権構想を練らせた。それによれば、慶喜が新政府の首長となり、軍隊の指揮権も持つ絶対君主となることになっていた。本当にそうなっていくだろうと読んでいたのだ。

十月十四日、徳川慶喜は大政奉還の上表を朝廷に提出した。政権を返上し、一大名に戻ります、と発表してしまったのだ。

それをこの将軍は独断で行った。江戸にいる老中以下の家臣には何の相談もなかったのだ。当然のことながら、ほとんどの幕臣にとってこれはとんでもない暴挙にしか思えなかった。

乱心したか、と思うほどのことである。大あわてで重臣が京都へ向かうなど、上を下への大騒ぎとなった。

ひとり慶喜のみが、これですべてうまくいく、と思っていた。

7

江戸の徳川宗家にとっても慶喜の大政奉還はとんでもないことで、一部には、この際、戦に打って出て倒幕勢力を粉砕すべし、という強硬論も出た。この時期、フランスが幕府に結びついて、幕権を強化する策のあと押しをしてくれていたのだ。幕臣の小栗忠順《おぐりただまさ》などは、フランスの後援があれば幕府は必ず勝てる、とする主戦派だった。

会津藩としても、慶喜の大政奉還はあまりにも突然のことで、賛同のしようがなかった。

会津藩とは、とにもかくにも徳川将軍家に忠誠を尽くし、お守りすることが第一義、と考えている藩である。それなのにいきなり幕府であることをやめる、ということになり、守るもなにもなくなってしまったわけだ。

朝廷からも、会津は都をよく守ってくれている、と感謝の言葉をたまわっている。だから今まで通りでいいではないか、というのが会津の意識であった。

会津としてはざわめくばかりだった。ざわめくが、これといった策があるわけではない。これまで通りに京都守護の任務をきちんとはたしていくだけだ。新選組も、大いに活動していた。

新之助も同様である。どうにも政局の動きが読めなくなったと思いながら、これまでと同じように公用局で働いていた。ただただ、殿の命に従っていく、と思うばかりだ。

慶喜は大政を奉還してしまったのだから、もう前将軍と呼ぶべきであろう。その人は二条城にいて、机上の政権入手案をせっせと考えていた。だが実は、彼の知らぬところで、朝廷は「討幕の密勅」というものを出していた。幕府を倒す、という方向に時代は動きだしていたのである。

十一月もそろそろ暮れようという頃、新之助のところへ手紙が来た。橋口八郎太からだった。

珍しいことだと、いぶかりながら新之助は文面に目を通していった。そして読み始めてすぐ、手紙を取り落としそうになるほどの衝撃を受けた。思わずうめき声がもれた。

次のような内容の手紙だったのである。

やむを得ぬ事情があってお主と会うことを控えておるのだが、悪く思わないでくれ。藩内に事情があれば、それには逆らえぬのが藩士というわけだ。そういうわけで、本当は手紙を出すのも控えねばならぬところだが、共通の知人に関わる変事があり、それだけは伝えておくべきだと思ったのだ。

　坂本龍馬が暗殺された。十一月十五日のことだ。隠れ家としていた京の河原町通りの近江屋にいたところを数人の暴漢に襲われ、同席していた土佐の中岡慎太郎ともども斬り殺されたという。あの一代の快男児がこの世から消えたかと思えば、残念この上なく、おのずと涙するばかりだ。

あるいは、お主はこのことを既に知っているかもしれない。人々の噂によれば、坂本を襲ったのは新選組らしいということで、それならば会津人の承知するところだろうからだ。しかし、たとえ坂本を殺したのが会津藩であろうとも、おれにとってそれはどうでもいいことだ。今の世はどんなことでもありうる乱世であり、ありとあらゆる思惑が渦巻いている。どの思惑はよからぬ、と決めつけられるものではない。ただ、あの痛快無比な男が消えたことを惜しむばかりだ。

　もしかしたらお主がまだ知らずにいるかもしれないと考え、そのことだけを伝えようと考えたのだ。我々にできることは、ただ坂本の死を悼むことだけだと思うが故に。

　新之助は龍馬の身にあったことをこの時まで知らずにいて、胴震いするほどの衝撃を受けた。

龍馬と会ったことは二度しかない。だがその二度で、人柄の魅力に酔っていたのだ。わしは自分の船を持ちたいだけじゃ、という一直線の夢の持ち方に、なんともすがすがしいものがあった。必ずや大きなことをなしとげる男だろう、という気がしたものだ。

その男が殺された。惜しすぎる、と大声を出したいような気分になった。

龍馬を殺したのは新選組ではないだろうか、と八郎太は書いてきている。しかし、それはなかろう、と新之助は思った。新選組が龍馬を殺したのなら、会津藩に報告があり、会津の者の耳に入っているはずなのだ。近藤たちはそんな報告をしていなかった。

この時代の人は真相を知らぬままに時を経ていったのだが、実は龍馬を斬ったのは京都見廻組《みまわりぐみ》の佐々木只三郎《ただざぶろう》の配下の者であった。

そして、新之助は佐々木只三郎のことを少しは知っていた。佐々木は旗本だが、会津藩にもゆかりのある男なのである。

もともとは会津藩士佐々木源八の三男として生まれた男だ。それが、親戚である旗本の佐々木弥太夫のところへ養子に入ったのだ。剣の腕を認められ、幕府講武所の剣術師範を務めたときいている。

清川八郎《きよかわはちろう》が浪士組を組織して京都に入った時には佐々木もいっしょにいた。そして、清川の策略が破綻して浪士組が空中分解した時、京に残った近藤勇らの一派を会津藩に結びつけたのが佐々木只三郎であった。会津に、実兄の手代木勝任《てしろぎかつとう》がいたからである。

新選組はそのおかげで会津藩の庇護《ひご》を受けることができた。

元治元年には只三郎は京都見廻組を率いて、新選組と同様の活動をして尊攘派の志士たちから恐れられていた。というわけで、見廻組は会津ではなく幕府の特殊部隊だった。

その見廻組が、龍馬と中岡慎太郎を斬ったのであった。

いよいよ煮つまってきた、と新之助は感じた。龍馬までもが殺されて、ついに時勢が煮えたぎり、釜のふたをふっ飛ばすところにまで来たという気がしたのだ。

大政奉還という穏やかな策ではおさまりがつかないだろう、と思った。こうなればもう、行く手にあるのは戦しかないのではないか。

軽輩の新之助でさえそう考えていたところ、十二月九日になってついに天地が鳴動した。

その日、何の前ぶれもなく明治天皇の名で王政復古の大号令が発せられたのだ。明治天皇に意志があってそうなったわけではなく、岩倉具視が黒幕となって起こした政変であった。

この日、薩摩の西郷と大久保は御所に入り、しばらくすると薩摩兵が御所に駆けつけ、唐御門（宜秋門《ぎしゆうもん》）を閉じた。そして、蛤御門を警備する会津兵に薩摩兵が迫った。会津の佐川官兵衛は薩摩兵になぜ武装しているのかと問うたが、命を受けてそうしているだけで理由は知らぬ、との返答だった。

本来ならば佐川は、武闘派で薩摩討つべし、という考えを持っていたのだから、ここで薩摩兵を相手に大暴れしてもよさそうなものである。だが佐川は、御所警備の交替の命令が出るのかもしれない、と考えて自重した。完全に機先を制されて、反論することもできず二条城へ引きあげたのだ。

夜になって、会津藩のところへ土佐藩から御所の警備を引き渡すよう命令書が手渡された。会津藩は御所から追放されたのだ。

そしてその夜、小御所《こごしょ》で初の閣議が開かれた。もちろんのこと、慶喜も、会津の松平容保も、桑名の松平定敬の姿もそこにはなかった。

この閣議で討論されたのは、徳川慶喜の官位剝奪と領地返上についてである。徳川宗家の八百万石の領地を朝廷に返し、大名であることさえやめろというのだ。

慶喜に大政奉還策を建白していた山内容堂は、ここに至って薩長が本気で徳川家をつぶす気だと気がつき、強硬に反対した。公卿たちがひるんで、今日は結論を出さないでおこうかと考えたくらいであった。

しかし、休憩の時、会議の推移を見守っていた西郷隆盛は人を介して岩倉にこう伝えた。

「短刀一本あれば片づくことではないか」

普段接した時には無類の善人としか思えない西郷の、こういうところがおそろしさである。

それを伝えきいて岩倉は、なるほど、そこまでの決意がなくてはことは進められぬ、と感じて懐に短刀を忍ばせて会議に臨んだ。その気迫に押されて容堂もついに沈黙し、慶喜の辞官納地は強引に決定されてしまったのだった。

しかし、ここまではただ朝廷をかつぐ薩長が一方的に号令を出しただけである。それはおかしいと、反撃する余地は十分にあった。兵力の上では徳川側のほうが圧倒的に優位なはずなのだ。

それなのに、徳川家は内側から崩れていくのである。歴史の流れとはそういうものなのかもしれない。

8

この時京都にいた会津、桑名、彦根、大垣、津などの藩兵は、薩長の陰謀はけしからんと怒り、続々と二条城に集結した。今すぐにでも薩長を成敗すべし、と叫ぶ者も多くいた。

そんなところへ、議定《ぎじょう》の徳川慶勝と松平春嶽の二人が辞官納地の朝命を持ってやってきた。会津や桑名の兵は、徳川の領地を返上しろとは薩長の陰謀もここに極まれりと激怒し、今にも開戦しようかという勢いになった。

ところが、慶喜は殺気立った家来たちを制するのである。そして、自分に辞官納地せよと迫るその朝令を拝受したのだ。彼は朝命に反することを何より恐れる男だった。

新之助も二条城の中にいた。激昂する会津藩士たちを見て、自分も怒るのではなく、実はうろたえていた。新之助にはどうしてこんなことになってしまったのかわからなかったからだ。

ついこの間まで、会津藩の働きは天皇に認められ、感謝されていたのだ。そして天皇は徳川将軍家を頼り、政治のことはよろしく頼む、としていた。

それが、天皇が崩御してまだ年若い新帝になったとはいえ、いきなり百八十度ひっくり返ったのである。会津は御所から手を引け、徳川は領地を返上しろと、まるで賊扱いだ。どうしてこんなことになったのか、まるでわからなかった。

わからないから怒りもわいてこない。橋口八郎太の属する薩摩藩が憎いか、と考えてみても、とりたてて感慨があるわけでもないのだ。

十二月十一日、新之助は佐川又四郎という男に誘いの声をかけられた。佐川官兵衛の弟で、なかなかの剣の遣い手である。

「城内におっても騒がしいばかりだ。守護職邸の見廻りに行こうと思うが、お主もつきあえ」

守護職邸は二条城の近くにあり、この時一時的に忘れられていたのだ。新之助はつきあうことにした。常盤《ときわ》恒次郎という男も同行することになり、三人で巡邏《じゅんら》に出た。

守護職邸に着いてみると、思いがけない事態になっていた。数人の侍が、誰がいるかを調べるかのように、屋敷内をうかがっていたのである。

佐川又四郎は豪胆な男で、大声でその不審者たちを誰何《すいか》した。

「他藩の屋敷内を覗くとは無礼千万。貴様らは何藩の者か」

すると、先方は図々しく居直り、勢いづいてこう返してきた。

「他藩の屋敷とは片腹痛い。会津は守護職を今日にも罷免されるところじゃっどん」

その訛りで薩摩の武士だとわかった。

もう一人の男が、さらに調子づいてこんなことを言った。

「会津は朝廷にたてつく賊じゃ。この京都から叩き出してやる」

佐川はひるまなかった。

「黙れ。朝廷を意のままに操る賊は薩摩のほうではないか。ともかく、他藩の屋敷内を覗くことは許さん」

「許さんとは業腹《ごうはら》な。会津の賊を成敗してくれるわ」

そう言って、刀を抜いたのである。薩摩侍はみな白刃を抜き払った。

薩摩侍の一人が、いきなり佐川又四郎に斬りかかった。又四郎は刀を抜いてその一撃をはね返した。常盤恒次郎もすぐさま抜刀して身構えた。

新之助も刀の柄に手をかけた。剣の腕前にはまるで自信のない新之助だったが、ここは抜いて一戦に及ぶしかない時だった。

ところが、この時又四郎が叫んだのである。

「秋月、城へ走って仲間を呼んできてくれ」

そう言う又四郎に薩摩侍のうちの頭目《とうもく》とおぼしき奴が斬りかかった。又四郎はその男の攻撃を巧みにかわすと、相手の脳天に鋭く斬りかかった。頭から血潮がほとばしり出る。

又四郎は強かった。新之助は、ここは言われたように動くべきだろう、と判断した。こちらのほうが人数が少なくて、味方を呼ばなければどうにもならないからだ。

二条城へと新之助は走りに走った。城内で声を限りにわめきちらし、やっとのことで佐川官兵衛を見つけだした。

「佐川様。又四郎様が守護職邸前で、薩摩藩士と斬り合いになっております」

「何故に薩摩者が斬りかかるのか」

「わけなどありません。ただ会津を賊とののしり、斬りかかってきたのです」

官兵衛は形相を変えて言った。

「守護職邸へ行くぞ」

そのあたりにいた高津仲三郎《たかつちゆうざぶろう》ら数人が官兵衛に従った。新之助も又四郎らのことを思えば気が気ではなく道案内をするように走った。

その場所に着いた時、悲痛な声が新之助の喉からもれた。

真っ先に、血を流して倒れている又四郎が目に入ったのだ。

「又四郎！」

と叫んで官兵衛は弟を抱きかかえたが、若武者は既にこときれていた。

「佐川様」

と、腕を斬られて血にまみれている常盤恒次郎が気力をふりしぼってにじり寄った。

「斬り合いの理由は何だ。どちらが先に剣を抜いた」

「先に抜いたのは薩摩です。私たちが会津藩士であるという理由で斬りかかってきました」

「一方的にやられたのか。むこうは無傷か」

「いえ、又四郎様が二人を殺し、頭目らしき男には頭に大怪我を負わせました。ほかに三人ほどに怪我をさせたのですが、多勢に無勢でついにやられました」

「死体がないな」

「むこうには小者が何人か従っており、頭目をかついで運び、死体も残さなかったのです」

その頭目は実は西郷の懐刀である村田新八だった。

佐川官兵衛は鬼のような形相で立ちあがり、天を仰いでわめいた。

「又四郎の敵《かたき》は必ず討つ。薩摩兵を皆殺しにしてやる」

その夜、二条城では何度も軍議が開かれた。その席で会津と桑名は、即戦闘開始を叫んだ。

そんな中、官兵衛は二条城の玄関に高い身分の人のための輿《こし》が用意されているのを見つけた。思わず怒りの声が出る。

「これはなんだ。逃げる用意か」

この時官兵衛は、慶喜の弱腰を知り、あきれはてたのだ。

「たとえ将軍が逃げても、我が殿はここを退いてはならぬ。敵はまだ人数も少なく、今戦えば必ず我が方が勝てるのだ」

それは単なる強がりではなかった。この時京にいた薩摩の兵力はわずか三千である。これには雑役夫も入っており、実質戦力は二千がいいところだった。

これに対し、幕府、会津、桑名の兵力は一万をはるかに超えていた。その上、幕軍は京都の地理に通じており、新選組などは路地という路地を知り抜いている。

長州兵も京都に入ってきていたが、京都の地理がわからず右往左往するばかりで、まったく戦力にならなかった。

薩摩の西郷はここで幕府軍と戦闘になることを内心恐れていたはずである。京都で正面からぶつかりあえば勝ち目はなく、その時には年若い天皇をかついで逃げるしかないと思っていた。

そして、宮廷の内部も、会津が兵をあげたらたちまち恐慌をきたして御所から逃げたであろう。そんな騒ぎの中でもし仮に、幕府側が天皇を手中にし、公卿どもに新しい勅命を出させれば、たちまち薩長が賊軍になったはずである。

どう考えても、まだ打つべき手はいくらでもあった。

なのに、前将軍慶喜は動かなかった。彼は二条城にいて、今こそ一戦を交えましょうという家臣たちの申し出を、ことごとく無視したのだ。それはただただ、帝《みかど》に戦をいどむのは罪である、という思い込みからのことだった。

そして十二月十二日、慶喜は松平容保、松平定敬と老中板倉勝静《かつきよ》のみを伴って、密かに二条城を出て大坂に逃れるのである。

「余には深謀がある」

と慶喜は言った。考えがあるんだから従え、というわけである。宗家にそう言われれば、容保、定敬も逆らえなかった。自藩の藩士に理由を告げることもできず、二人の藩主は家臣を見捨てるように大坂へ走ったのだ。

慶喜が容保と定敬を伴ったのは、「京都においておけば会津と桑名は家来にあおられて必ず戦争を始める」からだと後に語っている。

戦争だけはしたくない、というのがこの時前将軍の考えていたことなのだ。そのせいで、幕府側は劣勢を立て直す千載一遇の機会を逃したのである。

そういう情勢の中、秋月新之助は、あの時いっしょにいた佐川又四郎を死なせた責任の一端が自分にもある気がして、ふぬけになったようにぼんやりと、決戦を叫ぶ同輩たちの中にいたのだった。

9

二条城にいても混乱に巻き込まれるばかりなので、秋月新之助はほど近くに宿をとった。朋輩に、おれは静かなところで考えをまとめる、と伝え、何かあれば連絡はつくようにしておいた。何がおきても不思議ではない切迫した情勢なのだ。

新之助には、混乱の中に身を置いていても状況が見えなくなるばかりだ、という思いがあったのだ。今は確かに藩の一大事ではあるが、主君の容保公が将軍の命《めい》によって大坂へ引き下がってしまっていて、会津藩士には打つ手がないのだ。なのに声高に主戦論をわめきちらしても頭に血が上るばかりである。

こういうことはなるようにしかならん、と新之助は判断をよそにあずけていた。そういう、さめた思考のできる男だった。

しかし、その宿で一夜疲れを落とした翌日の昼前に、訪ねてきた客人は彼が想像だにしなかった人物だった。まだ二十歳前のように見える町人が使いに来て、吉乃屋《よしのや》の手代で長吉《ちょうきち》と申します、と名のったのだ。はて、そんな店に馴染みはないが、といぶかる新之助に、その若者は意外なことを言った。

「うちの主人のお内儀《かみ》が、お忘れかもしれまへんが、私は昔お世話になりまして、その頃の名は於益といいました、とお伝えしてほしいと申しました」

忘れかけていた名だった。私のことは忘れて下さいと言われ、そうしようと思った名なのだ。こんなふうにもう一度その名をきくことになるとは考えたこともなかった。

「そのお内儀が、会津のお方たちは今二条城にいやはるそうやから、藩士の秋月新之助様をなんとかお訪ねしてことづてを伝えてほしいと申したのでございます」

於益はどこぞの商人《あきんど》の妾になったのだときいている。だから、お内儀と呼ぶのは正しくないのだが、ま、そのようなものというところだろう。

「ことづてとは？」

と新之助はきいた。

長吉はこう答えた。お内儀の言うには、お世話になった秋月様に、どうしてもお知らせすべきことを知ってしまいました。ご足労ではございますが、長吉の案内で私をお訪ね下さいませんか。

「於益は今どこにいるのか」

ときくと、出町柳《でまちやなぎ》のあたりだという。御所の裏手あたりでそう遠くはない。

新之助はそこに出向くことにした。会津藩士は殿を追って大坂へとりあえず退《ひ》こう、という気運になっていて、京都にいるのはあと一日か二日か、というところだった。ここで知り合った人に、別れを告げる機会かもしれないと思ったのだ。

高野川《たかのがわ》と賀茂川《かもがわ》が合流して鴨川となるあたり、下鴨村へと案内された。瀟洒《しょうしゃ》な家並みの中の、黒塀に囲まれた小さな邸宅で、妾を囲う別宅とはこういうものかという気がした。

下女が座敷へ案内してくれ、すぐに於益が顔を出した。

「お久しぶりでございます」

於益は落ちついた人妻の雰囲気を漂わせていた。

「今はなんという名になっているのかな」

「吉乃屋祐太夫《ゆうだゆう》の囲い者で、お蝶と呼ばれております」

「私に伝えたいことがあるそうだが」

「はい。実は、主人の祐太夫は紙や筆を扱っております商人で、薩摩屋敷への出入りを許されております。そんなことから耳に入ってくることがおまして、お世話になった秋月様にはなんとしてでもお伝えせなあかんと思うたんです」

そう言うと、お蝶は腰を浮かせた。

「しばらくお待ち下さいませ」

お蝶が引っこむと、入れ替わりに羽織姿の中年男が顔を出した。いかにも京都風な、手際のいい人の出し入れだった。

「吉乃屋祐太夫でございます」

低いがよく通る声だった。

「会津藩士、秋月新之助です」

祐太夫はひとつうなずき、静かに言った。

「私はお蝶には昔のことをきかんようにしてます。お蝶もいらんことは言いません。ところが、そんなお蝶が、私が薩摩屋敷に出入りしてきき知ったことを何気のう話しましたところ、そのことをお教えしたい人がおると言いだしたんでおます。会津藩の秋月様には、昔大変にお世話になった。そのお方に、知ってしまったことを伝えるのが恩返しだと思うと」

詳しい事情はわからぬままに、お蝶の思いを受けてお話しするのだ、という様子だった。新之助もそのように受け止めることにした。

「何を知ったのです」

祐太夫は表情を険しいものにした。

「薩摩は、どんなことがあっても徳川をつぶす気でおります」

やはりその話か、と思った。

「前《さき》の将軍様が、官位と領地を天子様にお返しして、ひたすら恭順なされようとも、徳川家をそのままにしておいては新しい時代は作れぬ、というのが薩摩の考えでおます。どんな手を使ってでも、江戸を攻め滅ぼすつもりのようです」

「藩邸内の様子からそれがわかるわけか」

「お武家たちの言うことや、戦仕度などでわかってくるのでおます。そして特に、薩摩と長州は、会津藩だけはどうあっても攻めつぶす、と決めこんでおるようです。会津は朝敵であるということにして、根絶やしにするというほどの気構えでおるらしゅうございます」

なぜ会津が朝敵なのか、と新之助は憤りを覚えた。孝明天皇は会津藩の働きを喜び、忠誠をたたえる書を下されたほどではないか。

しかし、その思いはどこにも届かないのだ。

お蝶が姿を現し、新之助と祐太夫に茶を出した。だが、新之助は茶には手をつけずこう言った。

「私に伝えたいと思ったのは、薩摩は会津を攻めるつもりだ、ということですね」

「さようでおます」

「わかりました。とても重大なことです。よく教えてくれました。感謝します」

新之助は長居をせず、礼を言ってその邸宅をあとにした。頭の中には、様々な思いが渦巻いて考えがひとつもまとまらなかった。

その夜、新之助は手紙を書いた。

「象山先生の大砲の試射の時にお主と知りあって、早いものでもう十六年の月日が流れた。あの頃はお互い、若かった。学問で苦労もしたし、実らぬ恋に心を悩ませたこともあった。だがしかし、熱気のある充実した日々であった。お主と出会い、友となったのはおれの人生にとってかけがえのない財産だったと思う。お主には後《おく》れをとってばかりの人生だったが、少しでも追いつきたいという欲によっておれはここまで来たような気がする。友のありがたさとはそれであろう。

これはおれの私情だが、象山先生の教えを受けたおれとしては、今の日本の進むべき道は開国して諸外国と交際を深めていくしかないような気がしている。その時、政権の座にいるのは、徳川でも、薩摩でも、長州でも、どれでもいいような気がする。いずれにしても新時代にふさわしく、世界を範とした政治をしていかねばならぬのだ。関ヶ原の時の恨みを持ち出すのは愚であろうと思う。

しかし、おれのそのような考えは、どこへも届くまい。私情がどうであれ、会津藩士としてのおれは、藩と運命を共にするしかない。主君の手足となってその命に従う生き方しかないというのは、お主も武士であればわかることであろう。

会津が朝敵であるという理屈はおれには承服しがたいものだ。帝を守るがために京都守護職を務めてきた会津が、どうして朝敵とされてしまうのかまるでわからん。政治とはそういう理不尽なものか、という気がするばかりだ。

だがそれも、今となっては言ってもどうにもならぬことだ。将軍家のため、帝のためとばかりに突き進んできた愚直な藩を、笑わば笑えと思うだけだ。

おれとお主は、戦場で敵としてまみえることになるのかもしれない。それはもう、おれたちにどうこうできることではなく、時のさだめというものであろう。出会えば、戦うまでのことだ。

だがしかし、たとえ戦場で剣を交えるのだとしても、お主とのつきあいがおれの人生の豊かさであったという事実は変らぬ。共に語りあった日々の輝いていたことは、おれの密かな誇りである。だから、友情に感謝する。お互い武運に恵まれ、敵味方としてどこかで会おうぞ。その日を楽しみにしている」

橋口八郎太にあてて、そういう手紙を新之助は書いた。そしてそれを持って、翌日、下鴨村のお蝶のところへ届けたのだ。

「そなたの旦那は、御用商人として薩摩屋敷に出入りできるのだろう。そこで、もしその屋敷内の、橋口八郎太という侍に会えるのならば、この手紙を渡してほしいと頼んでくれないか。手紙の内容は危険なことではない」

お蝶は手紙を受けとった。

「しかし、うまく渡せぬのならば、無理はしなくていい。うまくいかぬような気もしているのだ。その時は、この手紙は破り捨ててくれ。そして忘れてくれればよい」

わかりました、と言うお蝶をあとにし、新之助はその宅を辞した。そして、さて、大坂へ行くしかなかろう、と考えていた。

10

会津藩士たちは続々と大坂に集結してきた。新之助もとりあえず大坂城にほど近く、数多くの会津藩士が泊っていた宿に入った。そこは今にも戦場に出陣せんとばかりに武装した武士たちが、大声で当方に正義のあることを主張して騒然としており、あたかも前線の陣営のようだった。

京都に官軍がおり、大坂に幕府軍が集結して睨《にら》みあう情勢である。かくなる上は薩長軍と決戦するしかない、というのが会津藩士たちの思いだった。

だが、その幕府軍の頂点にいる前将軍慶喜の意向はそれとは違っていた。慶喜が周囲の誰にも理由を言わず、いきなり二条城から大坂へ退いたのは、薩長と戦争になってしまうことをおそれたからだ。その時、会津の松平容保と桑名の松平定敬を伴ったのは、主戦派のその二人が京都にいては、いきなり暴発することがあるかもしれないからだった。

つまり、慶喜は戦争を回避するために大坂に退いたのだ。そうしておいて、彼は調略によって権力の座にとどまろうとし、盛んに工作を進めていた。自分にはまだそれができる余力が残っていると考えていた。

新之助は情報を手に入れていた。薩長は何がなんでも徳川家をつぶす方針らしい。だが、新之助がそのことを誰かに告げても、皆ただ激昂するだけだろう。面白くないことを言う奴だと吊るしあげをくらいかねない。そのことは誰にも言えなかった。

そんな騒然とした日々の中で、新之助は上役だった佐川官兵衛から思いがけないことをきいた。

「殿が御不例であるらしい」

というのだ。

「このところずっと熱があって下がらぬときいた」

あの殿ならば大いにありうることだ、と新之助は思った。殿は頑健なお方ではなく、しばしば熱を発して病床につくという蒲柳《ほりゅう》の質なのだ。蛤御門の変の時も病気で臥《ふ》せっていたのだが、やっとのことで駕籠《かご》で内裏《だいり》に上がられたものだった。今度のことでは大いに心労もなされ、体が悲鳴をあげているのであろう。

おいたわしや、と思うものの、新之助の身分では殿様のお見舞いをするということもできない。心配しつつ、ただ騒がしい日を送るばかりだった。

ところが、思いがけなくもその殿様から呼び出しを受けたのだ。殿の近習《きんじゅう》だというのも新之助の立場のひとつだからあり得ぬことではないのだが、どちらかと言えば息抜きの話し相手だった自分が、こんな火急の時に呼ばれるとは思っていなかった。

容保は近くの者を下がらせ、新之助と一対一で対面した。主君の顔つきが、短い間に大きく変っていることに新之助は胸を痛めた。まだ微熱があるらしく目がうつろだったが、それ以上に、体が一まわり小さくなったように見えた。おやつれになった、と声をもらしそうになる。

「下働きの者たちは、無事に会津に帰ったであろうか」

と容保は言った。

京都守護職という役目のために会津から京都に出てきていたのは武士だけではなかったのだ。下働きの男女が多数上京していた。

会津藩では、大政奉還の後、その者たちに各自故郷に帰るように達しを出していた。急に国元へ帰れと言われても、仕度に手間どってぐずぐずしていたところ、王政復古の大号令が出され会津は朝敵という事態になってしまい、もう取るものも取りあえず逃げ落ちるしかなくなったのである。

会津までの道のりは遠い。来る時は、幕府のお役に立つのだと意気ごんで来た道を、着の身着のままで逃げ落ちるように帰るのだ。この運命の変転はどうしたことかと、悪い夢でも見ているような気持ちだっただろう。

新之助は下働きの者たちのことまで気にかけて下さる殿に感じ入り、こう答えた。

「なにしろ急なことで、みんな命からがら逃げ落ちるというありさまだったときいています。中には家族とはぐれ、行《ゆ》く方《かた》知れずになった童《わらわ》などもあったとか」

容保は硬い表情で言った。

「民の苦難は我が不徳のいたすところである。このような仕儀《しぎ》となり、余《よ》も心を痛めている」

「それは殿の責任ではございません。一日にして天下の形勢が変るような異常な世なれば、何がおこるのもいたしかたなきことです」

相変らず新之助のものの考え方は受け身的であった。だが、そうだからこそ容保も身分を越えて話のできる相手と思っているようで、ふと肩をいからせると張りのある声で言った。

「余は独り言をいたす」

はっ、と新之助は平伏した。独り言であるとして、殿が新之助に愚痴や苦悩をきかせることはこれが初めてではなかった。ただ、きいてさしあげるのが自分の務めなのだと心得ている新之助だった。

「余にはどうしても納得がゆかぬのだ。遠方の会津より京に来たのは、京を守り、ひいては朝廷のお力になるがためであった。ただただ帝をお守りせんがために働き、この地に骨を埋める覚悟で務めてきたのだ。それに対して先帝はこの上なきほどの寵を示され、御宸翰《ごしんかん》（天皇の直筆の文書）を下し賜った。天下に、我が会津藩よりも尊王の実績をあげている藩はないであろう。それが一夜にして、朝敵の汚名をこうむるとはなんたる仕儀であろうか。あたかもこれまで京に害をなしてきたかの如く、守護職を解任され、帰国を命じられるとは理不尽極まりなきところ。これが道理ある世におこりうることか」

殿はわめきちらしたいのだ、と新之助は思った。殿は天地神明に誓って二心《にしん》なく、ただただ誠実に帝のおわす京を守る職務に励まれてこられた。病にて立ちあがることさえつらい時もあったのに、御所を守り抜いてこられたのだ。朝敵呼ばわりだけはなんとしても受け入れ難く、身もだえするほどに御無念でいらっしゃるのだ。

新之助は殿様の独り言に口をはさんだ。

「薩長の賊が、徳川の天下を横取りせんがため、年若い新帝と欲につられる公卿衆を操り、道理なき勅命を乱発しているだけのことです。ただちに薩長を成敗すれば、朝廷が再び我が藩を頼みとすることは間違いありません」

「しかし、動こうにも動けんではないか」

容保は悲痛な声を出した。

「そのほうも存じておる通り、我が会津藩は徳川宗家への絶対忠誠を家訓としておる。大政を奉還なされたとはいえ、徳川宗家は我が藩にとっては将軍家であり、慶喜様は余にとっては上様だ。その上様が動くなと命じている以上、兵を動かすことはできぬ。好き勝手にふるまう薩長の賊を目の前にしながら、指をくわえて見ていることしかできんのだ。朝敵なりという汚名をそそぐことができず、もはやなすすべがない。余はくやしいのだ」

殿がここまで心情を口になされたことがあっただろうか、と新之助は思った。こうまで悲憤慷慨《こうがい》なさる姿を初めて見た。

御無念なのであろう、と思えば新之助までもが落涙しそうになった。

「上様も、このまま領地を返上して無位無官になるおつもりはないでしょう。必ずや何か方策を立ててお動きになるはず。その時がくれば、きっと殿の御無念も晴れるでしょう」

そんなことを言って主君を力づける新之助であった。そのように言うしかなかったのだ。

しかし、たとえ慶喜がどう出ようとも、薩長が徳川家をつぶすつもりでいることを新之助は知っていた。そして、どうしたって会津藩を攻め滅ぼす方針であることも知っている。

だが、それを容保に告げることはできなかった。思い悩む人に、希望のないことをきかせるのは苦しみを増大させるだけなのだ。

戦にはなる。だからその戦に勝つしかないのだ。勝てば、情勢はいきなりひっくり返るのだから。

「真実は必ず人の知るところとなるのでございます。その日までが我慢のしどころ」

容保は小さくうなずいた。少し憑《つ》き物《もの》が落ちたような顔つきになり、穏やかに言った。

「この話はもうよそう。ただ、一度は口に出したかったのだ。余の独り言をきいてくれるのはそのほうしかおらぬ」

「もったいなきお言葉です。どんな言葉をきかせても役立つ働きができるわけではない私が相手だからこそ本当のことが言える、という殿のお立場がお気の毒です。ただ、力なきが故に害のない話し相手でございます。思いが高じられた時はいつなりとお呼びつけ下さい」

「うん。少しは気も晴れたぞ」

と言って容保は薄く笑った。そしてふと、こういうことをつけ加えた。

「何かと人心が騒ぎ、軽挙妄動する者も出てくるであろう。だが、そのほうはそうした騒動には似合わぬ男だ。巻き込まれて命を粗末にすること、あってはならぬぞ」

「身に余るお言葉でございます。私ごとき者のことを殿にお気遣いしていただくとは恐縮しごく」

「いや、独り言をきいてくれる者がいなくなっては困るからじゃ。だから、身をいたわれ」

「ははっ」

もう三十歳を過ぎていても、共に育ってきた仲なればこそ、唯一本音をもらせる相手、ということだった。新之助はついに、手をついている畳の上に涙を落とした。

前将軍慶喜はこの年の暮、なんとか徳川の威力を取り戻そうと、フランスに接近するなどありとあらゆる策を講じていた。しかし、薩長の徳川つぶしの意向は強く、少しもゆるがなかった。

年が変って慶応四年（一八六八）の正月三日、幕府軍は鳥羽街道、伏見街道を北上して京都に入ろうとした。そこで、鳥羽と伏見で戦闘が始まってしまう。「鳥羽・伏見の戦い」だ。

兵の数では、薩長側五千に対して幕府側一万五千であり、圧倒していた。だが、薩長側は新式銃を持ち、洋式兵術の訓練も受けていた。幕府軍も一部はフランス式兵術を訓練されていたが、会津兵などは古臭い槍と刀による突撃戦法しか知らなかった。

四日、激戦のうちに押しつ押されつしていたのだが、朝廷は仁和寺宮嘉彰親王《にんなじのみやよしあき》を征討大将軍とし、これに錦の御旗《みはた》をさずけた。官軍に錦の御旗あり、ということになってしまったのだ。

五日、幕府軍が敗れて淀まで引き下がり、淀城へ入ろうとすると、淀藩は寝返って幕府軍を入れなかった。淀藩主は現職の幕府老中だったにもかかわらずである。

六日、津藩が寝返り、幕府軍に砲撃をしかけてきた。幕府軍は総崩れというありさまで、ほうほうの体《てい》で大坂へ退却するしかなかった。

そしてこの六日の夜、徳川慶喜はまたしても兵を見捨てて自分だけ逃げるのである。松平容保と定敬を従えて、小舟で川を下って天保山《てんぽうざん》沖へ出て、七日の朝に幕府の軍艦開陽丸に乗ると、江戸へ帰ってしまったのだ。

この時容保は、せめて藩士にこのことを伝える時間をいただきたい、と言ったのだが、それも許されなかった。合戦の最中に、総大将が逃走してしまったのである。何もかもほうり出したのだと言うしかなかった。

容保には悪い夢のようにしか思えなかったであろう。

11

新之助にとっての京での戦は、やたらに走りまわっていただけのものだった。めぐりあわせ、というもののせいである。

伏見のあたりで戦闘があるから応援に行こう、と若い兵数名を連れてそこへ向かっていると、ここは一時退却だ、と会津兵が逃げ落ちてくる。血まみれになっている怪我人もいるので、肩を貸して後退するのを手伝った。

淀へ向かうぞ、というのでそっちへまわると、淀藩が寝返ったので山崎へ向かう、と言われた。そうして山崎で一夜を明かしたら津藩に砲撃され、大坂へ逃げ帰ったのである。実際の戦には案外そんなふうに、右往左往しているだけの者も多いのである。

殿が江戸へ逃げ落ち、もう大坂にはいない、ということをきいた新之助は、脱力感に襲われたが、一方で、ともかく殿はご無事なのだとホッとしたのも事実だ。新之助はどこかで主君のことを、体の弱い真面目すぎるお方だと思っているのだ。あれほどに正直で誠実なお方には、ただただご無事であっていただきたいと願っていた。会津藩士の多くが、戦の最中に家臣に一言もなく陣を離れるとは情けなや、と失望していたが、彼には殿を恨む気持ちはわいてこなかった。

こうなれば、我らも殿を追って江戸へ帰るしかない、と新之助は思った。その思いだけは全藩士に共通していた。

会津藩士の多くは、紀州藩を頼って南方へ逃げた。いや、幕府軍の敗残兵がすべて紀州藩へ逃げたのだ。五千七百人もの敗残兵が紀州領に一度に入ってきたのであり、そのうち会津兵は千八百人あまりだったという。

目もあてられない様子だったと紀州の記録に残っている。兵たちは疲労困憊《こんぱい》し、多くが怪我をしていた。飢えに苦しみ、水を求めてあがき、馬を捨て、刀を売って宿を求めた。

この時の幕府軍は避難民、と呼んだほうが当たっているかもしれない。紀州藩はそういう者たちの食事代の半分を持ってくれ、宿を貸し、船を出し、兵たちを江戸へ送り届ける世話をしてくれた。

新之助はようやくのことで船に乗ることができ、荒れる海で船に揺られ、半死半生の体験をした。

その船の甲板上でのこと、胃の中のものをすべて吐いて口から黄色い汁をたらしている新之助に、語りかけてきた男がいた。

「おい、お主は秋月でなし」

声の主の顔を見て、新之助は怪訝《けげん》な顔をした。見覚えのない男のような気がしたのである。憔悴《しょうすい》しきっていたせいで、記憶が濁っていたのかもしれないが。

「誰だったかの」

と新之助は言った。

「おれを忘れたとはつれないな。すぐ近所の藤右衛門《とうえもん》だべし。佐倉《さくら》藤右衛門じゃ」

言われたとたんに思い出した。つい、顔つきがゆるんでしまう。

「藤右衛門か。お主の家の桃の木のある庭でよく相撲をとったよな」

「そうじゃ、その藤右衛門じゃ。久しぶりでなし」

藤右衛門はまさしく幼馴染みだった。会津の士族の子は六歳で「什《じゅう》」という勉学の仲間を作って行動するのだが、佐倉藤右衛門は新之助と同じ什の仲間だった。声をそろえて、「ならぬことはならぬものです」という会津の格言を唱えたものだ。

ただ、ひょんなことから、長じてからの立場は大きく異るものになった。新之助が十二歳の時、同い年の主君、容保が美濃国高須藩から養子に入ったのだ。そこで、容保の近習に取り立てられ、主に江戸に住むようになった。

これに対して藤右衛門は、十三歳で元服したあと、会津の五番家老内藤介右衛門《ないとうすけえもん》の配下となり、ほとんど会津を離れることのない人生を送ってきたのだ。

「お主も上方《かみがた》へ駆り出されておったのか」

「いよいよ戦になりそうだということで、ご家老が大坂入りなさるのに従ったというわけだなし。だが、大坂までやってくればいきなり開戦で、あれよあれよという間に敗軍じゃった。わしゃ、未《いま》だにどうなっておるのかのみ込めておらねべし」

そうだろうな、と新之助は思った。京、大坂でおこっていることは、単純な戦ではないのだ。それはある面、朝廷をかついでの政治闘争なのだ。前線で兵士がよい働きをすれば勝てる、というようなものではない。

前将軍慶喜は、政治的に、この戦には勝たぬ、という道を選んだ。だから兵を捨てて逃げたのだ。

前線にいる兵にしてみれば、どうしてそうなるのか何もわからぬままの負け戦である。殿が逃げてしまったのだからな、と新之助は考える。大将が逃げては、兵はどうにも戦いようがない。

しかし新之助はそれを口にはしなかった。主君を批判することになるからだ。それに、殿にむちゃくちゃな命令を出して戦場から逃亡させたのは、慶喜公であるらしいと薄々わかっていた。我が会津藩は将軍家には何があっても逆らえないのだ。

「ここは江戸へ戻って、仕切り直しというわけじゃ」

「まだ完全に負けたわけではねべしじゃな」

藤右衛門は心の拠《よ》りどころを見つけたような顔をした。

「もちろんだ。上方におっては朝廷への遠慮から思いきり戦えんので江戸へ戻るということなんだよ。戻ってみれば、徳川宗家は八百万石の大大名なんだからな。薩長とても容易に立ち向えるものではない。あらためて関東と関西の対立状態となるわけだ」

「そういうことか。よぐわがった」

藤右衛門はすっきりしたという顔になった。自分たちが今どういう状況にいるのか、初めてわかったというふっ切れた顔だった。

「江戸でもう一回やり直しじゃ」

新之助はそう言って力強くうなずいた。ここはそう言うしかなかったからだ。

実のところ、江戸で会津藩に何がおこるのか、新之助には読み切れていなかった。薩長と本気で戦う覚悟があるのかどうか、はっきりしないのだ。

新之助は心の底で、前将軍慶喜を疑い始めていた。あの前将軍は、自分さえ助かるのなら、会津も桑名も見捨てるのかもしれない、という思いがだんだんに強くなっていたのだ。

しかし、逃げ落ちる船の中で兵を惑わすようなことは言えない。

「戦はまだこれからだよ」

新之助はそう言い、藤右衛門は、わかった、と言った。

新之助が江戸に戻ったのは一月十五日だった。会津藩士は続々と江戸へ逃げ帰り、藩邸の各屋敷に集結した。新之助は、そこがいちばん戦況に関する情報が入手しやすいと思えたので、汐留《しおどめ》にある会津藩中屋敷に入った。

藩士たちに、主君容保に対する不信の思いが根強いことを、新之助は感じ取っていた。殿はなぜ我らを見捨てて戦場から逃亡したのか、という怒りが消し去りようもなくくすぶっているのだ。前将軍慶喜公の命令だからどうしようもなかったのだ、という理屈はみんな承知している。だが、理屈以前のところで、殿に捨てられた、という感情に思いを乱されているのだった。

皆のその感情はわかるのだが、実は殿ご自身がそのことではいちばん苦しんでおられるのに、と新之助は思うのだった。

しかし、会津藩の統制はそれぐらいのことで乱れはしない。いざとなれば、藩のために命を投げ出すことを厭《いと》わぬ古臭い侍たちなのだった。

次なる状況がなかなか見えてこないじれったさの中で、無益に時が流れていく。一月ももう暮れようとしていた。

そんな時、顔見知りの若い侍から、思いがけないことを言われた。

「秋月さんを捜している大坂の商人がいましたよ」

「大坂の商人？」

「ええ。きのう、屋敷の門番に秋月さんのことをきいていました。大坂者だというのは、言葉で間違いない。あっちで借金でも作ったんではないですか」

借金の心当たりはなかった。上方の商人で知りあいなのは、お蝶の旦那の吉乃屋祐太夫しかいない。もしや、あの男が橋口八郎太の動静を教えに来てくれたのだろうか。

気にかけていると、その日、なんとその大坂者が新之助の長屋を訪ねてきたのである。

「お捜ししましたで、秋月様。もう逃しまへんからな」

どこぞの商家の手代といった格好のその男の顔を見て、新之助はあまりのことに顔色を失った。

「お前は……」

「いくら逃げてもちゃんとこうして追ってきますのやで」

借金でも作ったか、という話に乗ることにした。とにかく、ここでぐずぐずしておられるものではない。

「わかった。金の話はほかでしよう。ここではまずいのだ」

様子を見ている者がいるかもしれないので、ことさらにそんなことを言った。

「場所を変えよう。場所を」

男の手を引くようにして中屋敷を出た。誰から見ても、町人と連れ立つ田舎侍、といった図であった。

町家に入り込み、茶屋の二階の座敷にあがった。ここならば、話のもれる心配はない。

「お主、その姿はどうした」

と新之助は言った。

「大坂の商人に化けているのさ。この姿なら会津屋敷にも入れる」

答えたのは、橋口八郎太だった。

「なんという大胆なことを」

新之助には信じられなかった。会津と薩摩は現在、交戦中に等しいのだ。その敵陣へ、商人に化けて潜入するとは無謀すぎるというものだ。

「お主に会いたくてな」

と八郎太は言った。

「こんな時にか」

うん、と八郎太はうなずく。そして爽やかな顔でこう言った。

「お主からの手紙を読んだ」

あの手紙、届いていたのか。吉乃屋はちゃんとあれを届けてくれたのだ。

「あの手紙を読んで、おれも心が定まった。藩の事情からお主には会いにくくなったと思っていたが、そういうふうに考えるのはやめにした。藩は藩で動く。おれは薩摩藩士なのだから藩のために働く。だがそのことと、お主が友だというのは別のことだ。どんな時勢になろうとも、友情を捨てることはない」

「それで、会いに来たのか」

「そうだ」

「そのために、そんな形《なり》になったのか」

八郎太は自分の、町人にしか見えない服装を見て、こう言った。

「おれは西郷さんに言いつかって、江戸の情勢を調べているんだ」

「江戸の情勢……」

「昨年の暮に、三田の薩摩屋敷が焼討ちされたことはお主も知っているだろう。あれで鳥羽・伏見の戦が始まったようなものだからな。あの時に幕府に捕えられた薩摩藩士のことなどを調べているのさ。そのためには、こんな町人の姿のほうが都合がよい。大坂の蔵屋敷に生まれ育ったおれは大坂の言葉が使えて、大坂商人になりきれるしな。どこから見ても薩摩っぽには見えんわけだ」

「敵状を探っているわけか」

「そうだが、今日はそれではないぞ。今日は会津の動きを探りに来たのではない。お主に会うのが目的だった」

「昔に返ってバカ話をするのか」

「悪くはあるまい。共に江戸におるのだ。この先はそう会えなくなるだろうしな」

新之助は八郎太の言葉を信じた。一対一で会えば、二人は友なのだ。

しかし、今の情勢ではなかなかバカ話にもならなかった。つい、こういうふうに話は流れてしまう。

「薩長は徳川をつぶさずにはおかない考えなんだな」

「うん。西郷さんは慶喜公を殺さねば新時代は始まらぬと考えているようだ」

「そして、会津も血祭りにあげるのか。朝敵の汚名を着せて」

「おれは個人的には容保公に親しみを感じている。お主からいろいろきいているからな。だが一般の薩長の藩士にしてみれば、会津公は新選組を使って同志を大いに殺した張本人なのだ。恨みが骨身にしみ込んでいる」

「たとえば戦をして、ついに会津の鶴ヶ城が落ちたとしよう。そうなれば降伏するしかない。そのように降伏したとしても、我が殿を斬首せねば気がすまんのか」

「そこのところは、薩長で微妙に違いがあるのだ。薩摩の者にしてみれば、会津藩は一度は同盟して共に御所を守った味方だった。それが時勢にもまれるうちに朝敵ということになって、可哀そうな律儀者のように見えんことはないのだ。そして、薩摩の武士道では、降参しておる者を力ずくで叩きつぶすようなやり方は、度量のないことだと見るところがある。だが、長州は違うようだ」

「長州は京都で暴発して何度も痛い目にあっているからな」

「そうだ。その恨みを、すべて会津と新選組に向けておって、憎しみが骨の髄にまでしみ込んでいる。だから、会津が新政府軍と交戦する時、その新政府軍が薩摩なのか長州なのかによって、運命が大きく違うだろうな。長州が会津を攻めたのならば、長州はそれこそ会津という国を根絶やしにするほどの苛烈《かれつ》さを見せるだろう。容保公は当然斬首される」

「薩摩ならば、そこまでのことはないのか」

「確かなことは言えんが、薩摩者には、敵であっても見事に戦う相手には感動して好意を抱いてしまうところがあるんだ。だから、長州とは違ったやり方をするような気がする」

会津に攻めてくるのが長州か薩摩かで、我が殿の運命は大きく変るのか、と新之助は思った。思っても、どうすることもできなくてもどかしいばかりなのだが。

「話を変えよう」

と新之助はつとめて明るい声を出した。

「それはいいが、どうすれば楽しい話になる」

「酒さ。飲もうではないか。おれとお前が会ったのだ。こののっぴきならぬ時世下に、飲んでバカになるのがおれとお前のつきあい方ではないか」

八郎太は、楽しげに笑った。確かに、二人には最も似合いのつきあい方だと思ったのだ。

運命の時がすぐそこまで迫っている中で、二人が青春を共に過ごした江戸での一夜だった。

12

松平容保は二月十五日、鳥羽・伏見の戦いに参戦した全将兵を江戸和田倉にある上屋敷の馬場に集めた。総勢千数百人である。夜になり、大提灯がともされた。その明りの中で、容保は家臣に詫びたのだ。

「汝《なんじ》らの奮戦は大いにほめ賛えても足りぬほどのものである。しかしその最中に、内府殿（慶喜）は東帰を決行された。余は命ぜられれば従うほかなくこれに同行したが、汝らに次第を伝えなかったことについては、大いに慚《は》じている。余をゆるせ。余は家を喜徳《のぶのり》に譲り、必ず恢復《かいふく》をはかる。汝ら力を合わせ、勉励してこれを助けてほしい。これを心から汝らに頼み入る」

声を震わせての容保の演説に、全員が感涙して嗚咽《おえつ》をもらした。

新之助もその中にいて、肩を震わせて泣いた。殿のご無念はいかばかりであろう、と思えば涙は止まらなかった。

その翌日の二月十六日、会津藩士は江戸を発ち、帰国の途についた。慶喜からも帰国せよと命を受けていたが、ここは会津に帰って国防に努めるしかなし、というのが全軍の思いだったのである。

二月二十二日、新之助は久しぶりに自分の家に戻った。

殿が京都守護職に任じられ、そのお供をして上京してから六年になる。途中で二度、藩命を受けて国元へ使いをしたことはあったが、それはほんの二、三日自分の家で寝たというだけにすぎない。

六年ぶりに帰った我が家では、お栄《えい》が畳に両手をついて出迎えてくれた。

「長いご奉公ご苦労様でございました。ご無事で何よりの喜びでございます」

「うん。お前も、留守中よく家を守ってくれた。国元に憂いがないからこそ勤めに専念することができたのだ。礼を言う」

「ありがたいお言葉です。なれど、ご隠居様とお義母上《はは》のことでは、力及びませず悲しいことになってしまい、申し訳なく思っています」

その二人が相次いで亡くなったことは手紙で報《しら》されていた。

「父上と母上のことは寿命であるからお前が悪いわけではない。最期までよく看取ってくれ、葬儀もとどこおりなく仕切ってくれたこと、感謝している」

「もったいないくらいです。私はそんなにいい嫁ではありませんでした」

「いやいや、よくやってくれた。小太郎もお町も健やかに育っており、こんなに喜ばしいことはない」

小太郎は十一歳に、お町は九歳になっていた。久しぶりに会った新之助が頭をなぜてやると、小太郎は嬉しそうにしたが、お町は体をこわばらせ、緊張のおももちだった。父の顔を忘れかけていたのだろう。

新之助は夫婦の間でどうも言葉がぎこちない、と感じて、だらけた声でこう言った。

「しかし、我が家がいちばん心くつろぐわい」

お栄は嬉しそうにうなずいた。

その夜、新之助はお栄を抱いた。長らく離れていた二人が、おのずと何もかもわかりあう夫婦に戻った。

夜具の中で、新之助は帰ってきた会津若松のことを考えた。江戸でも京都でもない若松は、ほどよく小さな街だった。その街では、どの家々を見ても、そこにどんな生活があるのか想像がついた。表皮をめくるとその裏には何があるのかわからぬ鵺のような都市とはそこが違う。人々が馴染みやすく、かつ端正に生きている。城下町ならではの、そういうひきしまった気配がキリリとあった。

新之助は街の中央にある城を思い描いた。若松城だが、会津者はそこを鶴ヶ城と呼ぶ。あの鶴ヶ城を守ることはできるのか。

「眠れないのですか」

と闇の中からお栄が言った。

「まだ頭の中で旅が続いているような気がしてな」

と新之助は言った。しばらく間を置いて、お栄は独り言のように言う。

「若松はどうなってしまうのでしょう」

戦になるかもしれん、という言葉を新之助はのみこんだ。それを口にすればそうなるような気がしたのだ。

「小松坂のご隠居をご存じでしょう」

「うん。子供の頃、柿を盗んで叱られたことがある」

「あのご隠居は、長門《ながと》から毛利の軍勢が攻めてくるのだと言いふらして、街歩きをするにも常に槍を持ち歩くようになっています」

「年寄りの冷や水だな」

「女たちの中にも、おそろしいことを言う人がいます。ほどなく薩長の兵がこの会津若松に攻めかかってくるでしょう、と。その時、女だからといって逃げ隠れするのは会津の藩風に合わぬこと。女であっても短刀や薙刀《なぎなた》をもって、敵を一人でも倒すのがこの地の誇りとするところ。そうした上で、敵に殺されるのであればいさぎよく死んで、城を守る石垣の石のひとつになるのが会津の女のあり方だとか。そんなふうに、死のう、死のうとわめきちらしている奥方などもいるようですの」

「それはおそらく、恐怖心からのよまい言なんだろう」

「そうですよね。でも、私はそんなふうに死のうとは考えません」

闇の中で、夫婦でなんという話をしているものか、と新之助は思った。

「私は、会津藩士秋月新之助の妻ですが、小太郎とお町という子の母でもあります。そして母とは、子のために生き抜かなければいけない者だと思うんです。女には城を枕に討ち死にするという道はありません。いえ、多くの武家のお内儀《ないぎ》たちは違う考えのようです。女であっても、城を守るためには死ぬまで戦うのが、会津の気風なんだと言っている人がいます。だけど、私はそんなふうには考えません。子供は、どんな時にも生き抜いて、大きくならなければならないものなんです。そして母は、その子供を育てるために死んではならないのです。これは主家への忠誠とは別のことです。私は、どんなことがあっても生きのびようと思っています」

新之助は頭をどやしつけられたかのような衝撃を受けていた。お栄がそんなふうに自分の考えをしっかり主張するのをきいたのは初めてだったのだ。こんなに利口な女だったのかと、妻にして以来初めて思った。

いつもは、まとまった内容のある話をしたこともない女だった。ものの道理がわかっているのか、いないのか、ただ言われるままに、はい、はい、と従っている女だった。だから、あれには考えなどないのだろう、と思っていた。裏手の家に住んでいた武士の末娘で、幼い頃のことを少しは知っているが、輝きがなく、あばたのある子だった。そのあばたは化粧でほとんど見えなくなっていたが、輝きのほうもどこを見てもない、と判定していたのだ。ただ従順なだけの妻女であるにすぎないと。

しかし、お栄は今、初めて自分の考えをしっかりと話した。その内容は、新之助を驚嘆させた。

「お家《いえ》がどうなっても生きのびてみせる、というのか」

「はい。それは不忠でしょうか」

「いや、そうではないのだろうな」

新之助はお栄の言ったことを嬉しく受け止めていた。あなた様に何かあれば、私も死にますなどと、気分だけでしゃべるのではない知性を感じ、喜んだ。

「お前のその考えを知れば、殿もよくぞ言ったと褒めて下さるような気がする。おれも、頭のいい女を妻にしたものだと嬉しい」

「生きていいのですね」

「もちろんだ。力の限り生きよ。おれも、精一杯生きようと努力する。そのこと、約束する」

慶応四年は九月八日から明治元年となる。そういう年の、会津若松での夫婦の会話であった。

その年は会津藩にとって運命の年であった。そのことを、男も女も子供までもが感じ取っており、みんなどことなく悲愴《ひそう》な顔つきになっていた。

13

橋口八郎太は思いがけないところへ出入りするようになっていた。勝麟太郎の屋敷である。それにはこういう事情があった。

八郎太が京都にいた西郷から、江戸へ行ってくれと命じられたのは去年の十二月二十九日である。それは、江戸であった薩摩屋敷焼討ち事件のことを西郷が知った翌日だった。

去年の暮れ頃から西郷は江戸に密使を送って陽動作戦を展開していた。送り込まれたのは益満休之助《ますみつきゅうのすけ》らである。

益満らは江戸で騒乱を起こした。それは、幕府に戦争を決意させるためである。西郷はどうでも幕府を戦争で討ち破るしかないと考えていたのだ。

前《さき》の将軍慶喜が大政奉還をして、恭順の態度を見せることによって朝廷と和解し、そのまま徳川宗家が残ってしまっては革命の失敗だということだ。慶喜がどんなに恭順しても、ここは戦争に持ち込むしかない。

そのために益満らは、江戸の薩摩屋敷で浪士を徴募し、さらに金めあてのごろつきを加えて、五百人ばかりの群盗の類を作った。そして、この浪士たちは江戸市中の富豪の家に押し入り、暴行・掠奪《りゃくだつ》をほしいままにしたのだ。関東一円が大変な攪乱《かくらん》状態になった。十二月二十三日には江戸城二の丸が焼けたが、これも薩摩藩士のしたことだという噂が立った。二十三日夜には庄内藩の兵営が襲われ、大砲が撃ち込まれた。

それに対してついに幕府側も反撃し、二十五日に、庄内藩兵を主力とする軍勢が三田の薩摩藩邸を焼討ちし、留守居役らを捕えたのである。益満もこの時捕えられた。

西郷が八郎太に様子を見てきてくれ、と言ったのは、益満らがどのような処分を受けるのか見極め、以後の方針を立てようとしてのことだった。

江戸で騒ぎをおこしたことは、西郷の思惑通りの結果を生んでいた。幕府の大目付滝川播磨守《はりまのかみ》は大憤慨して江戸から大坂に上ってきた。徳川慶喜も、幕府軍の憤りをおさえきれなくなり、滝川を抗議のために上洛させた。それが、鳥羽・伏見の戦いの直接の原因になったのだ。西郷の描いた通りに戦争が始まったわけである。

八郎太が江戸へ船で向かっている時、京では戦争が始まった。だが、使命があるので江戸へ来るしかなかった。

町人に化け、八郎太は江戸で諜報活動を続けていた。益満休之助が幕府に捕えられ、普通ならば死罪となるところなので、そうなったらこれを西郷に伝え、薩摩軍の怒りの気勢を高めようと思っていたのだ。

ところが、益満は死罪にならなかった。今年三月二日になって、他の薩摩藩士二人とともに勝海舟の預かり、という処分になるのだ。

この時の勝は「軍事取扱」という役職だった。これは徳川政権の軍事全般を統轄する職務であり、徳川の軍事的全権を掌握したのである。

その勝が、薩摩の罪人三人を預かったのは、いよいよ薩長と全面戦争かという情勢になって、新政府軍との交渉に使えると考えたからであろう。あくまで薩摩と戦うつもりなら薩摩の犯罪者は殺せばいいが、和睦する道を探すのであれば、その者たちを殺さなかったことが有効な切り札になるのだ。

八郎太は益満休之助と話をしたことはないが、顔は見知っていた。その姿を確認しようと、大坂商人になりすまして勝の屋敷に接近した。

ところが、勝手口に立って灘《なだ》の清酒が安く買えるのですがと商談をしているところへ、主人の勝がひょっこりと顔を出して、穏やかな口調でこう言ったのだ。

「おい。おめえっちは侍で、薩摩っぽじゃなかったかえ」

「私がお侍だなんてとんでもおまへん。美乃屋という大坂の酒屋でおます」

「いいんだよ、隠さなくたって。大坂で西郷さんに会った時、その宿の外で見張りをしていたのが確かかあんただと、顔に覚えがあるんだ。あんたあの時、私も佐久間象山門下だと言わなかったっけ」

勝の記憶の確かさに脱帽するしかなかった。確かにそういうことがあったのだ。だが、夜の街角の一瞬の出会いで、西郷さんの護衛の軽輩のことまで覚えているはずはない、と考えていたのだ。しかし、勝は覚えていた。

「おそれいりました。私は薩摩藩士、橋口八郎太です」

勝は自分の記憶が正しかったのを喜ぶように笑った。そして、どうせ何もかも見抜いているんだというように、ズバリと言った。

「薩摩の益満の様子を探りに来たんだろう。だったら上がんな。会えばいいやな」

この急展開には驚いた。益満にそれとなく手紙を渡すところまでで五日はかかるだろうかと想像していたのだから。

勝の家で、八郎太は益満に会った。驚くべきことに、益満は勝にすっかり私淑しているようだった。

「どうしたんだい。戦の相手の幕府の重役のところへ、どうして親しく通されちまうんだろうと、夢でも見てるような顔をしてるじゃねえかい。だけど、考えてみりゃあ不思議でもなんでもねえのさ」

勝はものを教えるようにしゃべった。

「確かに、一度は戦いが始まったさ。でも、慶喜公はその戦場から逃亡した。それは、官軍と戦って朝敵になる気はさらさらねえからだよ。相手側に錦の御旗が立っちまったら、そこで降参なんだ。だからもうひたすら恭順なされている」

そこまでは八郎太にもわかっていた。そして西郷さんは、いかに恭順しようとも徳川家をつぶすしかない、と考えているわけだ。

「そうなったら幕臣のおれっちとしては、大政も奉還し、官位も領地も返すと言っている主人を、どうかお赦し下さいと官軍に願い出るしかねえやな。つまり、こっちから西郷さんに願い事をするわけだよ。そうなりゃ、薩摩の罪人も丁重にもてなすしかあるまい。つまり、おめえさんたちはこっちにとっての頼みの綱なのさ。だから敵側だなんて思わないで、西郷さんの考えてることなんかを教えてもらいたいやね」

すごい人物だ、と八郎太は勝に圧倒されそうだった。勝は幕臣だが、もう徳川政権のことは捨てているのだ。そして、江戸が戦場にならないことだけを考えているらしい。だんだんにそれがわかってきた。

益満は、そんな勝のために役立ちたい、と思っているようだった。

官軍は今、江戸に攻め上ろうと東へ東へと行軍してきている。その中で勝は、なんとかその戦をやめさせられないかと、あらゆるものを利用しようとしているのだ。

そこへ、願ってもないような運命の男が登場する。三月五日のこと、勝のところへ、身分の低い旗本が訪ねてきたのだ。山岡鉄太郎《やまおかてつたろう》(鉄舟《てつしゆう》)である。

山岡は、主家である徳川宗家をなんとか救わんと、自ら東征大総督のところへ行き、徳川をお赦し下さいと嘆願すると息まいたのだが、幕府の役人はその申し出を相手にしなかった。そこで、勝のところへ来たのである。

話すうちに、勝は山岡が非凡の人物であることを見抜いた。この男なら不可能を可能にできる、と思ったのだ。

そこで勝は西郷にあてた手紙を書いた。そこには、徳川慶喜の一命をお助け下さらなければ、江戸は大変な騒乱になってしまうであろう、ということが書いてある。

その手紙を山岡に託し、勝は益満と八郎太を呼んでこういうことを言った。

「この山岡くんを西郷さんのところへ使いに出したいんだが、道中には各地から集結した官軍の兵たちがいて、とても幕臣の身で突破できるもんじゃねえ。だから薩摩のあんたたちが、これは薩摩藩への急使だって説明して、なんとか山岡くんを西郷さんのところへつれてってくれないかい」

「わかりました」

と八郎太は答えていた。勝を尊敬してしまっている益満にも異存はなかった。

こうして、三人で東海道を西へと急ぐことになったのだ。

八郎太は、山岡の人柄にも魅了された。もともと山岡は千葉周作門下で剣術を磨き無刀流という流派を興した剣客で、幕府講武所剣術心得を務めた経歴を持つ。そういう剣客が、徳川家の非常の折には単身敵陣に乗り込んで、主君の罪科を減じるように交渉しようというのだ。そんな旗本が一人でもいるというのが、徳川二百六十年の世が生み出した財産であるかもしれないと思った。

旅をする八郎太は武士の身なりに戻っていた。薩摩藩士が公用のためにここを通る、ということで強硬突破するにはそのほうが都合がよかったのだ。

「巨大目《うどめ》さあには目をかけてもらったばい」

益満は自己紹介をするようにそう言った。

「私も江戸や京都でお世話になりました」

「おはんのその言葉は？」

「大坂蔵屋敷の生まれです」

それでなんとなく理解しあえた。いろいろな人間が、歴史の転換期に重大な役目を帯びて必死に働いているのだ、という気がした。

三人は東海道を西へ進む。沼津を過ぎるとそこには官軍先鋒部隊が街道にあふれ、怪しい者は一人も通さないという態勢だった。

益満は道をさえぎる兵たちに何度も同じことを言った。

「薩摩藩士がいそぎ総督府へ連絡に行くんじゃ。道をあけよ。我らを通せ」

八郎太も大声を張りあげて兵たちをかき分けた。

「東征大総督府参謀西郷隆盛様に、急ぎお伝えせねばならんことがあるのじゃ。通せ、通せ、邪魔をするな」

　山岡はそういう二人に導かれるまま、緊張のおももちで無言で進んだ。

　三月九日、ついに三人は駿府《すんぷ》に着いた。ただちに西郷を訪ね、山岡を引き合わせる。

「勝先生からの伝言でごわすか」

　西郷は山岡を対面の間へ通した。実はこの時点で、総督府は三月十五日を江戸総攻撃の日と決定していたのである。山岡はその直前にかろうじて間に合ったのだ。

　山岡は西郷に勝からの手紙を渡した。西郷は山岡を待たせ、参謀会議をひらいたあと、慶喜降伏の七条件を山岡に示した。江戸城明け渡し、軍艦とすべての兵器を引き渡す、などの条件である。その第一条に、慶喜を備前藩にあずける、という条件があった。

　山岡は、ほかはすべてのんだが、慶喜の引き渡しだけはできぬと一歩も譲らなかった。ねばり強い交渉が続けられた。

　対面の間の次の間には、交渉を見守り、いざとなれば山岡を斬るために、村田新八と中村半次郎（桐野利秋《としあき》）が控えていた。その下座に、益満と八郎太がいた。

　村田新八は益満に、

「よか働きをしもしたな」

　とねぎらった。すると半次郎が八郎太にこう言ってくれた。

「お役目、ご苦労でごわした」

対面の間では、山岡と西郷の談判が続いていた。両者一歩も譲らない。しかし、次第に西郷は山岡の誠意に動かされていく。

ついに西郷はこう言った。

「慶喜公のことはおいが一身にお引き受けしもんそ」

自分の責任において慶喜の命を助ける、ということだった。山岡は頭を深々と下げて感謝した。

「ついては、勝先生と対面して今後のことを決めんとなりもはん。そいを勝先生に伝えてたもんせ」

なんとしてでも徳川宗家をつぶす、と言っていた西郷の考えがここで大変化したのである。江戸が火の海になることをまぬがれた、と言ってもいい。

山岡は、官軍陣営通行証をもらって早々に江戸に帰っていった。

西郷は対面の間を出て、八郎太と顔を合わせるとこう声をかけてくれた。

「八郎どん、よか仕事をしたでごわすな」

「めぐりあわせでございました」

西郷はふと思いついたようにこう言った。

「もう密偵はせんでもよか。城下一番隊の隊長が半次郎どんでごわすから、その下で働いてたもんせ」

城下一番隊の副長格になる、ということだった。八郎太は名誉に感じて深々と頭を下げた。

14

三月十三日、江戸高輪《たかなわ》の薩摩藩邸に入った西郷を、勝が訪ねた。両者は翌十四日にも会談し、徳川慶喜を水戸に引退させ、謹慎させる、などの条件で折り合いをつけ、江戸攻めの中止を決定した。翌日に迫っていた江戸城進撃が、ギリギリのところで回避されたのだ。

四月十一日、官軍は江戸に入り、江戸城は無血開城された。慶喜は水戸にしりぞいて謹慎したが、徳川宗家はつぶされずにすんだ。だが徳川幕府はここに終焉をむかえた。

江戸に官軍があふれ返る情勢となったが、徳川方の反官軍勢力も生まれていた。それが彰義隊《しょうぎたい》である。薩長を賊と見なすこの隊に、旧旗本や、諸藩の脱走兵がぞくぞくと加わって、二千から三千という兵力になっていた。

新政府軍はこの彰義隊をもてあましていたが、西洋兵学に通じている大村益次郎が江戸へ来るや、五月十五日には討伐のための兵を動かし、たった一日でこれを潰滅させた。

かくして、新政府にとって残る敵は、奥羽越諸藩だけとなったのである。

そんな情勢の中、会津で佐川官兵衛が力強くこんなことを言った。

「これでこっちにも望みが出てきたよ」

「奥羽越列藩同盟のことですか」

と新之助はきいた。五月三日のことだったが、そういう同盟が結ばれたのだ。

「そうだ。奥羽の雄藩がこぞってこの同盟に加わり、その上北越までこっちについたのは大きいよ。これなら新政府軍と互角にわたりあえる」

奥羽では会津藩と庄内藩が中心だったが、それに仙台藩や米沢藩なども同調してくれ、奥羽二十五藩が結束したのだ。

「仙台藩は新政府軍の総督府参謀を暗殺したそうですね」

「そうらしい。世良修蔵《せらしゅうぞう》というその参謀は長州人で、奥羽をなめきった態度をとって憎しみを買ったんだそうだ。しかし、そのおかげで味方が強力になった」

「越後がこっちについたのはどうしてですか」

「それも似たような話さ。越後の長岡藩の家老、河井継之助《かわいつぐのすけ》はこの戦争には中立の立場をとるつもりだった。それを新政府軍が愚弄して、敵に回してしまったらしい」

これなら勝てるかもしれない、と新之助は思った。奥羽の二十五藩と、北越の六藩がこちらの勢力なのだ。日本を二分する大戦争になると言ってもいいだろう。そう簡単に負けるとは思えない。

河井さんが味方だというのは心強い、と新之助は考える。河井は佐久間象山の塾で机を並べた学友だった。いっしょに酒を飲んだこともあり、その酒豪ぶりと、筋の通った快男児ぶりに魅了されたものだ。

やはりあの人は、新政府のやり方に納得がいかないのだ、と思う。筋の通らぬことには厳として従わないところのある人だった。河井継之助の名は、この上なく頼もしいものだった。

だが、安閑としているわけにはいかない。彰義隊を片づけた新政府軍は、東北へ兵をさし向けているのだ。

会津は大急ぎで最新の銃などを購入し、軍備を整えた。西洋兵学を取り入れ、訓練もした。少年や老人まで駆り出し、新たな兵団を組織した。町人や相撲取りまでもが軍に組み込まれた。

しかし、それでも会津の総兵力は七千人にすぎなかった。これに対して政府軍は、十万であった。

この時、新政府軍の軍務局の最高責任者は大村益次郎であった。大村が立てた作戦は、敵の中心的存在である会津を討つ前に、周囲の小藩を攻めつぶし、そのあと首魁《しゅかい》の会津を片づければいい、というものだった。

そして、各地で戦闘が始まる。

だが、会津藩士にとってはもどかしいばかりの戦争だった。六月になって、敵は磐城《いわき》にある小藩をひとつずつ攻略しているのだが、若松城下には戦火のかけらもないのである。少年たちや町人に軍事訓練をするぐらいしかやることがなかった。そして、入ってくる情報にピリピリするばかりなのだ。

「棚倉城《たなぐらじよう》が落ちたそうだ」

「磐城平《いわきたいら》も危いらしい」

そんな声が耳に届いて焦りがつのる。ものすごい大軍がじわじわと攻め寄せてくる、という恐怖にただ息をのむばかりだ。

そんな中で、新之助が胸を躍らせたのは北越の戦況を伝えきいた時だった。

会津の西方、北越でも激戦が繰り広げられていたのだ。長岡の河井継之助が、長州軍を主力とする新政府軍をさんざん手こずらせている、という話が伝わってくる。

一度は、新政府軍が長岡城を占領した。だが、河井は西洋兵学にも通じた戦の名人で、城を失ってからは野戦に転じて、新政府軍を大いに悩ませているというのだ。

河井さんが長州勢をくい止めていてくれるのだ、と新之助は考えた。もし会津に攻めかかるのが長州軍だとしたら、会津は根絶やしにされるだろう、と八郎太は言った。しかしそれが薩摩軍だったら、そこまで苛烈ではないだろう、と。

その長州軍を、河井さんがくい止めていてくれる。長州は会津攻めに間に合わないかもしれない。

「長岡の河井継之助が長岡城を奪回したそうだぞ」

ときかされたのは七月のことだった。

「本当か」

「城の裏手の川を渡って奇襲攻撃をしたんだそうだ。新政府軍もたまらず逃走したらしい」

さすがは河井さんだ、と喜んだ新之助だったが、八月に入ると悲しい報せが届いた。河井は長岡城を奪回する戦で負傷していたのだ。傷は重かった。そして、新潟港を敵に奪われたという報せが届く。そこを制圧されては、長岡に勝ち目はなかった。

身動きのできない河井は、戸板にのせられて会津に逃げ落ちることにしたが、その途中、会津藩塩沢村で息を引きとったのだ。新之助が象山の塾で知りあった英傑がまた一人死んだのだった。

そうなって、いよいよ会津では決戦の覚悟を決めた。ただ、敵がどこから攻めかかってくるのかわからないのが会津側の苦しいところだった。

「敵が会津に攻めかかろうとするのに、来方《きかた》がいろいろあって、どこから来るのかわからんのが悩ましいところなんだ」

家で食事をしていた時、新之助はお栄にそんな話をした。小太郎とお町が、母の横に正座して並んできいていた。

「たとえば、東の二本松方面から、猪苗代湖《いなわしろこ》の北岸、あるいは南岸を通ってくるという来方もある。それとは別に、日光街道を北上して、若松に南から攻めかかるという経路も考えられる。そしてもうひとつ、北越から東進して若松に西から襲いかかるという事態にもそなえておかねばならん。その三つの方面に守備兵を配置しておかねばならんのが苦しいところなんだよ。多くない兵を分散しなきゃいかんのだからなあ」

「敵がどこから来たって、会津の武士は城を守りぬくだろうと私は信じています」

とお栄は言った。そうだな、と新之助は言ってうなずいた。

実際に新政府軍が攻めてきたのは、猪苗代湖の北方の石筵口《いわむしろぐち》だった。

八月二十日、新政府軍は二本松の本営を出陣して、石筵口の母成峠《ぼなりとうげ》へ向かった。山深い辺鄙《へんぴ》なところである。その母成峠を守備していたのは、旧幕軍の大鳥圭介《おおとりけいすけ》の率いる伝習隊と、新選組の残党何名かであった。歴戦の勇士たちではあったが、兵力に差がありすぎた。圧倒的な数で押し寄せる新政府軍の前に、ついに二十一日、母成峠は陥落する。

翌二十二日、新政府軍は猪苗代城に迫る。ここにいた城代は、とうてい守りきれるものではないと城に火をかけて退却した。新政府軍の進軍を止められる者がいないのである。

鶴ヶ城では、母成峠、猪苗代城の敗報が容保に伝えられた。それを横で新之助もきいて、心中穏やかではいられない。

容保は敵の進路である戸ノ口原へ援軍を送り、自らもこう言った。

「余も出陣いたす」

新之助は容保に従って滝沢村の本陣にまでお供した。だがそこまで行ってみれば、戸ノ口原には既に敵軍が入り、当方の形勢が悪い、という急報がもたらされた。

容保はやむなく城へ戻ることにしたが、自分を守っていた十六歳、十七歳の少年からなる白虎隊《びゃっこたい》三十人あまりを、戸ノ口原へ出陣させた。その者たちが若さ故の短慮から悲劇を迎えることになるとは想像もしていなかったのである。

容保は城下に戻り、いくつか守備の命令を出したあと、城に入った。ただしこの時、それまで行動を共にしてきた実弟で桑名藩主の松平定敬を米沢へ逃げ落ちさせている。そちは会津の者ではないのだから、米沢へ落ちて同盟諸藩の今後のことを計れ、というわけだ。

八月二十三日。この日、若松城下では、この戦争中最大の激戦がくり広げられた。なんと、この日だけで会津藩士の四百六十余人が戦死したのだが、それだけではなく、その家族が二百三十余人も死んでいるのである。

激戦のさなか、城内で新之助は佐川官兵衛に呼び止められた。

「頼みたいことがある」

「何ですか」

「飯盛山《いいもりやま》に行って様子を見てきてほしいんだ」

飯盛山は城下の外れの小高い丘である。

「様子と言いますと」

佐川は目に憂いをにじませて言った。

「そこに、自刃《じじん》して果てた死体がいくつもあるらしいんだ。本当かどうか確かめたい」

「わかりました。見てきます」

新之助は城を出て、ところどころ火のあがっている城下を走った。敵の兵を避け、路地をたどって進むようにした。

新之助の胸中には黒い不安が渦巻いていた。自刃した者たちがいるときいて、もしや、あいつらではないのか、という心配がわき起こってきたのだ。きのう、殿に従って滝沢村の本陣にまでお供した白虎隊士たちである。まだ十六歳、十七歳の少年たちだ。新之助の息子の小太郎よりほんの少し年嵩《としかさ》なだけである。

戸ノ口原へ出陣した彼らが、追いつめられて自暴自棄になったのではないか。そんな気がしてならなかったのだ。大人であれば、戦闘のさなかに自刃するようなことは考えられないが、絶望した少年たちは何をするかわからない。

新之助はやっとのことで飯盛山のふもとに着いた。その小山を、息せききって駆け登る。そしてその頂上近くで、新之助は見た。

そこに、年若い少年たちの遺体がころがっていたのだ。それは白虎隊士たちだった。ある者は切腹しており、ある者は二人で刺し違えて死んでいた。あたり一面血まみれという惨状だった。町人が何人も見守り、手を合わせて拝んでいたが、新政府軍をおそれて遺体に手をつけかねているという状態だった。

「哀れな……」

という声が新之助の喉から吐き出されたが、あとが続かなかった。

白虎隊士たちは、戸ノ口原へ行ったのだが、若い彼らにはどうすることもできず、夜通し山中を逃げまわったのだ。そして朝になりやっとのことで飯盛山にまで出てみると、そこから若松城下に火のはなたれている光景が見えた。疲労困憊した少年たちは、その火を見誤ってしまう。実際には城は無事だったのに、鶴ヶ城が焼け落ちている、と思ってしまったのだ。

そして誰からともなく、こうなった以上は我々も腹を切って殉死しよう、という声があがった。十六歳、十七歳の少年たちの極限状態での判断では、その道しか思い浮かばなかったのだろう。この時飯盛山で自害した白虎隊士は二十人である。一人だけ奇跡的に生き残ったほかは、幼い命が露と消えた。

城下では、藩士の家族たちが、城が落ちるのに女子供だけ生きのびるわけにはいかぬと、多くが自ら命を絶っていた。

実はこの日、城下では早鐘を鳴らして藩士や家族に入城しろと報せているのである。それなのに、ものの役に立たない自分たちが城に入っても足手まといになるだけだと考えて、家族の多くが死ぬことを選んだのだ。武家屋敷の各所で、藩士の妻や幼い子や、老人たちが自刃した。

新之助の妻のお栄は、そういう城下の悲劇を目撃した。様子を見てくる、と言って家を飛び出していった小太郎が、しばらくして駆け戻ってくると、

「ご家老様のお屋敷に死体がごろごろころがっているとききました」

と言ったのだ。

「どちらのご家老様のお屋敷なの」

とお栄はきいた。家老職が五人ばかりいたのだ。

「北の丸追手門《おうてもん》の前のお屋敷だとか」

それならば、筆頭家老西郷頼母《たのも》の屋敷だった。そこの奥方などもよく知っている身近な家である。幼い子供が何人もいるはずだ。

そう考えて、思わずお栄は家をあとにした。戦火のあがる城下をひたすらに走った。

敵兵の姿も見たが、女に斬りかかってくることはなかった。

西郷屋敷に着いたお栄は、庭から座敷のほうにまわった。そしてそこに、むごたらし

い光景を見たのである。

胸を刺したり、喉を突いたりして果てた女性の遺体があたり一面にあったのだ。まだ十歳にもならぬ少女たちも畳を血で染めて果てていた。それどころか、二歳ぐらいの嬰《えい》児《じ》も死んでいた。

その屋敷にいた、一族の全員二十一人が悲壮な最期を遂げていたのだ。

お栄は立っていることができなくなり、崩れ落ちるように庭に膝をついた。むごすぎる光景に、涙があふれ出したが、お栄にできることは何もなかった。

この日、西郷頼母は長子吉十郎《きちじゆうろう》を伴って登城した。それを見送ってから妻の千重子《ちえこ》は、我が子を刺し殺し、義妹たちを自害させ、そのあと自刃したのだ。上の者には必ず従えという教育が徹底している会津藩ならではの悲劇であったかもしれない。

それにしても、白虎隊士や、藩士の家族たちの死は判断を急ぎすぎたものだった。確かに、八月二十三日には新政府軍は若松城下になだれこみ、あちこちに火をかけるなどの大攻勢をかけたのだが、鶴ヶ城は火もかけられず、ビクともせずに威容を誇っていた。この城が落ちるまでには、なんと一カ月にも及ぶ籠城戦《ろうじょうせん》が続くのだ。

新政府軍が城下に攻めかかったのは二十三日の一日だけで、それ以後は兵を城下から引き、包囲態勢をとって慎重に攻めたという事情もあり、会津は驚異的なほど持ちこたえたのである。

そして時には、新政府軍が圧倒されるような大反撃を見せる時すらあった。その主役は佐川官兵衛である。

佐川は七百ばかりの兵を率いて、早朝に城を出陣し、大垣、備前の陣に猛攻を加えた。形勢の挽回をかけて死をも厭わぬ大勝負に出たのだ。敵兵はたまらず敗走した。このまなら形勢逆転かというところまでいったが、そこで土佐藩兵が駆けつけた。敵の人数は無限かと思うほどにいくらでもわき出してくるのだ。さしもの佐川も退却するしかなかった。この日だけで会津は百七十人の戦死者を出したのである。

だが、まだ城は落ちない。城内の会津兵は戦う意欲満々であった。

「どこかから援軍が来てくれんものかのし」

襖《ふすま》も取っ払われて土足の兵が駆けまわる臨戦下の城内で、顔を合わせた佐倉藤右衛門が新之助にそう言った。

「越後からは無理だな。河井さんが死んで、あそこはもう立ち直れん」

「庄内藩はどうじゃ。仙台藩でもええげんじょも」

「そのあたりから援軍が来てくれたら、敵を前後からはさみ討ちにして、一挙に大逆転だがの」

そんなやり取りもできるほどに、会津軍の士気は盛んであり、まだまだ戦える気分に満ち満ちていた。

だが、援軍はどこからも来ない。そして、大軍勢が若松を完全に包囲しているのだった。

力の均衡が崩れる時が来た。新政府軍に、城の東北にある小田山が攻撃の要所だと内通する者が出たのだ。小田山に新政府軍はアームストロング砲を据えた。

小田山は低い山だが、城までの直線距離は千六百メートルだ。その山に立つと、鶴ヶ城の天守閣がよく見えるのである。アームストロング砲の射程距離は二千数百メートルだった。

天守閣へ、本丸へ、無数の砲弾が撃ち込まれた。鶴ヶ城は頑丈であり、倒壊したり炎上したりすることはなかったが、ボロボロになった。何より、うかうかしていたら砲弾の直撃をくらう恐怖もあった。

だがそれでも、会津兵の士気は衰えなかった。全員が、死ぬまで戦う気になっているのだ。

新政府軍が鶴ヶ城に総攻撃をかけたのが九月十四日であった。小田山、舘、愛宕山の三方から撃ち出された砲弾はひっきりなしに天守閣に降りそそぎ、天守は煙に包まれた。そんな情勢なのに、佐川官兵衛は城外に出て敵兵を背後から脅かしている。

だが、この頃には城内に籠《こも》る士分の人数は五千ばかりになっていた。十万対五千の戦いはもう逆転しようもなかった。会津軍は一カ月の籠城で、弾薬、食糧も尽きかけており、兵の疲労は極限に達していたのだ。

九月十六日、征討軍参謀の板垣退助は米沢藩を通して松平容保に降伏を勧告してきた。そこで容保は重臣を集めて協議したが、ここへ来てもまだ徹底抗戦を主張する者が多くて、議論はまとまらなかった。

しかし、どう考えてもこれ以上は戦えないのだ。九月十九日に至って、ついに容保は開城と決した。

九月二十二日、鶴ヶ城の追手門に「降参」と書かれた白旗が掲げられた。

そして、その日の正午、城に近い甲賀町《こうかまち》通りに作られた降伏の場に、容保と養子の喜徳父子は、家老の萱野権兵衛《かやのごんべえ》らを従え、刀も帯びずに赴いた。

新政府軍側で、この会津降伏の式典を仕切ったのは、薩摩の軍監中村半次郎であった。長州藩は北越の戦いに、長岡の河井継之助の善戦などもあって手間どっており、長州が会津に入ったのは落城の直前だった。それで、降伏の式典に出る資格を失ったのだ。

新之助は容保の背後に平伏して式典に参加していた。やがて、新政府軍の中村半次郎が軍装のまま床几《しょうぎ》にすわった。その中村の後方に、橋口八郎太が立っていた。新之助と八郎太の目が、人々の間を縫い、ハタと合わさる。

二人とも、生きていたのだな、と無言のやり取りがあった。しかし、心中の思いは複雑である。友は、勝者と敗者に分かれていた。

中村は堂々としていたが、その態度は会津に対する思いやりにあふれていた。敵とはいえ、よくぞここまで戦ったものぞと、感動していたのだ。

実は、八郎太はこの式典の前に中村に相談を受けていた。

「無学なおいは、降伏の式典をばどうやるもんか知りもはん。どうやったらよかかね」

ときかれたのだ。八郎太はこう言った。

「『忠臣蔵』は見たことがあるでしょう。あの、城明け渡しの場の要領でやれば、ようござんど」

「わかった」

そういうわけで、中村は実に見事に、会津藩への思いやりに満ちたやり方で式典をこなしたのだ。

中村は、これ以後、会津に対する乱暴狼藉《ろうぜき》は決して許さぬ、と新政府軍に命令した。

その日の夕刻、容保父子は滝沢村の妙国寺《みようこくじ》に入って謹慎の身になった。だが、そこまでは新之助もついていけない。翌日、城内の会津藩士は米沢藩兵に護衛されて猪苗代に移動したのだが、その中に新之助の姿はあったのである。

第四話　明暗の田原坂

1

「本格的な寒さが来る前に、ここから逃げだすしかないだろうな」

と新之助《しんのすけ》は重い口を開いて言った。

まことに粗末な、ほったて小屋のような住まいの、板敷きの間でのことである。できて間がない小屋なのだが、できた時からその場しのぎのあばら屋だったのだ。板壁にはすき間が多く、海からの冷たい風がピューピューと音を立てて入ってくる。

囲炉裏《いろり》があって、かろうじて火があったが、体を暖めるほどに薪《まき》を燃《く》べることはできなかった。ただ、火のおかげで、話し相手の顔を見ることができた。

秋月《あきづき》新之助が話しかけるのは妻のお栄《えい》であった。子の小太郎《こたろう》とお町《まち》はもう寝ている。蒲団《ふとん》がなくて、俵の藁《わら》にもぐり込んで寝るという貧しさだった。

明治四年（一八七一）の十月のことである。斗南藩《となみはん》の田名部《たなぶ》にほど近い、斗南ヶ丘に造られた屋敷地に、彼らの住む小屋はあった。本当は、ここにもっと屋敷を建ててちょっとした街にしようという計画だったのだが、それはやがて放棄される。

「この地を少しずつでも開拓していき、なんとか生きのびようと思っていたが、それも今となってはすべてお流れだからな」

「地獄のような一年とちょっとでしたのに」

とお栄は言った。

「うん。まさに地獄だったな」

新之助は正直にそう言った。

会津戦争に負けて、旧会津藩士はこれよりひどい状況はないというぐらいの苦難の生き方を強《し》いられた。

会津が降伏した時、城内にいた藩士は猪苗代《いなわしろ》に送られ謹慎生活を送った。要するに、捕虜として収容されたのである。明治二年（一八六九）になると、新之助たちは東京に送られた。そこでも捕虜生活は続く。劣悪な環境で生活し、病死者が続出し、脱走して捕われ、斬首される者もいた。いくつかの謹慎所があったが、新之助は音羽《おとわ》の護国寺に収監された。

六月に版籍奉還が行われ、日本中の藩の藩主は殿様ではなくなり、藩知事という役人にされてしまう。会津藩はもうなくなっていたので関係ないのだが。旧会津藩主松平容《かた》保《もり》は明治元年（一八六八）十二月、死一等を免じられて、鳥取藩邸に永預《えいあず》け、という処分を受けていた。

だからもう、藩もなく、藩主もいなかったのだ。

ところが、明治二年十一月、朝廷から思いがけない恩情が示される。容保は会津戦争の前に養子の喜徳《のぶのり》に家督を譲っていたが、その喜徳も死一等を免じられ、久留米藩有馬《ありま》家に永預けになっていた。しかし、明治二年に、容保には実子の慶三郎が生まれていたのだ。

朝廷が言ってきたのは、その慶三郎に対して旧領内の猪苗代か、陸奥《むつ》南部藩の一部に三万石を与え、藩知事に任命する、ということだった。まだ生後五カ月の赤ん坊を藩知事にという不思議な話だが、つまり、特別の恩情をもって、松平家のお家再興を許す、ということだった。

旧会津藩士たちにとっては闇の中でのたったひとつの希望の光であった。重臣たちの会議が開かれ、よく知っている猪苗代へ行くか、それとも北の南部藩の一地域へ行くかが協議された。議論は真っ二つに分かれて対立したが、旧家老の山川浩の主張によって北へ行くことが決定された。北のほうが広大で、未来があると考えられたのだ。

慶三郎は元服して、容大《かたはる》という名になった。乳母に抱かれた藩知事である。

明治三年（一八七〇）正月、東京などで謹慎させられていた四千七百人の藩士たちは罪を許され、容大に引き渡された。

ただし、二十三万石からたったの三万石に削られた新封地《しんほうち》に、それだけの藩士とその家族を移住させることは不可能だ。そこで、どうするかは藩士たちの自由ということになった。新封地へ行くも、故郷の会津へ帰るも、東京などで新生活を始めるも望むままにせよ、ということだ。

その結果、藩士二千八百人と、その家族とで合計一万七千人が新封地へ移住することになった。新封地には斗南藩と名がついた。その年の四月から、旧会津藩士とその家族の大移動が始まったのである。

秋月新之助は、東京から船で八戸《はちのへ》まで運ばれ、そこからは陸路で下北半島の田名部に達した。そして八月になって、妻のお栄が二人の子をつれて、会津から陸路でやってきたのである。約二年ぶりの家族との再会だった。

斗南藩というのは、下北半島と、五戸《ごのへ》郡、三戸《さんのへ》郡の二つの地域からなる土地だった。下北半島と五戸、三戸の間に、七戸《しちのへ》藩がはさまっている。斗南藩庁は、はじめ五戸に置かれたが、すぐに田名部に移った。

その田名部へ来てみて、お栄は思わずこうつぶやいた。

「なんだか、ひどい所へ来ちゃったみたい」

そうなのだ。そこはとんでもない所だった。

まずは、火山灰に覆われた荒れ地で、到底稲作ができるとは思えなかった。だから、公称三万石とは言うものの、実質は七千五百石も見込めない不毛の地だったのだ。

そして、冬の寒さが尋常ではない。海からの風が強く、凍死しかねないほどだった。藩から、一人につき一日三合の米が支給されたが、それを売って日用品を買わなければならないから、食べるほうへまわらない。しかも支給米はしばしば途絶えた。

斗南ヶ丘に屋敷地を造る計画はあったが、最初はそれが間に合わないので、近在の農家の土間などで生活したのだ。その礼金もろくに払えない。

つまり、お家再興なんて言ってはみたが、実情は会津藩そのものを流刑にしたようなものだったのだ。作物がろくに作れないところへ一万七千人を送り込み、さあ生活しろ、と言っても惨憺《さんたん》たることになるだけなのだ。

新之助の一家は、貧しい農家の納屋を借りて最初の冬を越した。板壁はすき間だらけで海風が入り、零下十五度にもなるのだが、ろくに薪が買えないから、藁《わら》にもぐり込んで耐えるしかない。なにしろ、炊いた粥がすぐに石のように凍ってしまうという寒さなのだ。

馬の餌の豆を食べた。海草の根を砕いて煮て食べた。農家の残飯をあさって食べた者もいた。

新之助は犬の死骸《しがい》をもらってきて、その肉を塩だけで煮て食べた。しかし、それは何日も食べていると、吐き気がして喉を通らなくなるのだ。もう食べられない、とお町は泣いた。

それでも食べさせていると、おそらく栄養不良のせいだろうか、お町の頭髪はすべて抜け落ちてしまった。

そういう冬を、やっとのことで越したのだ。春になると、ワラビ、フキ、アサツキなどの山菜が野山に生え、それを摘んで食べることができた。

そして、新之助の一家は斗南ヶ丘に造った小屋へ入ることができたのである。ここで生活して、土地を開墾していくしかないだろう、と決心した。小太郎は、田名部の商家を借りて始まった藩校日新館へ通い、勉強するようになった。こんな窮状にあっても藩校を造って教育を再開するというのが、大名家の伝統のすごさである。

生活苦から逃亡をはかった者も多くいた。それどころか、餓死したり、病死した者も多数いたのだ。しかしそれでも、この地でなんとか生きていくしかない、と新之助は思っていた。

ところが、七月になって、廃藩置県が布告された。旧藩主が藩知事になっていたのだが、それもやめにして、中央集権国家とする方策だった。幼い藩知事松平容大は東京へ帰っていった。

斗南藩は斗南県になったが、九月には弘前《ひろさき》県に、更に、青森県と改称された。つまり、会津から来た人々が、もうそこにいる理由を失ったのだ。それならば、しがみついてでもいたい土地ではなかった。

「やはり、会津へ帰るところかな」

と新之助は言った。お栄が望むのはそれだろう、と推測したのだ。

ところが、お栄が言ったのは思いがけないことだった。

「東京へ出て、そこで家族で生きていくことはできないでしょうか」

「お前は会津しか知らぬだろう。そこ以外で生きていけると思うのか」

それに対して、お栄は熱っぽい口調で、考え考えこう言った。

「今度の廃藩置県で、いよいよ会津藩というものはなくなったと思うのです。そして、あなたは会津藩士という侍ではなくなりました。それは、主君に仕える家来という立場ではなくなり、自分の家族のために自由に生きてよいことになったんだと思うんです。それならばいっそ東京へ出て、新しい生き方を始めてみるのもよいのではないかと」

「家族のために自由に生きるのか。そして、何もないところから新しい人生を始めるというんだな」

新之助はお栄の前向きな姿勢にちょっと驚いていた。

「しかし、先立つものがまったくないのだぞ」

「ここへ来るまでに、会津の家にあった金目のものはすべて売りつくしてしまいました。でも、あの家は没収されていません。あれを売れば当座の生活はできるのでは」

「うん。そして、なんとか仕事にありついてやっていくわけだな」

「あなたは日新館で教育を受けていますし、洋学も学んでいるのですもの、働き口はきっとあると思います」

おれの洋学か、と新之助は心もとない気分になる。オランダ語のほうは必死で復習すれば思い出すだろうが、数学のほうはさっぱり身についておらんのだがな、と。

「そして、私も縫い物をします」

「裁縫か」

「私は出来の悪い嫁で、お義母様には叱られてばかりでした。でも、縫い物だけは、これは職人の腕前だねとほめていただけたんです。今、東京では薩摩や長州のお侍のお内儀などが新しく住むようになっていて、着物を仕立てることも多いんじゃないでしょうか。だから、きっと仕立ての仕事があると思うんです」

そこまでやる気になっているのか、と新之助はお栄を見直した。そして、おれは最近になってようやくこの妻の値打ちを知ったのかもしれん、と思った。

「東京での新生活か」

「それには、小太郎のこともあります」

「あいつももう十四歳だ」

「こういう時代になって、これからは学問のある人間が世を切り拓いていくことになるでしょう。だから、あの子には学問をさせたいんです。近頃耳にした中学校とやらへ進ませるためには、東京へ出たほうが道がつきやすいような気がします。思いきって東京へ、と考えたのはそのせいもあります」

新之助は考えた。彼は十二歳で若様の近習《きんじゅう》となり、江戸で青春時代を送った男である。今は東京となっているそこには馴染みがあった。

「そうだな。思いきって東京で新しい人生を始めてみるところかもしれん」

なんとかやっていけるだろう、とのん気な新之助は前向きに考えた。とにかく、この北の荒野で生きていくよりすごしやすいことは間違いないのだから。

明治の世を東京で生きてみよう、と決意は固まった。

2

新之助は東京・岩本町へ向かって歩いていた。東京に出てくる時、思いきって髷《まげ》をやめてザンギリ頭にしたので、冷たい風がそうこたえなかった。着ているものは着物である。

明治五年（一八七二）の正月の松が取れた頃だった。去年の十一月、いったん会津若松に戻って家屋敷を処分し、それから家族四人で上京したのだ。時節柄、家は買い叩かれて大した金にはならなかったが、東京で生活拠点を持つ助けにはなった。生まれ育った家を手放すのには感慨もあったが、何も持たず一からやり直すのだというふんぎりがつき、さばさばしたような気分になったのも事実だった。

東京の下谷《したや》の裏長屋での新生活が始まった。六畳と三畳の二間しかなく、それに台所がついただけの狭さで、維新前なら足軽でももっとマシなところに住んだのになあ、と新之助は思わず言った。しかしお栄は、斗南で住んだ板敷きの小屋にくらべれば、少なくともここは人の住む場所ですわ、と言った。

新之助は旧会津藩士で東京に住む者を、何人も訪ね歩いた。朝敵にされ、攻めつぶされた藩の旧藩士たちに、余裕のある生活をしている者はいなかった。給仕とか門番のような、侍の誇りを持ったままなら到底できないような仕事について死にもの狂いで生きているのだ。何か仕事の口はないものだろうかと相談してみるのだが、みんな困ったような顔をするばかりだった。いい仕事はすべて薩長出身の者が独占しておるからな、と苦々しい顔で言う者もいた。

東京で仕事にありつくのはそう簡単ではないようだ、と思わざるを得ない。

もっとも、お栄の仕立て仕事のほうはあっけないくらいにうまくすべり出していた。長屋の大家に、仕立てには自信があるのだがどうすれば客がつくだろうかと相談してみると、じゃあ試しにうちの女房の着物を縫ってもらおうかということになり、結果的にその仕事ぶりを気に入ってもらえたのだ。以来、知りあいにも仕立てを頼みたがっている人がいると、客を紹介してくれた。そしてこの頃では、越後屋呉服店の専属の仕立屋になれるよう働きかけてくれている。越後屋は後の三越だ。思いがけないほどの親切だが、いくらか歩合を取るつもりなのだろう。つまり、お栄の仕立てがそれほどうまかったということだ。

しかし、お栄の仕立ての仕事だけで家族四人が食べていけるわけではない。なんとしてでも新之助が職につかねばならないのだ。

東京をあちこち歩いているうち、新之助には見えてくるものがあった。それは、ほんの四、五年の間に、江戸はすっかり別の顔を持つ町になってしまった、ということだった。今ある東京という町は、江戸が荒れはてた残骸なのだという気がした。

江戸の面積の七割を占めていたのは武家地だった。それが大名や武士というものがなくなってしまい、打ち捨てられている。たとえば会津松平家の和田倉門にあった上屋敷は、今、政府の官邸になっている。会津藩の場合は取りつぶしにあっているわけだし、皇城（旧江戸城）にも近いので政府が使用するわけだろう。しかし、一般の大名屋敷は、たとえ版籍奉還があろうとも廃藩置県があろうとも、旧大名家の資産であって国が取りあげるわけにはいかない。なのにほとんどすべての旧大名とその家臣団は国元に帰ってしまったのだ。空き家になった大名屋敷は荒れはて、広大な庭園は草ぼうぼうの荒れ野原となっている。野犬が入り込んでスラムと化していたのだ。

明治五年の東京は、江戸が持っていた端正な機能美を失って、さびれた廃墟のようになっていた。

武士たちがいなくなって、江戸の人口は半分以下になってしまった。当然のことながら、商業規模も縮小し、多くの店が立ちゆかなくなった。そのせいで、家もないような人々が増え、治安は悪くなり、町の顔つきも荒《すさ》んでいる。

東京へ行けばその大都市の片隅で、なんとか生きていけるだろう、と考えていたのはとんでもない考え違いだったのかもしれない、と新之助は心細くなってきた。

新之助の誤算はもうひとつあった。東京でならば小太郎を中学校にやれるだろう、と思っていたのだが、どうも思うようにいかないのだ。

明治になって、国民教育のための学校制度に力が入れられているのは本当のことだ。全国に大学校、中学校、小学校が造られ国民のすべてが教育を受けられるように諸制度が定められつつある。だが、すべてを一から始めなければならず、全部には手がまわらないのが現状だった。そこで政府はまず、小学校の設立に力をそそいでいるのだ。中学校にまで手がまわらず、今のところ東京府立の中学校は第一中学校と第二中学校の二つがあるだけだった。

そこへなんとか小太郎が入学できたとしても、ひとつ問題があった。中学校の授業料が思ったより高くて、今の新之助にはそれが用意できないのだ。成績次第では授業料が半額になるとか、免除されるという噂もあるが、なにしろ着手されたばかりのことであり、そのあたりがどうもはっきりしない。かと言って、制度がちゃんと整うのを待っていれば小太郎は中学校に入れる年齢を超えてしまう。

ともかく、おれの仕事が決まるまでは、小太郎の学校問題には手がつけられんな、と新之助は思っていた。何はともあれ、仕事だ。

そんな焦りを抱いた気分のまま、明治五年の正月を迎えていた。生活についてはまだまだ不安だらけなのだが、それでも、凍え死ぬ心配はしなくていい正月だった。贅沢はできないが、正月の餅は食べることができた。お町の頭にも、髪が生え揃ってきた。

そんな時、新之助は思いがけない噂を耳にしたのだ。その名前すら久しく忘れていた人物が、東京で面白いことをしているというのだ。

新之助は、その人物を訪ねようと、岩本町へ向かっている。もしかしたら何かいい話につながるかもしれないと期待を胸に抱いて。

探す家はすぐに見つかった。なかなか立派な旧旗本の屋敷である。そして、そこから十五、六歳から二十歳ぐらいまでの少年が何人も出てくるので、ここだとわかったのだ。

新之助は門内に入って、初老の下働きの男を見つけると、話しかけた。

「おそれいりますが、馬場弥久郎《ばばやくろう》様はご在宅ですか」

男は答えた。

「馬場先生にご用ですか」

「昔、先生に数学の手ほどきを受けたことのある、秋月新之助と言います。先生にお願いしたいことがありうかがいました」

秋月様ですな、と男は確認して、ちょっとお待ち下さいと、屋敷内に入っていった。しばらくそこで待つと、やがて、どうぞお入り下さいと声をかけられた。そういう間にも少年たちが屋敷に出入りしていた。

通された部屋で少し待っていると、襖《ふすま》が開いて、懐かしい人が姿を現した。そして、少し驚いたような声を出した。

「やはりあの秋月か。会津の」

「お久しぶりでございます」

馬場は、佐久間象山《さくましようざん》の塾で塾頭をしていた旗本である。数学に長じていて、新之助には天才のように見えた人物だが、そんなことよりも、新之助の初恋の相手であるお咲《さき》の兄だと言ったほうがてっとり早い。

馬場は心から懐かしがってくれた。

「お主《ぬし》のことはなんとなく気になっていた。会津藩士には苦しい時代になったものだとな。ひょっとしたら戦死したかもしれんと思っていたが、無事で何よりだ」

「戦争ではなんとか命を落とさずにすみましたが、そのあと、北国で苦労いたしました」

「そうらしいな」

新之助は手短かに会津戦争以後の苦労を話した。相手も、薩長に倒された将軍家の旗本なのだから、遠慮は必要なかった。

「それで、廃藩置県となりどこへ行くのも自由という身になり、新生活を始めようと一家をあげて東京へ出てきたのです」

「しかし、よくぞ生きぬいた」

「馬場様のほうも、徳川の家臣であり、ご苦労があったのではないですか」

「天下の旗本であったという誇りは踏みにじられたよ。貧乏旗本の多くは、慶喜様が駿《する》河《が》へ移された時に家屋敷を売ってともに駿河へ落ちていったが、それというのも東京では喰《く》えんからさ」

「でも、馬場様は東京で成功していらっしゃる」

「それはひとえに亡き象山先生のおかげだと思っている。どんな時代になろうとも、学問の価値は不変なのだよ」

馬場は自宅を校舎として、私塾を開いているのだった。数学や英語、医学や理学の基礎を教え、ほぼ中学校にあたる授業内容だそうだ。

馬場が、親しげな声で言った。

「お主、歳《とし》はいくつになった」

「三十八になりました」

「そうか。私は四十五だよ。お主が初めて象山先生の塾へ来た時は十七ぐらいだったよな。数学のまるでできぬ塾生だった」

「数学には苦しめられました」

新之助は苦笑いをしてそう言った。

馬場も苦笑し、それから遠くを振り返るように言った。

「安政の大地震の火事の時、お主は焼け跡を訪ねてくれたよな」

「そうでした」

「あれには感謝しているのだ。妹お咲への、何よりの供養だったと思えてな」

「ただ訪ねただけで、なんのお力にもなれませんでした」

「しかし、訪ねてくれたのは、お咲の身を案じてのことだろう。それが、あの時死んだお咲にとっては、うれしいことだったに違いないと思うのだ」

「お咲さんが喜ぶのですか」

「そうさ。お咲はお主のことを好いていた」

思いがけない言葉だった。ついにあの人の心の内を知ることはできなかった、と思っていたのだから。

「お咲さんが……」

「兄だから妹の心はわかる。あの頃お咲はとても幸せそうだったよ。その相手のお主が、危険をかえりみず火事場へ駆けつけてくれたのだ。あれへの、たったひとつの供養ではないか」

不思議な感慨を新之助は覚えた。初恋の人が自分を好いていてくれたときいても、もう心ときめかす歳ではない。ただ懐かしく思うだけだ。そして、この一事、きれいに閉じたな、と思った。

新之助は頼み事を切り出すことにした。今日ここへ来たのはそのためである。

「先生の塾で使っていただけないでしょうか」

「職を探しているのか」

「そうです。しかし、会津出の士族ではなかなかままならず、苦慮しています。私には数学はできませんが、オランダ語のほうは勉学すれば思い出せると思います」

しかし、馬場は困ったような顔をした。

「なんとかしてあげたいが、オランダ語ではどうしようもないな。今はとにかく英語の時代で、オランダ語を学ぼうとする者は一人もおらんよ」

どうしようもなかった。あの時熱心にオランダ語を学んだのはいったいなんだったたのか、という気がしてくる。

　新之助は、もうひとつの頼み事を言ってみることにした。

「では、小太郎という私の息子を、この塾に入れてもらうことはできませんか。小太郎は今年十五歳です。藩校の日新館で初等教育は受けています」

「会津の日新館の教育が高度なことは有名だ」

「それで、こういう時代を生きていくためには学問が重要だと考え、息子を中学校へやりたいと思っているのです。だが、中学校の授業料も今の私にはままならなくて」

「それで私の塾へ入れたいと」

「はい。お願いできないでしょうか」

　馬場はホッとしたような顔をした。力になれることがあるのを喜んだのだ。

「それはたやすいことだ。明日からでも私のところへ通わせていいよ」

「ありがとうございます」

「私のところは私塾だが、正式の中学校と大差はないんだ。新政府は早急に日本中で学校を開校させることがむずかしいので、旧大名家の藩校や、私塾もとりあえず変則学校として認めていく方針でいる。だからたとえば福沢諭吉氏の塾は大学校とされるだろう。私の塾は若い人への中等教育をめざしているので、いずれ私立中学校ということになる」

「小太郎をそこへ入れて下さるのですね」

「うん。それなら私にできることだからな。言うまでもないが、生活にめどがつくまでは月謝のことは気にしなくていい」

新之助は深々と頭を下げて礼を言った。頼みたかったことの半分は願いがかなったのだ。一歩前進することができた、と思った。

東京に出てきて、初めて一筋の光を見つけたような気がした。

3

二月になったある日、新之助は池之端《いけのはた》のあたりを、うつむき加減で歩いていた。その日も一日職を求めて知人を訪ね歩き、望むような成果もないまま、下谷にある裏長屋に戻ろうとしていたのだ。陽が落ちかかる頃だった。

見るともなく不忍池《しのばずのいけ》のほうに目をやるが、景色はほとんど意識に上ってこなかった。ついまた、地面に目がいってしまう。そろそろなんとかしないとにっちもさっちもいかなくなると焦りがつのるのに、仕事の口はまだ見つからないのだ。

カツカツという音は耳に届いていた。しかし、それがなんの音なのか判断する気力が萎《な》えていた。

いきなり焦茶色の大きなものにぶつかりそうになって、新之助はのけぞり、たたらを踏んだ。ブルルッと焦茶色のものは驚きの声をあげ、獣の臭いがした。

そこにいた人が、どうどう、と言いながら綱を引いて動物を鎮めた。

新之助は馬にぶつかりそうになったのだ。手綱《たづな》を引いて馬を鎮めたのは馬丁だった。

驚いて新之助は馬上を見た。洋装の制服を着た軍人が馬上にあった。ビシリとした制服が、びっくりするほど立派な印象をかもしていた。

「不注意でした。許されたい」

と新之助はとりあえず詫びた。前を見ずに歩いていたこちらに非があると思ったのだ。

すると馬上の男が、

「あっ」

という声をもらした。何事かと思うような驚きの声である。

馬上の軍人は、すぐさま馬を下り、新之助の前に立った。

「秋月ではないか」

そう言われて、初めて意識して相手の顔を見た。軍人は橋口八郎太《はしぐちはちろうた》だった。

「お主は橋口」

「いやあ懐かしい。お主東京に出てきておったのか」

「うん。去年の暮にな。そうか、お前は軍人になっていたか」

「薩摩《さつま》だからな。陸軍大尉だ。お前と会うのは若松城開城の時以来だから、四年ぶりか。会津藩士がとんでもない苦労をしたということはきいている。しかし、ともかくこうして東京に出てくることができたのか」

「まだ苦労は続いておるがな」

八郎太は黙ってうなずいた。そして、笑顔を見せるとこう言った。

「立ち話もなんだ。どこかでゆっくり語りあおう」

八郎太は馬丁に、馬を屋敷につれていくよう言いつけると、新之助を案内するように歩いた。

「どこに住んでいるんだ」

「下谷の裏長屋に、一家四人で住んでいる」

「なんだ、近いのだな。おれは湯島で、旧旗本の屋敷を買って住んでいるんだ」

八郎太が東京にいることを、新之助はまったく想像していなかった。なんとなく、鹿児島か、大阪にいるだろうと思っていたのだ。八郎太は剣の遣い手で、つまり武士であり、武士は今の東京には似合わん、という気がしたのだ。

だが、考えてみれば薩摩藩で有力な働きをした者が、今は権力者の側として東京にいるのは不思議なことではなかった。

八郎太は不忍池が見えるうなぎ屋へ新之助を誘った。新之助の窮状を察したのか、再会を祝して今日はおれがおごる、と言った。

二階の座敷に通り、うなぎと酒を注文した。まず酒が来て、祝杯をあげる。

こいつとはずっとこうしてつきあってきた、と思った。十七歳で知りあって友となり、会えば飲んできたのだ。官軍と賊軍に分かれ、勝者と敗者になった今も、友であることに変りはなかった。

「斗南ではすさまじい暮らしだったそうだな」

新之助はそこでの一年半を話した。しかし、恨みがましい口調にはならない。相手が八郎太だと、どんな話題でも若き日の失敗談を語っているような気分になってしまうのだった。

新生活を期して家族で東京へ出てきたこと、息子は馬場弥久郎の塾に入れたことまでを話した。

「象山塾の塾頭だったあの馬場さんのところか」

「そうだ。お咲さんの兄上だよ。あの人が洋式学問をやっていてな」

馬場からきいた、お咲はおれのことを好いていた、という話は八郎太には黙っていることにした。

「懐かしい人だ。そうか、教育者として生きておられるのか」

「お前のほうはどうだったんだ。戦《いくさ》に勝った側だから苦労はなかっただろうが」

「おれは、ずっと桐野（中村半次郎）さんの下におるわけさ。桐野さんは常に西郷さんの下におる。実を言うと西郷さんは、新政府のやり方にいろいろと不満があって、鹿児島に退いていたんだ。ところが、政府としては西郷さん抜きで政治をすることは不可能だと考え、なんとか上京してくれ、参議になってくれと口説くわけさ。それで、去年の廃藩置県に際して、あれは全国の藩主から領地を取り上げるということだから、反対のための争乱がおこっても不思議はないというもので、そのおさえとして西郷さんが御親《ごしん》兵《ぺい》を率いて上京したんだよ。桐野さんはその中にいて、おれもそこにいたんだよ」

「そうか。ずっと東京にいたんではないのだな」

「西郷さんの人柄で、事が成ったら勝利の美酒をむさぼることなく、故郷に引っこんでいたい、ということだったのさ。だが、そうはいかんのが現実で、とうとう東京に引っぱり出されたんだ。廃藩置県の準備が進められる中、西郷さんは参議になり、桐野さんは陸軍少将になった。そしておれは、陸軍中尉ってことになったが、今は大尉に昇進している」

八郎太に軍人は似合いだ、と新之助は思った。それにしても大尉とは出世したものである。

「お前は今、湯島に住んでおると言ったな」

「そうだ。初めは桐野さんの屋敷内に住まわせてもらっていたんだがな。桐野さんは、兵営は市ヶ谷にあるのに上野のあたりを好んで、池之端の、以前は越後高田藩榊原《さかきばら》家の中屋敷だったところを買って住まいにした。大きな屋敷だから、そこに何人もお世話になっていたんだが、ずっと居候をしているのもなんだから、大尉になった時に近くの湯島にあった旧旗本の屋敷を買ったのさ」

「そこに一人で住んでいるのか」

「使用人や女中はおるが、家族はおらん」

桐野が一時期住んだという池之端の屋敷は、そのずっと後に岩崎弥太郎が買って岩崎邸となる広大なものだった。

「面白いものだ」

と新之助は言った。久しぶりにうまいものを喰い、酒を飲んでいい気分になっていた。友と酌み交わす酒はうまい。

「面白いとは？」

「運命によって人は流されていく。おれは会津藩士として生まれ、お前は薩摩藩士として生まれた。それは運だ。自分でどうこうできることではない。しかしそのせいで、人生模様が違ってくるんだ。一方は陸軍の大尉になり、一方は無職の貧乏人だ。いや、恨みで言ってるんじゃないぞ。面白いことだなあと思うのさ」

八郎太は少し困ったような顔をした。恨みで言うのではない、と言われても、今の立場の違いを少々気まずく思う気持ちが、八郎太のほうにないことはないのだ。

「つまりは運か」

　と八郎太は言った。

「あの戦争で、おれが勝ったほうにいて、お前が負けたほうにいたというのも運か」

「そういうことだ」

「で、この先も運命によってはどういうことになるかわからんわけだ」

「この先だと」

「そうさ。この先、おれとお前がまた敵味方に分かれて戦うことがあるかもしれん。そしてその時は、お前のほうが勝つという運命だってあるかもしれん」

　新之助はびっくりしたような顔をし、それから、声をたてて笑った。

「むちゃくちゃを言うな。そんなとてつもない運があるもんか」

　八郎太もニヤニヤ笑った。自分でも、ちょっと極端なことを言いすぎたな、と思ったのだ。

「とにかく、人生には運の中で流されていく一面があるんだな。たとえば、おれとお前が今日再会できたのも運だ」

「そうだ」

「そして、おれはお前が職を探していることを知った」

「おい。何かうまい話があるのか」

新之助は思わず膝をのり出した。

「ちょっと心当たりがなくはない。だが、ちゃんと調べたいので今日は言わん」

「そうか」

「お前、下谷のどんな長屋に住んでいるんだ」

なぜきくのか尋ねると、おれのほうから訪ねることもあろう、という答えだった。

「下谷の、ふくろう長屋だ」

そんな会話があって、その日はしたたかに酔って別れたのだった。

そして、八郎太がふくろう長屋を訪ねてきたのはその五日後の夕刻だった。

「狭いところですまん」

家族をすべて隣の三畳間に押し込んで新之助はそう言った。

「そんなことはいい。実はな、ひとつ世話できる仕事がある」

「本当か」

「ただし、給料は安い。最低の生活をしていくのがやっと、というところだ。だから、気がすすまんのなら断ってくれ」

「そんな贅沢なことを言っておれる状況ではないんだ」

「そうか。しかし、元士族には侍の誇りを傷つけられるような仕事かもしれん。帯刀が許されず、三尺棒を持たされる仕事で、それがいやでやめていく侍くずれもいる」

「おれはもう刀は売り払って持っておらんよ。どういう仕事だ」

八郎太は新之助の顔を見て言った。

「もしポリスになる気があるなら、口をきいてやることができる」

思いもかけない職業であった。

4

正確に言えば邏卒《らそつ》という職名だが、当時の人々はポリスという外来語で呼んでいた。警察官のことである。

明治四年、廃藩置県が完了したあと、東京府は太政官《だじようかん》の命《めい》をうけて邏卒三千人を採用した。これは西郷隆盛が一千人、川路利良《かわじとしよし》が一千人、合計二千人を鹿児島で募り、残り一千人を新政府側についた他府県から採用したものだ。

そして明治五年の三月に、邏卒が一千人増員されることになったのである。今度は出身県は問わないということで、八郎太が旧会津藩士でもかまわないかを調べてくれ、紹介状も書いてくれた。

その結果、新之助は邏卒に採用された。賊軍の生き残りが公務員になったわけで、思いもかけないことだった。

給料は八郎太も言っていた通り、確かに安い。三等邏卒の月給は五円である。それだけでは家族四人が食べていくことができない金額だ。だが、お栄が越後屋呉服店から仕立ての仕事をもらうようになっており、そちらを合わせればなんとかやっていけるのだった。

とにもかくにも定職につけたのがありがたく、これで東京に根を張ることができると思えた。

洋装の制服が支給された。まんじゅう笠にマンテルという黒ラシャの上衣を着、ズボンをはくのだ。階級を示す標識をつけ、草鞋《わらじ》をはき、三尺棒をたずさえるのが邏卒の姿だった。

邏卒という職名はこの年の十月に巡査に変るのだが、どう呼ばれようがやることは同じだった。

東京が六つの大区に分けられ、ひとつの大区は十六の小区に分けられる。その小区ごとに邏卒屯所があって、そこを拠点に、見張り、立番、密行、探索、巡邏取締りなどを行うのだ。交替制ではあるが勤務時間は長く、ずっと街に立って異常がないかどうか見ているなど、かなりの激務だった。

おまけに、人々の見本になるようにと、勤務規律が厳しい。服装が乱れてはいけないし、飲酒することも禁止だった。そのことには、邏卒総長を務める薩摩出身の川路利良の厳格な人柄によるところが大きかった。

新之助はその厳しい勤めを真面目にはたした。士族なのに刀を持つことを許されず、三尺棒なのが屈辱的だなどとも思わない。さっぱりと武士のいない世の中になってむしろせいせいするような気がした。そういう新時代を、自分のために生きるのは厳しくてもやりがいがあった。少しずつでも出世して給料を上げていこうという意欲もあり、毎日が充実していた。

邏卒とは、言ってみれば東京を見守るという職業だった。この頃ようやく江戸時代とはまるで別の新しい顔を見せ始めた東京を、新之助は職業柄、日々観察することになった。

明治になっていきなり出現して、街の景色をガラリと変えたのが人力車である。明治三年に最初の営業申請があったものだが、四年には東京に一万台以上の人力車が走りまわっていたのだから、驚くべき普及ぶりだ。新時代にこれほど似つかわしいものはなかったのである。一人乗りのものだけでなく、二人乗りや、四本の柱を立てて屋根を取りつけ、すわり込んで乗る方式のものなどもあった。初期のものは車体に蒔絵《まきえ》の装飾をほどこし、花鳥、山水、美人画、武者絵などで華麗をきそっていたが、次第に黒無地の簡素なものが主流になっていった。

それにしても、人力車が登場したとたん、駕籠《かご》がまったく姿を消したのは見事なほどの変りようだった。そういう意味でも人力車は明治を象徴するものだった。

交通機関としては陸蒸気《おかじょうき》の建設も進められている。鉄道の敷設だ。明治三年から新橋──横浜間の工事が始まり、五年の九月に開業するのだ。

新之助が街を巡邏していると、あちこちに見かけるようになったのが郵便ポストだった。郵便事業は明治四年に始まり、当初は東京府内に十二カ所しかポスト（書状集箱）がなかったのだが、五年になると角柱形のポストが街の各所に設置されるようになったのだ。そして、郵便の集配人の服装も洋装になった。

繁華街に牛鍋屋と、西洋料理店が出現して人目を引いている。まだそう多くはないが、食が変化するのは何より時代が変ったということを思わせる。

銀座に幅十五間の舗装道路が計画され、その両側には煉瓦《れんが》造りの建物がズラリと並ぶことになった。これは、明治五年二月の大火事がきっかけとなったものだ。

二月二十六日のことだが、和田倉門内の旧会津藩邸から出火し、強風のせいもあって大いに燃え広がり、銀座、新橋、築地一帯を焼きつくした。新之助はあの会津上屋敷から出た火が東京のかなりの部分を焼き払ったということに何か因縁のようなものを感じずにはいられなかった。もちろん今そこは会津藩とは関係がなく、新政府が官邸として使っていたのだが、それでも会津から出た火が東京の五千戸の家を焼いたのだ、というふうに考えてしまう。それは会津戦争の恨みが形になったのだろうか、と。

もっとも、東京府はその火事をきっかけとして、銀座を煉瓦造りの不燃の街とするように都市計画を立てたのだから、東京の近代化を促進したわけである。銀座は明治七年（一八七四）には煉瓦の街となり、街路樹が植えられ、ガス燈がともって大いに栄えることになるのだ。

そんな、いよいよ近代化していこうとする東京を新之助は巡邏してひたすら歩いた。大きな犯罪があれば聞きこみ捜査もする。喧嘩があればとめに入り、スリがいれば捕まえる。

この頃の日本は、西洋人に見られて恥となることはやめよう、という意識から、軽犯罪法のようなものを作り、街中で裸になることや、立小便をすることを禁じた。だが、立小便をする者はいっこうになくならない。そこで邏卒が、そういう者にコラコラ、と注意をするのだ。

邏卒になった者には、鹿児島出身者が多かった。そのせいで、コラコラになるのである。それは、もしもし、と声をかける時の鹿児島弁であった。そしてなんとなく、邏卒のことばのようになっていたので、新之助もコラコラと言うようになった。

軍人が立小便をしていることもある。それを見た邏卒はコラコラと注意するのだが、その時、面倒な揉《も》めごとになることが多かった。

軍人の中にも鹿児島出身者は多い。そして軍人には、鹿児島の上士《じょうし》だった者がなるのが普通だった。ところが邏卒には、鹿児島の郷士《ごうし》身分の者がなっていることが多かったのだ。

郷士に注意されるなんて我慢ならんと、軍人は邏卒に逆らうのだ。何人もの軍人が邏卒をつるしあげるようなこともよくあった。そのようにして、日本の軍部と警察の仲の悪さが生まれたのだ。

軍人にはなるべく関わらないようにしよう、と新之助は思っていた。

ところで、薩摩者で、まさしく軍人だというのが橋口八郎太である。だが、友である八郎太との間にはなんのわだかまりもなかった。

非番の日に、新之助はしばしば八郎太の屋敷を訪ねた。邏卒は特別の日以外は飲酒禁止なのだが、友と会って話をするのに酒なしですむはずがない。陸軍大尉から飲めと命じられたのです、というのを口実にして、飲んで語らった。

八郎太のほうが新之助の家へ来ることもあった。新之助は、もう少し生活にゆとりができたら、小さくても今のところよりはましな、せめて三間か四間ある家に移りたいと思っているのだが、八郎太はその家の狭さをなんとも思っていないのだった。徳利をぶら下げて、飲もうぜ、とやってくる。パンだの、西洋料理のクロケットなどを持ってきては、小太郎やお町にも食べさせる。二人はすっかり八郎太になついてしまった。

そんな行き来ができるほどに、二人は近所に住んでいるのだった。

秋になって、自分の職名が巡査というものに変った頃、新之助は非番の日に汐留《しおどめ》にある旧会津藩中屋敷を訪ねた。そこに、新之助の主君であった松平容保が戻ったからである。鳥取藩邸、ついで和歌山藩邸に永預け、という処分を受けていた容保が、この年ようやく赦免され、残っていた会津屋敷に入ったのである。なお、この時同じく赦免された養子の喜徳は実家の水戸家に戻った。なぜなら、会津松平家には容保の実子の、まだ四歳の容大が、斗南藩知事ではなくなり戻っていたからである。

ようやく、父と子が自分の屋敷に住めるようになったのだ。

容保は新之助が訪ねてくれたことを喜んだ。同い年の、気の許せる話し相手なのだ。

「苦労をしておるのだろうな」

「いえ、今はもうなんとか生きていけるようになりました」

新之助は自分が巡査になっていることを話した。家族と共に東京で生きていることを。

「余が至らぬばかりに藩士には苦労をかけた。一人一人に頭を下げたい思いじゃ」

新之助は、とんでもございません、と言った。

「会津藩の苦難は、時代の大変動のときの貧乏くじのようなものでございます。理由も何もなく、ただ悪いくじを引いてしまったのです。会津藩のしたことに間違いがあったのではございません。ましてや殿に非があったわけでもなく、その時その時すべてよきように励んでいたのに、大渦の中でもみくちゃにされてしまったのです。旧会津藩士のすべては、殿をお気の毒と感じています。殿をお恨みする者は一人もいません」

　容保はようやく少し笑った。

「そちは宙に浮いておるようだ」

「軽々しいのですね」

「いや、ほめている。そちは自由だ。そして真面目に自分を守ろうとしておる。これからの世には、そちのような者こそ幸せになれるのかもしれぬ」

「殿も、ついに自由の身となったのです。この先は、ご自分のためだけにお生き下さい」

　新之助は頭を下げ、この殿の幸せを願わずにはいられなかった。

　松平容保はこれより後、日光東照宮の宮司となり、一生その職を守った。徳川宗家に絶対忠誠をつくす藩の主君が、徳川家康を祀《まつ》る神社の宮司となったわけで、これ以上はないほどに似つかわしいと言えよう。

　とにかく殿は自由の身になれた、と新之助にはそのことが嬉しかった。

5

明治五年は十二月が二日しかなかった。十二月三日にあたる日を、明治六年（一八七三）の一月一日ということにして、太陰暦から太陽暦に切り替えたのだ。年末の支払い日が思いがけず早まってしまい庶民はうろたえ、商店のほうも決算日が前へズレててんてこまいとなり、とんだ大騒ぎになったが、ともかく新暦は始まった。

そういう一月の十日に、政府は国民皆兵《かいへい》の方針にのっとって徴兵令を布告した。これは陸軍大輔《たいふ》の山県有朋《やまがたありとも》が推し進めたものである。二十歳以上の国民の男子すべてに兵役が課せられたのだ。ただし、実際に成人男子のすべてが軍人にされたわけではない。満二十歳の男子から抽選で選ばれた者が三年の兵役につくというものだった。体格が基準に満たない者や病気の者は除かれた。それから、一家の主人たる者、家のあとを継ぐ者、役人、官立学校生徒なども徴兵免除だった。そして、代人料二百七十円を支払えば徴兵されずにすむのだった。そのほか、北海道には徴兵令が出ていないので、北海道に戸籍を移すという徴兵逃れもあった。

実際には二十歳以上の男子の三〜四パーセントくらいしか徴兵できなかったのである。しかし、志願兵制度ではなく徴兵だったことの意味は大きい。

その頃、新之助はこんな体験をした。勤務を終えてふくろう長屋へ帰ってきたところへ、長屋の大家に声をかけられたのだ。

「秋月さんはポリスなんだからわかるでしょう。どうしたってまた政府は、若い男の生き血をしぼるなんていうおそろしいことを始めたんでさ」

大家には年頃の息子がいるのだ。その顔は実際に恐怖でゆがんでいた。

「生き血をしぼるですって」

「そう言ってるじゃねえですか。税金を血で払わせるんだって」

あれか、と新之助には合点がいった。そこで、おだやかにこう言った。

「あれはそういう意味じゃないです。生き血はしぼりませんから安心して下さい」

徴兵のことを世に報《しら》せるための文章に、次のようなくだりがあったのだ。

『人たる者固《もと》より心力を尽し国に報《ほう》せざるべからず。西人これを称して血税という。その生き血をもって国に報するの謂《いい》なり』

この「血税」は、フランス語のいいまわしを直訳したものだった。

「つまり、身をもって国につくすことを、血で払う税金のようなものだと、たとえで言っているんです。実際に生き血をしぼるわけではありません」

本当なんですか、と大家はまだ疑わしそうな顔をしていた。

「本当に血をしぼったって、むごいばかりでいいことはひとつもないでしょう」

とんだ笑い話である。しかし、この誤解は全国で生じて、一揆にまでなったところが少なくなかった。

やっと大家をなだめて家に帰ると、八郎太が来ていた。小太郎を相手に将棋をさしている。

「ポリス様のお帰りかい」

「軍人さんは暇そうで結構なことだ」

声をかけあい、新之助は着物に着替えた。

将棋のほうは、やがて八郎太が、まいった、と投了した。

「小太郎はどんどん強くなるなあ」

小太郎は嬉しそうに笑って、将棋盤を片づけた。

「今そこで、おかしなことを人にきかれてしまった」

と新之助は八郎太の前にすわりこみ、大家の血税騒ぎを語ってきかせた。

「徴兵令か。あちこちで評判が悪いようだな」

「あちこちで、とは」

「国民の大部分は徴兵をいやがっているようじゃないか。それに、桐野さんがあれには大反対している」

「桐野という人は、今、熊本にいるんだろ」

桐野利秋は去年、鎮西鎮台《ちんぜいちんだい》の司令長官に任命され、熊本に赴任していた。鎮西とは九州のことであり、鎮台は地方を守るために駐留する軍隊のことだ。今年になって鎮西鎮台は熊本鎮台と改称されたが、桐野はまだそこにいた。

「どこにいようが、大声でわめきちらしているんで、伝わってくるのさ」

桐野は国民皆兵の徴兵制になにがなんでも反対だった。要するに、軍事にたずさわるのは士分の者でなければならぬ、という考えだったのだ。

「百姓を集めて人形を作ったところで、なんの役にも立たん」

という発言をしたほどだ。桐野に農民を蔑視する考えはなかったようだが、軍事は武士がやる、ということだけはどうしても譲れなかったのだ。平民の寄せ集めの軍隊は弱く、国を滅ぼすことになる、と思ったらしい。

「そうか。お前には今、上で睨《にら》みをきかす人がいないからそんなふうに気楽なんだ」

と新之助は言った。桐野が熊本へ行っているから子供と将棋をさしていられる、という意味だ。すると八郎太はへらへら笑って言い返した。

「お前のほうだって、今、上役が留守じゃないか」

「そうか。うん、そうだった」

邏卒総長の川路利良が、去年の九月から警察制度の調査研究のためにパリへ派遣されていたのである。

しかし新之助はちょっと考えて、笑いながらこう言った。

「考えてみれば、今、日本の政府の重要人物が半分ほど洋行中で留守にしておるじゃないか。この国の今の姿は仮所帯のようなものだぜ」

「なるほど。政府要人の半分くらいが出かけているわけだ」

米欧使節団というやつである。新たに始まったばかりの新政府が、米欧のやり方を学ぶためと、条約改正の交渉のために世界を見て廻っているのだ。

全権大使が岩倉具視《いわくらともみ》、副使が木戸孝允《きどたかよし》、大久保利通《おおくぼとしみち》、伊藤博文、山口尚芳《なおよし》。要するに政府の要人の半分だ。そのほかに、一等から四等までの書記官がおり、理事官もいた。更に、何人もの随員がつき、留学生が四十三名、随従者が十八名だ。全部で百人以上の大所帯が、明治四年十一月に日本を発って、まずアメリカに渡り、次にヨーロッパを廻った。彼らが日本に帰るのは一年十カ月後の明治六年九月なのだ。

「国を造ってから、政府の要人が政治をどうすればいいのか勉強するために外国を廻っているとは、泥棒を捕えてから縄をなうようなものだよな」

と八郎太は言った。

「しかし、それは必死の真面目さというものだよな。その、なりふり構っていられない感じが、なかなかいいような気がする」

新之助は明治という新時代に対してどちらかといえば好意的だった。身分を失った旧武士にしては珍しいことかもしれない。

新之助と八郎太は、時代が変り、誰はばかることなく語らいあえるようになり、実にしばしば訪ねあうようになっていた。八郎太が新之助の狭い家へ来ることもあり、新之助が八郎太の屋敷に行くこともあった。八郎太のところへ行ったほうが酒の肴が上等だったが、二人ともそんなことより、会話を楽しみにしていた。

六月に入った頃には、政治の話題がよく出るようになった。

明治五年に『東京日日新聞』『郵便報知新聞』などの新聞が創刊されて、日本は新聞の時代を迎えていた。新之助も、職業柄新聞にはなるべく目を通すようにしていた。

すると、明治六年の六月頃から、新聞が盛んに朝鮮はけしからん、という調子の記事を載せ始めたのだ。

我が日本が外交交渉をしようと使者を送っているのに、まともに相手をせず、何を言ってもきく耳持たず、あたかも軽視するかのような態度でいるのが許し難い、というような記事である。新之助はこんな記事も読んだ。

朝鮮の釜山《プサン》に、倭館《わかん》という、日本人外交官の詰めている施設がある。ちょうど江戸時代の長崎の出島のようなところで、朝鮮側はそこにいる日本人としか交渉しないのだ。ところが、そこにいる日本人外交官がしつこく交渉を求めるので、朝鮮側はうとましく思いだし、倭館の人々への非難や、食糧供給禁止などの挙に出たというのだ。

「朝鮮は何を考えているのだろう」

と新之助は八郎太に言った。

「つまりは日本のひと頃の、尊王攘夷みたいなものだろう」

「ほう、尊王攘夷か」

「朝鮮は、鎖国をしておる。清国《しんこく》とはつきあうし、尊敬もしとるが、西洋の国なんぞは獣以下の化け物が住む所で、見るだけでもけがらわしい、と思っているんだよ。朝鮮で今実権を握っているのは国王（高宗《こうそう》）の父の大院君《だいいんくん》だが、その人が病的なまでに西洋諸国を嫌い、開国のすすめにまったく耳を貸さんのだ」

「よく知ってるな」

「軍の情報部から話が伝わってくるんだよ。そういう朝鮮に対して、日本としては、新政府になったのでよろしく、と外交をしたのさ。貴国も開国して文明世界の仲間入りをしたらどうか、なんて提案もした。だが、むこうから見ると日本人外交官は洋服を着ておって、西洋に魂を奪われた洋賊に見えるんだ。日本からの国書の中に、『皇王』とか『奉勅』という言葉が使ってあるのを、それは中国の王朝だけが使える言葉だ、と難じて読みもしないそうだ。つまり、徹底鎖国を貫こうというんだな」

「それで、倭館の日本人を非難しているのか。だがそのせいで、日本人の中から征韓論なんてぶっそうな考えが出てきた」

「今、征韓論はだんだん大きな民意になりかけている」

「つまらん衝突だな。とりあえず朝鮮がそんな態度なら、相手にしなきゃいいのに。お前はどう思う」

「おれは、そういうことを考えるのは西郷さんにまかせている」

「そうか。しかしおれには、大院君はかつての孝明天皇と同じようなものに思える。そして日本人が、攘夷すべしでとち狂っていた時代もあるんだから、朝鮮のことを笑うというのもおかしいような気がする。目がさめるまでほうっておけばいいんだよ」

「ところが、征韓論は軍の中でも大いに盛んだ。政府の中では、板垣退助が朝鮮討つべしと激論をしている」

「まあ、いろんな意見があるだろうがな。しかし、日本人が気分で征韓論に走るのは愚かだよな。それではウサギの流行と同じだよ」

「ウサギか」

「どういうわけか去年からウサギを飼うことが大流行しているじゃないか。みんな夢中になってウサギを飼い、耳の形の面白いものは法外な値段がついたりしておる。ウサギ一羽が六百円で売れたという話まである。あんなふうに、庶民は気分で一方向へどっと流されるんだ。征韓論もそういうもののような気がするよ」

この年十月、流行しているウサギの飼育数を調査したところ、東京に九万羽以上のウサギが飼われているとわかるのである。

「確かに、今日本には朝鮮に攻め入っているような余裕はないよな。みんなが気分で征韓論をもてあそぶのはマズいかもしれん」

そのあたりが八郎太の意見であるらしかった。

その八郎太が、新しい情報を教えてくれた。六月も終ろうとしている頃である。

「閣議で、西郷さんは朝鮮への派兵に反対して、私が大使として朝鮮へ行くと主張したそうだ」

「ほう、西郷さんが」

「いきなり派兵するというのは他国に対して礼を欠き、乱暴すぎるというわけさ。だから自分が行って、大院君と穏やかに話をし、道理をつくして説得すれば、必ず和親が結べるだろうというんだ」

「なるほど。いかにも西郷さんだな」

新之助は、いい考えかもしれんな、と思った。西郷は勝海舟と話し合いをし、江戸の無血開城を決めた人である。まったく心に裏がなく、誠意で交渉できる人なのだ。西郷さんにまかせれば、この問題はうまく解決できるかもしれない、と思えた。

ところが、実際にはここから西郷の悲劇が始まっていく。当初は、そんなことになるとは夢にも思わなかったのだが。

6

秋月新之助が盟友の橋口八郎太の屋敷を訪ねたのは、明治六年の十一月に入ってすぐの頃だった。その屋敷の中は、廃屋のようになっていた。必要なものだけを荷作りし、不用のものを二束三文で売り払ったあとだったのである。

「お前も鹿児島に帰るのか。それ以外の道はないのか」

と新之助は言った。

「西郷さんが帰ってしまったんだ。おれには西郷さんについていくという生き方しかないんだよ」

それが八郎太の答えだった。

この秋、西郷は征韓論の政争に敗れたのだ。

一度は、西郷を朝鮮への全権大使として派遣することが決まりかけたのに、明治天皇は、米欧使節団の留守中に重大なことを決定するのはいかがなものか、と言ったのだ。それで、使節団の帰国を待つことになった。

九月になって、岩倉具視を全権大使とする使節団の一行が帰国すると、それらのほとんどが、征韓などとんでもない、とする反対論者だった。西郷の親友の大久保利通も、今、外国に手出ししていては日本がつぶれる、という強硬な征韓反対論者だった。

そこから、何度も閣議が開かれ、激論が交わされた。

西郷は自分が朝鮮へ行って話をつけてくる、という考えなのだが、一応征韓派ということになる。そのほかに、板垣退助、後藤象二郎《しょうじろう》、江藤新平、副島種臣《そえじまたねおみ》らが征韓賛成派だった。

反対派は大久保を筆頭に、木戸孝允、大隈重信《おおくましげのぶ》、大木喬任《たかとう》であり、三条実美《さねとみ》と岩倉の両大臣も反対派だった。

一度は征韓論者が押し切ったかに見えた瞬間もあったのだが、そこで、閣議決定を天皇に上奏する立場の三条が心労から悩乱してしまう。意識不明になり、うわ言を言うばかりとなった。

そして、三条の代理に選ばれた岩倉は、私にはこんな上奏はできないと突っぱねたのである。ついには、刀の柄に手をかけた桐野利秋《としあき》を従えた西郷に、私の目が黒いうちは貴公たちの思うようにはさせぬ、とまで言った。

西郷はついにあきらめた。そして、すぐさま辞表を提出し、十月二十八日には、品川から船に乗って鹿児島に帰っていった。

八郎太はそれにならって、鹿児島に帰るというのである。

「それに……」

と八郎太は言葉を続ける。

「桐野さんのこともある。桐野さんは今年四月に、陸軍裁判所長に任命されて以来東京にいたのだが、その桐野さんも西郷さんに従って鹿児島に帰ったんだ。おれは西郷さんに桐野の下にいろ、と言われているんだから、その人についていくしかない」

薩摩人で、この時下野《げや》して鹿児島に帰国した者は多数いた。別府晋介《べっぷしんすけ》も、篠原国幹《しのはらくにもと》も、池上四郎《いけのうえしろう》も、村田新八も帰国し、薩摩人六百人が東京を去ったのだ。政府の重要な人材がごっそりと欠けてしまった。

八郎太が、どう生きていくかを西郷にあずけているのを新之助は知っていた。だから、引き止めてもムダだということはわかっていた。

「そうか。やむをえんのだな」

せっかく陸軍大尉という高い身分にあるのに、という気はしたが、そんなことでは薩摩人は引き止められないのだ。

「西郷さんはこの国にとって第一級の重要人物だ。また復権することもあるかもしれん。そう思えば、その時までの雌伏《しふく》の時代なのかもしれんよ。お前がまた東京に出てくる日があるのを待っている」

「そんな日が来るかどうかわからんが、離れていてもおれたちは友だ。手紙を出すよ」

「おれも出す」

「よし。では今日は別れを惜しんで飲もう。おれたちにはそれが似合いだ」

がらんとした屋敷で二人は夜遅くまで酒を酌み交わした。そして翌日、八郎太は鹿児島に帰っていった。

明治七年になる。日本の警察制度に大きな変革がなされる年だった。

前年の九月に、パリへ視察に行っていた川路利良が帰国したのである。川路は、帰国して間もなく、征韓論で政府が揺れに揺れているのを見たわけだ。そして、明治六年の政変、とも呼ばれる西郷と大久保の対立を見、敗れた西郷が辞表を出して鹿児島に帰ったのを見た。

川路に、警察のことをやれ、と勧めたのは西郷だった。だから、川路は西郷派で、鹿児島に帰国するのではないかと思われていた。

しかし川路は、フランスで学んできたことを生かし、警察を改革するのが自分の使命だと思っていたのだ。だから、鹿児島に帰るという道を選ばなかった。

一月十五日、それまで司法省の管轄だった警察が、新しくできた内務省の管轄となり、東京警視庁が創設された。その警視庁の最高責任者である大警視の座についたのが川路だった。もちろん、秋月新之助もその東京警視庁に勤める巡査になったわけである。

ところで、新しい警視庁が発足する日の前日、とんでもない大事件がおこったのである。それは、岩倉具視暗殺未遂事件だった。

一月十四日、岩倉は宮中に召されて晩餐《ばんさん》に陪席したのだ。宮中ではあるが、皇居ではない。前年五月に皇居は火事で焼失していたので、赤坂離宮（現・迎賓館のあるところ）を仮皇居としていたのだ。

夜七時頃、その仮皇居を出た岩倉は、二頭立ての馬車に乗って二重橋前にある自分の屋敷に帰るところだった。そのために、赤坂喰違《くいちがい》御門を通って外濠を越えようとした。そこに門はなくなっていたが、土橋があったのだ。

草木の茂る、明りもないようなところだった。橋にさしかかった時、突然七、八人の賊に襲われた。賊は馭者《ぎよしや》に斬りつけ、馬車の幌《ほろ》の外から、国賊岩倉に天誅《てんちゆう》を下す、とわめいて白刃《はくじん》を突き入れたのだ。もう一人も、白刃を突き入れた。

岩倉は二カ所斬られたが、幸いなことに浅手《あさで》だった。岩倉は馭者台へ出るが、そこをまた斬りつけられ、馭者と共に地面に落ちた。そして、濠への斜面をゴロゴロところげ落ちたのだ。

月のない暗い夜だったのが岩倉に幸いした。刺客たちは岩倉を見つけてとどめを刺そうとしたが、その姿を見つけられないのだ。岩倉は濠の水中に体半分ほどを沈め、枯草で身を隠して息をひそめていた。

かなり長い時間、岩倉は身を隠していなければならなかった。

しかし、ついに口々に何やら叫びながら駆けてくる人々がいた。

実は、馬車の馭者がこっそりと逃げ、仮皇居へ事態を報告したのだ。そこで宮内省の役人が大あわてで駆けつけたのである。

そしてその中に、巡査の制服の秋月新之助の姿もあった。

新之助はその夜、赤坂喰違御門の近くにある二署で夜勤をしていたのだ。宮内省の役人の一人が、そこへ駆け込んで急を告げてきた。新之助は大事件の現場に駆けつけた最初の巡査となった。

それを見て、刺客たちは逃げた。みんなで岩倉の名を呼んで捜すと、ここにいる、と岩倉がよろけながら立ちあがった。

宮内省の役人の一人が、岩倉をかついで仮皇居へと戻った。傷は浅かったが、岩倉は熱を出していた。

新之助は二署に戻り、事件について上司に報告した。

警視庁が発足するまさにその前日に、政府の要人が殺されかけたのである。大警視川路としては、何がなんでも犯人をあげなければならなかった。

大警部中川祐順を長とする特別捜査団が組まれた。八十余人である。その中に、最初に駆けつけた新之助も含まれていた。

「不眠不休で、必ず犯人を捕えよ」

と川路は言った。新之助たちは、懸命の捜査をした。

現場に比較的新しい下駄の片方が落ちていた。犯人の遺留品だと思われた。

当時、巡査の下で働く番人という者がいた。江戸時代の自身番《じしんばん》を制度化したもので、官費ではなく民費で雇われていた。巡査一人が番人十人を指揮する、ということになっていた。

新之助は番人たちに遺留品の下駄を見せ、これを売った下駄屋を捜し出せ、と命じた。二日後、京橋新富町《しんとみちょう》の下駄屋が、事件の数日前、下宿屋の女中らしい者にその下駄を売ったということがわかった。

新富町に、新島原と呼ばれる花街がある。明治元年に、政府が軍用金ほしさに許可したもので、一時は妓楼が百二十軒を数えるほどに栄えたのだ。ところが、明治四年に妓楼はみんな吉原へ引きあげてしまったのだ。だから、今は花街ではなく、空家だらけとなっていた。

そういう空家を共同の宿泊所にして、征韓論で官をやめた軍人や官吏の一群が住みついていた。それも、圧倒的に土佐人が多い。

土佐の板垣退助も征韓論で敗れて下野していたから、土佐人も多く官をやめていたのだ。土佐人が岩倉を憎むのは大いにありうることだった。

捜査が続けられ、ついに実行犯が割り出される。首謀者は、さきに辞職した外務省十等出仕・武市熊吉《たけちくまきち》とその弟であった。計九名で、岩倉を襲ったのだ。

一月十七日から十九日にかけて、九名全員が逮捕された。そして七月に全員死刑となったのである。

警視庁は発足早々、見事に要人暗殺未遂犯を逮捕し、面目をほどこしたのだ。

捜査、逮捕に功のあった者は川路におほめの言葉をかけられた。新之助もその中に含まれていた。

「よく、やってくれた」

そしてその一カ月後に、新之助は二等巡査に出世したのである。

7

東京警視庁になって、警察官のかぶりものがまんじゅう笠ではなく帽子になった。紺ラシャ地で、警視、警部のものには金モールが、巡査のものには銀モールがついていた。

また、この頃からはきものが革靴になっていった。

二月になって、佐賀の乱、というものがおこった。征韓論で敗れて下野した江藤新平が、不平士族を率いて佐賀でおこした反乱だ。江藤は、我々が立てば鹿児島の西郷も同調し、全国の不平士族もそれに続いて勝利できるだろう、と読んでいたらしいが、西郷はわざわざ訪ねてきた江藤を冷たく追い返した。

反乱はたった一月《ひとつき》ほどで鎮圧され、江藤は捕縛され、裁判で梟首《きょうしゅ》の判決を受ける。さらし首、という過酷な刑であった。

この乱に対して、政府軍の動きは驚くほど早かった。電信が実用化されていたことと、蒸汽船の輸送力、速度がものを言ったのだ。戦争のあり方が変ってきた、と見るべきであろう。

新之助にとって、佐賀の乱は遠いところでおきた、自分とは無関係の乱だった。強大な政府軍が鎮圧したのであり、警視庁は関係しなかったからだ。新聞で戦況を知り、もし西郷が江藤に同調したら、八郎太もその反乱に加わるのかと気をもんだが、そういうこともなくすんだ。

それにしても、一度は官軍として戊辰《ぼしん》戦争に勝利した側が、反乱をおこすのだなあ、と皮肉ななりゆきを見るような気がした。つまりは、維新をした側が、その後の政権を奪い合う闘争をして、それに負けた者たちが政府に反抗するのだ。

まあ、そうであろう。たとえば会津の人間などは、コテンパンにやられて、その後大変な苦労をしたが、復讐のための反乱をおこすことはない。負けて、すべてを失ったところから、明治を生きていくしかないのだから。

桜が咲き始めた頃、新之助の家を訪ねてきた人物がいた。会津でのお隣さんとも言うべき佐倉藤右衛門《さくらとうえもん》だった。

「久しぶりでなし」

と佐倉は疲れがにじんだ顔で言った。苦労したのだろうな、というのが一目でわかった。

「お主は、斗南へは来なかったよな」

と新之助は言った。

「うん。会津におることにしたんだべし。だが、無禄になってしまって、家族を食べさせていくことができんのじゃ。一度は豆腐屋を始めたのだがうまくいかなかった。庭を畑にして、野菜を作って命をつないできたが、それもとうとう行きづまってしまってな。最後の望みをたくして、まずはおれだけ東京へ出てきたんじゃ」

その苦労が新之助には痛いほどよくわかった。

「ともかく無事に生きていたんだ。それが何よりだよ」

「しかし、これからも生きていかねばならん。何か仕事の口はないじゃろうか」

それは、三年前に新之助自身が何人もの同郷人に言った言葉であった。その必死さは情においてわかる。

「警視庁に入る気はあるか。あるならおれが口をきいてやる。ただし、巡査の給料は安いぞ」

佐倉の顔つきが見る見る明るくなった。

「何だってやる気なんだ。どうか頼む」

岩倉暗殺未遂事件などもあり、大警視の川路は治安維持のために巡査の数を増員しようと考えていた。とりあえず六千人にしたいと思ったが、それには千人ほど足りなかったのだ。

佐倉を警視庁に入れることはうまくいった。まず三等巡査になった。巡査は四等まであるのだが、旧士族であり、教育も受けているので三等から始めるのだ。

給料は安いが、安定した仕事だ。会津から家族を呼び寄せることもじきに可能になるだろう。

この明治七年に、警視庁に入った会津人の数はかなりにのぼる。新之助はそのことに気づいて、どうしてまた、と首をひねった。

幕末に〝鬼佐川〟と呼ばれて志士たちに恐れられていた佐川官兵衛《さがわかんべえ》が、この年警視庁に入った。会津藩で最終的には知行千石の家老にまでなった人物だから、いきなり警部職になったのだ。

佐川は若松城開城後、東京で禁固刑を受けたが、赦免されてからは若松に帰って閑居していた。それがこの年、上京して警視庁に入ったのだ。

その時、旧藩士三百人を率いており、それがすべて巡査に採用されたのである。

新之助は、あることを知って少し疑って考えるようになった。あることとは、新選組元隊士の斎藤一《はじめ》までもが、警視庁入りをしたことだ。

会津者や、元新選組までも警察官として受け入れるのは、政府に、それらの者の恨みの感情を利用しようという意図があるからではないだろうか。つまり、政府は、鹿児島に帰っている西郷の一派と、やがて戦争になるかもしれないと考えているのだ。そうなった時、軍や警察の中に会津人がいれば、会津戦争の仕返しだと、意気も大いに上がってよく働くだろうと見込んでいるのだ。

会津戦争で見事な働きを見せた山川浩は、その時敵だった谷干城《たにたてき》の推挙を受けて陸軍に入っている。軍のほうにも会津人がいるのだ。

もし次に戦争となれば、それらの会津人が今度は官軍ということになる。一度は朝敵の賊軍にされた者たちが、その汚名を晴らすために死ぬ気で働くだろう。

新之助は警視庁舎で、佐川官兵衛と顔を合わすことがあり、同郷の者として親しく言葉を交わした。

「佐川さんとまた同じ組織の人間になれるとは、考えたこともありませんでした」

「位は上でも、おれのほうが新参者だ。いろいろ教えてもらいたい」

「教えるなどとんでもないです。同じところで働けるのを喜ぶばかりです」

「京にいた頃のことを思うと、今が夢の中のような気がする」

と佐川は似つかわしくないことを言った。

新之助は気になっていることを口にしてみた。

「それにしても、警察に会津者が増えました。不思議なほどです」

だが、佐川はあっさりとこう答えただけだった。

「薩摩人の多くが官を辞して帰ってしまったからな。政府は猫の手も借りたいところなんだろう」

会津人は猫の手か、と思ったが言うのはやめた。佐川は豪傑であり、昔は賊軍で今は官軍か、ということにこだわっていないのだ。

新之助が気をもむのは、薩摩人がどう出るのか、だった。西郷は政府に反乱してしまうのか。だとすれば八郎太は、賊軍の一員ということになってしまう。

新之助はこの頃、息子の小太郎を先生にして英語を学び始めていた。四十の手習いというところだが、かつてオランダ語が身についた頭には、英語も根本では似たようなものであり、次第に英語の本が読めるようになってきた。

すると、そのことが上司に知られ、一等巡査に格上げされた。順調な出世であった。

明治九年（一八七六）になった。この頃、全国で旧士族の不満は爆発寸前となっていた。

この年の三月、士族の帯刀を禁じる廃刀令が公布されたのだ。武士の誇りを奪い去る命令であった。

そして八月には、新しい条例を公布して、士族の毎年の家禄を廃止したのである。

遡って説明すると、明治四年に廃藩置県があって、大名とその家臣団の土地領有権は否定された。ただ、しばらくの間は、知行地の俸禄に相当する家禄を、政府が肩代りして華族（藩知事であった大名）と士族に支給したのだ。大名や武士がいきなり無収入になることのないように、政府が禄を与えていたと言ってもいい。

それを、金禄公債《きんろくこうさい》証書を一時発行することにより、家禄の支給を打ち切ったのである。気休めの退職金を与えて、それまであった給料をなしにした、というようなことだ。これによって旧士族たちは経済的基盤も失った。不平が噴き出すのも無理はないであろう。

明治九年十月から十二月にかけて、西日本各地で小規模の反乱が続発した。

まず十月二十四日に、熊本で神風連《しんぷうれん》の乱がおこった。

そしてその三日後に、福岡の秋月で、秋月の乱がおこる。

そのまた翌日に、山口県の萩で萩の乱がおこった。これらは陸軍の軍事力で次々と鎮圧されていったが、日本中の人間が、こんなことで終りはしないだろう、とおそれていた。一番大きな不平勢力が、日本で最強の兵と、日本で最高の指導者を有して西国にうずくまっているのだ。そこが反乱したら、今の政府ははたしてこれを鎮圧できるだろうかと、人々は不安におののいていた。

鹿児島の西郷はどう出るのか。

九年の暮、大警視川路は旧薩摩士族である部下を二十名ばかり鹿児島に巡遣した。鹿児島の情勢を探らせ、西郷の動向を視察するためである。

しかし、これらの者はすべて鹿児島の私学校（西郷らが鹿児島に開いた学校）生徒に捕えられ、拷問の結果、西郷暗殺計画を自供したのである。翌十年（一八七七）の二月のことだった。

西郷暗殺計画が本当にあったのかどうかは実はよくわかっていない。たとえば大久保などが、いざとなれば西郷と刺し違えるまでだ、というようなことを言う可能性はなくはなく、それを逆上した耳できけば、西郷を殺す気なのだ、ということになる。

それとも、蜂起するきっかけがほしくて、拷問によって偽りの自供を引き出したのか。

一説では、何しに来たと問われて、西郷を視察に来た、と答えたのを、西郷を刺殺に来た、とき違えたのかも、と言う。そんなところが本当かもしれない。

それに加えてもうひとつの事件があった。火薬倉襲撃事件である。江戸時代に薩摩藩では近代的な軍事技術開発が進められており、藩内のあちこちで火薬、銃器の製作が行われていた。それらが鹿児島県となってからは、陸軍省の管轄となって、火器弾薬の製造を行っていた。

政府は鹿児島の情勢が不穏になってくる中、秘密裏に火薬を搬出することにした。だが、これに私学校党が気づき、火薬倉を襲撃して小銃や弾薬を掠奪したのだ。これは五日も続いて、さながら戦争のようなものだった。

ついに西郷は動く。というより、動くしかなくなったのだ。二月十二日、西郷らは兵を率いて上京する、という届けを鹿児島県令に提出した。そこには、今の政府に尋問したいことがあるので出兵する、という意味の文章がある。何をどうしたいのかよくわからない出兵である。

二月十五日、西郷軍は鹿児島を発《た》った。戦争は始まったのだ。

8

西郷軍は熊本鎮台めざして一気に進んだ。具体的に言えば熊本城である。そこには司令長官として谷干城がいる。そして、各地から続々と軍人が入城していた。谷は籠城戦をする考えだった。

その熊本に近い川尻《かわしり》に、二月十九日、薩軍が続々と集結した。守る側と攻める側とが睨み合う情勢になったのだ。

薩軍の中で、西郷はまるで捕虜のようであった。戦を指揮するのは桐野、篠原、村田らで、西郷はただいるだけなのだ。ただし、万一のことがあってはならぬと、護衛というか、見張りのような者が西郷をぐるりと取り巻いている。やむなく西郷は、兎狩りをしたり、手紙を書いたりして時を過ごしている。

西郷は、この身はお前たちにやる、という気でいるのだ。戦争になってからの西郷は、意識の働きが鈍ってしまったかのようだ。作戦を立てる気もなく、ただ流されるままになっている。

川尻で、そんな西郷の目に、ある兵の姿がとまった。西郷は近所の子供を呼び止めるように声をかけた。

「八郎どんじゃなかかと」

声をかけられたのは橋口八郎太だった。八郎太はその人に話しかけられたことが嬉しくて、最敬礼をした。

「巨大目《うどめ》さあの元気なお姿を見て、感激です」

西郷は嬉しそうに笑った。若き日の自分を江戸で案内し、警固してくれたのが八郎太だ。

あそこから、ずいぶん遠くへ来てしまった、と思ったかどうか。

西郷はふと、弱い口調で言った。

「おはんをここまで引っぱってしもうたでごわんな。よかったのかどうか」

八郎太は真剣な顔つきになって言った。

「私は、大坂の蔵屋敷で生まれ育ち、江戸で青春を送った薩摩者です。鹿児島《かごんま》言葉もろくにしゃべれません」

「そうごわしたな」

「それが、今ここに来て、初めて鹿児島者《かごんまもん》になれたような気がしています。浮き草だった身に、初めて根が生えた気分です」

それは八郎太の本音だった。これまでの生涯で、ずっと自分には帰属するところがないような気がしていたのだ。鹿児島者ではない薩摩藩士という、つかみどころのない人間のような気が。

だから、出会ってその人間的魅力に圧倒された西郷への尊敬だけを、自分のよりどころとしてきた。そして今、ここまで来たのだ。

ここにいられてよかった、というのが八郎太の偽らざる本音だった。

「そいなら、ホッとしもした」

そう言って西郷は優しい顔をした。その顔を見てしまったら、この人についていくしかない、と思わせてしまう顔だった。

熊本城攻めが始まった。この戦争の直前にその城の天守閣は火事で焼失してしまっていた。官軍側が自ら火をつけたのだとも、薩軍側が放火したのだとも言うが、実際のところはよくわかっていない。

そういうわけで、天守閣のない城だったが、熊本城はよく攻撃に耐えた。桐野などは、熊本城など一蹴できる、と豪語していたのに、いくら攻めても落とせないのである。

政府軍にはもちろん旧士族の軍人も多くいるが、士族ではない徴兵された兵が人数的には主流だった。桐野の言う、百姓を集めて作った人形たちである。なのに、その兵たちが思いのほかよく戦うのだ。銃の性能などが政府軍のほうがいいこともあって、いくら攻めても城は落ちなかった。その裏には、司令長官谷干城の名采配があったのだが。

熊本城攻めが始まったのは二月二十一日だが、それより前二月十九日に、政府側は征討の詔《みことのり》を発している。二月二十日には新しく編成された第一・第二旅団が神戸を出航し、二十二日に博多に着いた。そして、熊本方面へと南下していく。

薩軍は、熊本城だけにかかずらっていることができなくなった。新手《あらて》の敵が、久留米方面から熊本めざして進軍してくるのだ。さらには、長崎から船で来て八代《やつしろ》へ上陸した軍勢が背後からも迫ってくる。

ならば熊本城にこだわるのをやめてもよさそうなものだが、薩軍はそうしなかった。兵力の半分でなおも熊本城を攻撃し、半分を北と南に振り分けて政府軍と戦闘するというやり方をとったのだ。政府軍をなめきっていたとしか思えないやり方だった。

そして、薩軍と政府軍はほとんど互角に戦ったのである。徴兵された兵士も、圧倒的火力をもって実によく戦うのだ。

西南戦争とは見た目で言うと、着物姿の兵と、洋服の兵の戦いであった。より機能的な洋服の兵が、最新式の銃を持って戦うのである。それが、薩摩隼人《はやと》の兵とほぼ同じ強さであった。両軍は夥《おびただ》しい戦死者を出した。

その戦争が、秋月新之助の身にもふりかかってきた。

二月二十八日、大警視川路利良は陸軍少将に任じられる。そして、出征別働隊第三旅団の司令官として、熊本をめざすことになった。いわゆる警視隊も、この戦争に参加することになったのだ。

新之助はその警視隊に入隊させられ、同時に六等警部に昇進した。

いよいよ戦争に行くとなった時、妻のお栄は畳に手をついてこう言った。

「必ず生きてお帰り下さい」

「そのつもりでいる」

と新之助は言ったが、お栄にはそれだけでは足りなかったらしい。夫の目をじっと見つめてこう言った。

「警察に、命をさし出すほどの義理はありませんから」

会津の殿様に対してはそういう義理があったが、安月給の警察にそこまでの義理はないのだ、ということだった。新之助は思わず笑ってしまい、

「わかった」

と言った。

そして、船で博多へ運ばれた。死ぬつもりはないのだが、その危険は大いにある戦場へ赴くのだ。

新之助は田原坂《たばるざか》という激戦地へ配属された。

田原坂にはほとんど毎日のように雨が降った。そもそも急な坂で足下《あしもと》が悪いのに、雨でぬかるんでろくに歩くこともできない。熊本へ進もうとすると、小山の連なる難所の田原坂を突破するしかないのだが、その坂というのが、山に大きな刻みをつけたような、おそるべき地形なのだ。道というか、谷底というか、とにかく人の進む通り道は、山に人の背丈より深い溝を掘ったようなところだ。両側は容易に登れない崖で、崖の上は密林だ。そういうところから薩軍が銃撃してくると、身を隠すところがない。

唯一助かったのは、薩軍の用いている旧式の銃が、雨に濡れると発射できなくなるものだったことで、雨でも撃てる政府軍の銃は頼もしかった。

しかし、そうすると薩軍は、刀を振りかざして襲いかかってくるようになった。そしてなんと、この攻撃に、徴兵された兵たちがあきれるほど弱かったのである。最新式の銃を持っているのだから応戦すればいいものを、刀を振りかざした薩摩兵が突撃してくると逃げまどうのだ。桐野が見たら、やっぱり百姓の兵では話にならん、と言うだろう。

そこで、政府軍にも抜刀隊《ばっとうたい》を作ろう、という案が出てきた。むこうが刀で来るならこちらもそうするのだ。ということで、腕に覚えのある者百人が選ばれて抜刀隊となり、刀で応戦した。これは、被害も甚大だったが、薩軍と互角に戦い、時には圧倒した。

新之助は剣の腕に覚えがないからもちろん抜刀隊には入らなかった。抜刀隊の多くは、警視隊の中の薩摩出身者だった。

薩摩と薩摩が戦うという異例のことになった。警視隊にいる薩摩者は郷士という身分の者が多く、ずっと上士に見下《みくだ》され、差別されてきたのだ。だから、今こそ上士に目にもの見せてやる、と命懸けで戦った。

同じようなことが、警視隊の中に多い会津者にもあてはまった。会津の人間にとっては、薩摩と戦うのは会津戦争の復讐と言えたのだ。

警視隊の中の会津者が、「戊辰の復讐、戊辰の復讐」とわめいて薩摩兵十三人を斬る奮戦を見せた、という話も伝わってきた。

ひとつの戦争はそんなふうに次の戦争につながっていくのか、と新之助は思った。それでは戦争は永久になくならんではないか。

三月十九日の朝、新之助はある人物の訃報《ふほう》を耳にした。きのう、一等大警部として参戦していた会津の佐川官兵衛が、阿蘇での攻防中、被弾して戦死したというのだ。鬼佐川がついに死んだか、と胸が熱くなった。だがその時、佐川さんは会津戦争で死ねなかったので、ここへ死に場所を求めて来たのかもしれない、という気もした。

そして、おれはそんなことでは死なんぞ、と思った。それでは、戦がどんどんつながっていってしまい、永久に終らない。生きて帰るのが正しい戦争の終り方だ。

兵の疲労が考慮され、その日は休養日となり、戦闘はなかった。そして、うんざりするほどに雨が降り続いていた。

新之助は隊を抜けて一軒の農家を訪ねた。軍服を着た兵を見てその家の親父は驚いたが、優しく話しかけて警戒を解いてもらった。新之助は金を払い、親父の着物のお古を売ってもらった。それから、籠と、その中にさつま芋を少し分けてもらった。

軍服を脱いでその着物を着る。頭は手ぬぐいでほっかむりをし、その上から借りた笠をかぶった。

軍服はあとで取りにくるからここへ置かせてくれと頼んで、新之助は雨の中へ歩きだした。

自分でも正気の沙汰とは思えなかったが、新之助は近在の農家の親父の姿になって、田原坂へ歩いていくのだ。橋口八郎太に会えるかもしれないという、ありえない偶然に望みを託して。

まともに考えれば会えるはずがなかった。両軍にそれぞれ一万以上の兵がいるのだ。広範にわたり各地で戦闘している。どうしてその敵の中の、たった一人の友にひょっこり出会うなどということがあるだろう。そんなことは奇跡である。

しかし、新之助はその奇跡に賭けた。友は同じ戦場にいるのだ。会える可能性がまったくないわけではない。

雨の中、新之助は田原坂を登っていった。薩摩兵の姿も見たが、敵は軍服を着ている、と思いこんでいるから新之助を怪しむ者はいなかった。薩軍の兵がいると、一人一人その顔を確かめていった。

一度だけ、兵に声をかけられた。

「どこへ何をしに行くのだ」

ときかれたのだ。

「今日は戦がないようなので、山の上の娘のところに芋を持っていってやるのです」

と答えたら怪しまず通してくれた。

一日中ぬかるみの中を歩きまわり、二ノ坂、というところへさしかかった時、道の脇の崖の上から、ふいに兵が飛び下りてきた。そして、新之助の前にすっくと立つ。

奇跡が起きた。男は八郎太だった。

「お前、何をやっておる」

と八郎太は言った。八郎太はその親父が新之助だと気づいたのだ。

新之助は、胸がつまって泣きそうになったが、ぐっとこらえた。

「友として、お前に会いに来た」

「普通なら会えっこないぞ」

「だが、会えた」

八郎太はあきれた顔をし、それから苦笑した。

「また敵としてあいまみえたな」

「おれとお前の、おかしな運だ」

「おかしすぎるよ」

二人の間にもはやたくさんの会話はいらなかった。顔を見て、笑うだけで十分だったのだ。

激しい雨の音が二人の声を消してしまいそうだった。はっきりきこえるように新之助は一言だけ言った。

「死ぬなよ」

だが、八郎太は答えなかった。静かな表情で新之助の顔を見返してくるだけだった。

しばらくして、やっとポツリと言った。

「会えてよかった」

「うん」

と言って新之助は、八郎太に背を向けた。無言でとぼとぼ歩き出す。背中に、痛いほど八郎太の視線を感じた。

その翌日の三月二十日午前五時、前夜からの雨が続き、霧がたちこめる中、政府軍は行軍を開始した。田原坂の前衛堡塁《ほうるい》に迫ったのは午前六時で、砲兵の援護射撃に守られつつ総攻撃を開始する。

不意を衝かれた薩軍の防衛線は崩れた。政府軍は一気に田原坂を突破した。

堡塁に残された薩摩兵の遺体は百三十あまりだったが、政府軍に死傷者はなかった。

新之助は薩摩兵の、雨に洗われている遺体をひとつずつ見ていき、ついに見つけた。胸に銃弾を受けた橋口八郎太の亡骸《なきがら》を。

その時、新之助の西南戦争は終った。実際には、そのあとも戦争は延々と続くのだが。

四月十四日、政府軍は遂に熊本城に入城する。籠城していた熊本鎮台の兵たちは、食糧も尽きてもう限界だったのだが、待ちに待った旅団に救われたのだ。

薩軍は四月二十二日、人吉《ひとよし》へと撤退した。そしてそれから、九州中を逃げまわるような戦況となったのだ。

大分へ逃げ、宮崎でも陥落し、結局は鹿児島に戻る。

そして九月二十四日、最後の薩軍がこもった城山を政府軍が総攻撃すると、被弾した西郷は「もうここらでよかろう」と言ってすわり込んだ。別府晋介がその首を落とした。

新之助はそういう戦闘に関わってはいた。しかし、心はもうそこにはなかったのだ。

田原坂が陥落してから、約半年にわたって、新之助は西郷軍を追いかけまわす戦闘に加わっていた。ある意味では、既に決着のついていた戦闘だったかもしれない。西郷軍は上京して政府に物申す、という目的を持っていたはずだった。なのに途中にある熊本鎮台にこだわってしまったのである。攻めにくければそんなものは無視して北上し、中国地方を東進すればよかったのに、熊本で足止めをくらった。

おそらく、桐野の、農民の寄せ集めの兵など一気に蹴散らせる、という思い込みが、その無意味な作戦になったのだろう。そして、新式の銃を持った政府軍の兵を攻めあぐねたのだ。そして結局、田原坂での完敗ということになった。

その田原坂で、新之助と八郎太は奇跡的に邂逅《かいこう》することができた。またしても敵同士としてあいまみえたのだ。しかし、今度は会津戦争の時とは逆で、新之助が官軍で、八郎太が賊軍だった。おれたち二人の運命の皮肉さよ、と思わずにはいられなかった。禁門の変の時は味方だった。だがそのあと二回、敵として戦場で出会うのだ。

そして、友の遺骸をこの目で見た。剣の達人の八郎太は、銃弾によって殺されていた。西郷軍を追いかけまわして九州中を転戦する軍に参加しながら、新之助は八郎太のことばかりを考えていた。十七歳で出会い、四十半ばになるまで、会えば酒を酌み交わしては語らい、助けあってきた友だった。一度は同じ人を好きになって苦悩したという、奇縁の相手でもある。

会津と薩摩の人間であったことが、二人の運命を弄《もてあそ》んだのかもしれない。友となってはいけない二人だったのかも。

しかし、運命より強く、二人の友情はあった。八郎太とのつきあいを後悔する気持ちは新之助の中に微塵もなかった。

橋口八郎太と交わしたなんでもない会話がしきりに思い出された。おれはあいつと共に生きてきたようなもんだ、と思った。

こうなったら、あいつの分も生きるしかない、という境地になったのは、戦争が完全に終結した頃だった。

秋月新之助は家族の待つ東京の家へ無事に帰ることができた。

あとがき

維新の時に、会津藩がみまわれた悲劇のことは、会津の人にとってまだ歴史ではなく、暗い記憶なのかもしれない。今から二十年ほど前、妻を通して会津若松市出身の女子大学生と知りあったのだが、その若い娘さんが、会津の悲劇のこととなると勢いが止まらないという様子で、怒りをあらわにした。長州（山口県）だけはどうしてもゆるせない、なんて言うのだ。そして、白虎隊の悲劇のことも、西郷頼母《さいごうたのも》の家族の自害のことも、みんなちゃんと知っていた。ほかの地方の若い人で、幕末の時のその地方の歴史をあんなに知っているということは少ないのではないか。

同じようなことを、ごく最近も感じた。この小説が書きあがったあとのことだが、私は会津若松市の高校で、高校生に講演をしたのだ。その時の演題は「歴史を学ぶ理由」というものだった。

それで、話していて私は、ここでこの話は釈迦に説法だったかな、という気分になったのだ。高校生なんて、歴史を学んでいてもそれが自分に関係のあることだなんて全然思えず、退屈な教科だと思っているだろうなあ、と考えてその演題にしたのである。それなのに会津若松市の高校生は、歴史を忘れてなるものか、というような顔をして私の話にきき入った。

そして、会津の歴史のことをみんなよく知っている様子である。藩主が松平容保《まつだいらかたもり》であることも、その人の墓がどこにあるかということも知っているらしい。西郷頼母の妻の辞世の「なよたけの歌」も知っているし、会津の武士の心得だった、「ならぬことはならぬものです」という格言も知っている。市内を歩いていると、その言葉を書いた碑などが目につくのだ。あの街は、今も若い人にそうやって歴史を教えているのだ。だからそれは歴史ではなく、記憶なのだ。

あんなところはほかにはないと思うが、それというのも、幕末におけるあの藩が悲劇的すぎるからであろう。あんなドラマチックな藩はほかにはない。

その会津藩の武士が、幕末に、運命的な友を持ってしまう話はできないか、と考えてこの小説は生まれた。いくらなんでも長州藩士と友になる話は無理があるので、薩摩藩士にした。そうすると、時には味方として戦い、時には敵としてあいまみえるわけで、波瀾万丈の物語となった。そして私は、主人公の会津藩士を少しのんびりした男にしてみた。

あの悲惨な歴史を、これでもかと暗く語るのは気が進まなかったのだ。なるべくさらりと悲劇を語り、でも逞しく生きていく、という前向きの小説にしたかった。

そんな、ぼんやりした主人公を書くことができて、こういう会津史もあってもいいだろう、という気分がしている。運命的な友情を書き切ることができて満足している。

二〇一二年秋

清水義範

【参考文献】

『会津藩vs薩摩藩――なぜ袂を分かったのか』星亮一著　ベスト新書
『会津藩vs長州藩――なぜ〝怨念〟が消えないのか』星亮一著　ベスト新書
『会津武士道――「ならぬことはならぬ」の教え』星亮一著　青春出版社
『会津と長州、幕末維新の光と闇』星亮一・一坂太郎著　講談社
『人物叢書　佐久間象山』大平喜間多著　吉川弘文館
『図解で迫る西郷隆盛』木村武仁著　淡交社
『人物叢書　勝海舟』石井孝著　吉川弘文館
『勝海舟と明治維新』板倉聖宣著　仮説社
『日本の歴史19　開国と攘夷』小西四郎著　中公文庫
『京都時代ＭＡＰ　幕末・維新編』新創社編　光村推古書院
『決定版　図説・幕末戊辰西南戦争』学習研究社
『鶴ヶ城』歴史春秋出版
『幕末会津藩』歴史春秋出版
『会津戦争全史』星亮一著　講談社
『会津落城――戊辰戦争最大の悲劇』星亮一著　中公新書
『大警視・川路利良――日本の警察を創った男』神川武利著　ＰＨＰ研究所

『日本警察の父　川路大警視――幕末・明治を駆け抜けた巨人』加来耕三著　講談社＋α文庫
『真説　西南戦争』勇知之著　七草社
『西南戦争――西郷隆盛と日本最後の内戦』小川原正道著　中公新書
『桐野利秋のすべて』新人物往来社
『史伝　桐野利秋』栗原智久著　学研M文庫
『明治時代警察官の生活』岡忠郎著　雄山閣出版
『明治初年の自治体警察　番人制度』東京都
『明治百話』（上）（下）　篠田鉱造著　岩波文庫
『明治の教育史を散策する』神辺靖光著　梓出版社
『明治文化史　第3巻　教育道徳』村上俊亮・坂田吉雄編　原書房
『明治ニュース事典　第一巻』内川芳美・松島栄一監　毎日コミュニケーションズ
『図説　明治事物起源事典』湯本豪一著　柏書房
『幕末明治風俗逸話事典』紀田順一郎著　東京堂出版
『明治東京庶民の楽しみ』青木宏一郎著　中央公論新社
『江戸から東京へ　明治の東京――古地図で見る黎明期の東京』人文社編集部編　人文社
『絵で見る明治の東京』穂積和夫著　草思社
『日本歴史大事典』1～4　小学館

解　説

星　亮　一

「青年の一時期というのは、自分が何をなすべき人間なのかが見えておらず、ただ何かをしなければという焦燥感だけが強くて、目隠しをして闇雲に走っているようなところがある」

という出だしは、京都に向かう会津のサムライを連想させるに十分である。この本の主人公秋月新之助は藩主松平容保の近習で、江戸住まいだった。江戸の上屋敷は和田倉門にあった。東京駅の丸の内口からごく近いところである。会津藩は幕府の親藩である。肩で風を切って歩くことができた。

作者の清水義範さんは名古屋生まれ、軽妙な作風で知られる作家で、『猿蟹合戦とは何か』『蕎麦ときしめん』などの作品もある。

以前、私は名古屋の人と会津戦争について話し合ったことがあった。

「客観的に見て勝ち目のない会津藩が、どうしてあそこまで戦ったのですか。名古屋人には考えられない」とその人が言った。

「不義を許さない会津武士道でしょうか」

と言ったが、その方は納得できない表情だった。清水さんは見事にそれに応える作品を書いてくださった。

幕末は薩摩、長州、会津三藩の激しい対決の時代だった。薩摩は名君島津斉彬が西郷隆盛や大久保利通らの若手武士を育て、長州には鬼才高杉晋作がいた。会津はたぐいまれな忠誠心と武勇の集団であった。この三藩が激しく争い、明治という時代に突入する。

文久二年（一八六二）七月、会津若松は騒然たる空気に包まれた。時の最高指導者、幕府政事総裁職の松平春嶽と将軍後見職の徳川慶喜から主君松平容保に京都守護職就任の要請があったためだった。

ペリーの黒船来航以来、日本は大きく揺れ動いた。京都には、勤王の志士と称する無頼の者がたむろし、開国を決めた幕府は弱腰だとして、尊王攘夷運動が巻き起こる。幕府を倒して朝廷を中心とした新政権を樹立し、断固、諸外国を日本から追放せんとしていた。彼らは幕府寄りの公家を暗殺し、外国の領事館に夜襲をかけるなど無法の限りを尽くしていた。

会津藩国家老の西郷頼母は容保の京都行きに強く反対したが、幕府の命令である。断ることは出来なかった。

文久二年十二月九日、会津藩主松平容保は、約一千の軍勢を率いて江戸を発《た》ち、京都に入った。宿舎の黒谷、金戒光明寺までの一里ほどの道の両側には、出迎える京都の町衆の人垣が続いた。孝明天皇は容保に拝謁を許し、容保は天皇のために死力を尽くす決意をする。

容保は京都に公用局を設け、身分にとらわれず実力者を抜擢《ばつてき》して政策を立案させた。この本の主人公秋月新之助も公用局の末席に配属され、外国情報方を命ぜられる。

孝明天皇が嫌いなもの、それは公家たちを籠絡して勝手な振る舞いを行う長州藩と外国だった。外国人は禽獣《きんじゆう》と同じだとひどく嫌った。これを知った薩摩藩が動く。会津藩に使者を送り、過激な長州を京都から追放したいと会津藩に持ち掛けた。会津は大賛成である。こうして会津・薩摩同盟ができあがり、孝明天皇の裁断によって長州の過激派と、これに同調する公家衆を京都御所から追放するクーデターを断行した。八・一八の政変である。会津藩士鈴木丹下が、この模様を書き残していた。

「公家堂上の奥方、姫君、公達にいたるまで、老いも若きも皆落支度をしてたまい、被きをかぶり頭をおおった者、風呂敷包みの様なものを背負わせ、手に手を取り、またはちん狗を抱いている者もあって、泣く泣く御立ちになった」

七卿の都落ちである。これで済むはずはない。長州は京都に兵を侵入させ反撃に出た。

禁門の変である。京都御所に長州兵が押し寄せ、蛤御門《はまぐりごもん》を突破して乱入し、会津藩、薩摩藩と激しい戦闘となった。会津藩は大砲で応戦、これを撃退したが、戦火は京の町にも及び、炎焰《えんえん》天を覆う大戦争になってしまう。秋月新之助も懸命に戦った。

この対立を収める政治力が幕府になかった。幕府の官僚は相変わらず発想が旧態依然で、進歩がない。幕府にも勝海舟や小栗忠順ら有能な幕臣がいたが、保守頑迷な老中たちは勝や小栗の改革案を受け入れようとしない。

勝は土佐の坂本龍馬を子分に引き入れ、神戸に海軍操練所を開設。全国の諸藩から生徒を集め、日本海軍の創設を目論《もくろ》んだが、幕臣以外はだめだと老中たちは言い張り、何やかんやとケチをつけ、海軍操練所は結局つぶされてしまった。

こんな幕府に未来はないと、龍馬は長州を説得して薩長連合を作り上げた。こうなったら狙いは倒幕である。

慶応二年（一八六六）暮れに決定的な事件が起こった。孝明天皇の突然の死である。十二月十一日、宮廷の内侍所《ないしどころ》で臨時の御神楽があった。天皇はこの数日来、風邪気味だった。医師たちが止めたが、天皇は押して出御された。天皇は翌日からひどい発熱で、医師団が拝診の結果、軽い痘瘡《とうそう》と分かる。幸い順調に推移し、回復に向かうとおもわれた矢先、にわかに病状が悪化した。

二十五日夜、天皇の全身に斑点が現れ、激しく血を吐いて、崩御された。誰もが不自然な死と感じた。容保は愕然とし、言葉もなかった。宮廷内に毒殺の噂が流れた。

歴史家の石井孝は孝明天皇の主治医、伊良子光順の日記とメモをもとに、疱瘡《ほうそう》（痘瘡）が回復しかけた時に、何者かに毒を盛られたと断じた。黒幕は誰か。状況証拠から して宮廷に近い岩倉具視の指示で女官が毒を盛ったとした。賛否両論があったが、昨今、旧皇族の竹田恒泰氏が、「天皇が天然痘に罹《かか》ったことに乗じて、二十四日の晩に誰かが砒素《ひそ》を盛った可能性がある」（『旧皇族が語る天皇の日本史』）という見解を述べた。

孝明天皇は倒幕に反対だった。浪士たちにとって幕府、会津よりの孝明天皇は邪魔な存在である。会津藩首脳は言葉を失い、「もはや京都守護の任務はおわった」と帰国を決断した。しかし幕府が、これを認めなかった。

主君容保は帰国の決断が出来ず、最悪の事態を招いてしまう。薩長は天皇の直筆のない偽の勅書で武力クーデターを断行し、将軍慶喜と容保に朝敵の汚名を着せ、都から追放した。

幕府、会津は激昂し鳥羽伏見の戦争が起こった。新之助も参戦したが、幕府親藩の淀藩が寝返り、敵に錦旗があがるや慶喜は容保を連れて江戸に逃亡する。無様な形で幕府は瓦解し、江戸城は無血開城となり、薩長の軍勢が江戸に進駐した。

会津藩士に残された道は、全藩を挙げて徹底抗戦することしかなかった。慶応四年八月二十三日、怒濤の勢いで、会津城下に薩長軍が侵攻した。

城下に早鐘がなり響き、老人、子供、婦女子も城に駆け付けた。

二〇一三年大河ドラマ「八重の桜」の主人公、砲術師範の娘、山本八重は着物も袴も総《すべ》て男装し、ばっさり断髪、麻の草履を履《は》き両刀を佩《たばさ》んで、元込七連発銃を肩に担いだ。ひとつは主君のため、ひとつは戦死した弟のため、命のかぎり戦う覚悟だった。

白無垢に生々しい血潮の滴っている婦人、小さい子供を背負った婦人、老人の手を執って駆け込んできた婦人もいた。

そこを潜り抜けて本丸へ足を運ぶと、大書院には大勢の女中がいる。皆、懐剣を持って、いざという時は、城を枕に殉死する覚悟で照姫を取囲んでいた。

敵はどんどん城に向かって来たので、八重は七連発銃を持って西出丸に向かい、追手門の城壁の間から攻め寄せる敵兵に向かって発砲した。敵兵がもんどりうって倒れるのが見える。持参した銃弾は百発だったので、一発の銃弾も無駄にしないよう必殺の気持ちで撃ちまくり敵の侵入を防いだ。

八重の奮闘も空しく一か月の籠城戦の後、会津藩は敗れた。会津藩は青森県の下北半島を中心とした陸奥の地に移住、斗南藩を創設するが、陸奥の地は気候が厳しく、開拓は成功しなかった。会津人は全国に散り、苦難の日々をすごすが、会津魂を忘れることなく幾多の人材を生み、近代日本の発展に貢献した。

白虎隊の山川健次郎は東京大学総長、小姓の井深梶之助は明治学院総理、山本八重は新島襄と再婚し、同志社大学を創建する。主君容保は晩年、日光東照宮の宮司となり、無言のまま生涯を終えた。

新之助は後年、失意の容保を訪ね、こう述べた。

「会津藩の苦難は、時代の大変動のときの貧乏くじのようなものでございます。理由も何もなく、ただ悪いくじを引いてしまったのです。会津藩のしたことに間違いがあったのではございません。ましてや殿に非があったわけでもなく、その時その時すべてよきように励んでいたのに、大渦の中でもみくちゃにされてしまったのです。旧会津藩士のすべては、殿をお気の毒と感じています。殿をお恨みする者は一人もいません」

すると容保は「ようやく少し笑った」と清水さんは書いている。

この言葉は旧会津藩士に共通した心情である。「自分たちの至らなさが招いた惨敗であり、殿には誠に申し訳ないことだった」と異口同音に語った。会津武士とはそのような集団だった。

この作品は「小説すばる」二〇〇九年八月号、二〇一〇年一月号・八月号、二〇一一年五月号〜九月号に掲載された『会津の月、薩摩の星』を改題し、加筆・修正したオリジナル文庫です。

清水義範の本

博士の異常な発明

ペットボトルを分解する「ポリクイ菌」。透明人間の鍵を握る素粒子「ミエートリノ」。ついにできた(!?)「不老長寿の妙薬」……愛すべき博士たちの大発明。爆笑炸裂必至の傑作。

迷宮

24歳ＯＬが殺された。犯罪記録、週刊誌報道などが、ある記憶喪失男性の治療に使われ、男は様々な文章を読まされる。彼の記憶は戻るのか？ そして事件の真相は?? ロングヒット異色作。

清水義範の本

夫婦で行くイタリア歴史の街々

パスタがアルデンテとは限らない、南部の街はトイレが少なく大行列……。シチリア、ナポリ、ボローニャ、フィレンツェ等、南北イタリアを夫婦で巡る。熟年ならではの旅の楽しみ方も満載。

夫婦で行くイスラムの国々

巨大なモスク、美味なる野菜料理など、トルコでイスラムにどっぷりはまった作者夫婦はイスラム世界をとことん見ようと決意。未知の世界でふたりが見たのは⁉　旅の裏技コラムつき。

集英社文庫

清水義範の本

龍馬の船

江戸に出てきて、偶然見かけた「黒船」に一目ボレした龍馬。年来の「船オタク」の血が目を覚まし、「船」を手に入れるべくあらゆる人々を巻き込んで東奔西走。清水版新釈坂本龍馬伝。

信長の女

船で物資が集まる港町。海の道でつながる遠い異国が攻めてくるかもしれない……。新しいものに憧れる信長が、明の衣装をまとった美しい少女と出会い虜に……。清水版新釈織田信長伝。

集英社文庫

集英社文庫

会津春秋《あいづしゅんじゅう》

2012年11月25日　第1刷　　定価はカバーに表示してあります。

著　者　清水義範《しみずよしのり》
発行者　加藤　潤
発行所　株式会社　集英社
東京都千代田区一ツ橋2-5-10　〒101-8050
電話　03-3230-6095（編集）
03-3230-6393（販売）
03-3230-6080（読者係）
印　刷　凸版印刷株式会社
製　本　凸版印刷株式会社

フォーマットデザイン　アリヤマデザインストア　　マークデザイン　居山浩二

ISBN978-4-08-745008-8 C0193